小学館文庫

きみと歩く道

ニコラス・スパークス
雨沢 泰 訳

小学館

The Choice
by Nicholas Sparks

主な登場人物

トラヴィス・パーカー…………ノースカロライナ州の海辺の町に暮らす獣医
ギャビー・ホランド……………小児科医院に勤める準医師
ステファニー・パーカー………トラヴィスの妹
ケヴィン…………………………ギャビーのボーイフレンド
エイドリアン・メルトン………ギャビーの先輩医師
マックス・パーカー……………トラヴィスの父
モニカ……………………………トラヴィスのガールフレンド
ケネス・ベイカー………………ハイスクールの歴史の教師
エレナー・ベイカー……………髄膜炎によって昏睡状態にあるケネスの妻
スターリングス…………………カータレット総合病院の神経科医
グレッチェン……………………カータレット総合病院のナース
エリオット・ハリス……………養護ホームの院長

トラヴィスの友人たち

マット…………………………トラヴィスの幼なじみ
リズ……………………………マットの妻
レアード………………………トラヴィスの幼なじみ
アスリン………………………レアードの妻
ジョー…………………………トラヴィスの幼なじみ
メガン…………………………ジョーの妻
クリスティーン…………………トラヴィスとギャビーの長女
リサ………………………………同じく次女
モビー……………………………トラヴィスの愛犬
モリー……………………………ギャビーの愛犬

ルイス一家——
ボビー、デビー、コディ、そしてコール、
わたしの家族に捧げる

きみと歩く道

プロローグ

二〇〇七年二月

話というものは、それを語る人の数だけある。そしていちばんよいのは結末にサプライズが待っている話だ。ともかくトラヴィス・パーカーにとって、子どものころ父が聞かせてくれた話を思い出すとそういうことだった。ベッドで隣にすわり、話をせがまれて口もとをほころばせた父の姿が浮かんでくる。

「どんなお話がしてほしい？」父が訊く。

「いちばんいいお話」トラヴィスは答える。

たいてい父はしばらく黙ってすわったままでいる。それから目を輝かせる。トラヴィスの体に腕をまわし、ちょうどよい高さの声で話しだす。父が明かりを消して去ったあとも、長いあいだ眠れなくなるような話を。

話はいつもこの町の周辺で起きた。トラヴィス・パーカーが育ち、いまも故郷と呼ぶノースカロライナ州の小さな海辺の町ボーフォート。父の話には冒険、危険、興奮、旅があり、おかしなことに、たいていクマが登場した。ハイイログマ、ヒグマ、アラスカアカグマ……父はクマの生息地についてあまり現実にこだわらなかった。シャックルフォード砂州（バンクス）に凶暴なホッキョクグマを出現させ、砂の低地で髪の毛が逆立つような追いつ追われつをするなど、彼が中学生になるまで悪夢に出てきた話を仕立てあげた。それでも、どんなに震えあがろうとトラヴィスはかならず訊いた。「つぎはどうなるの？」

いま、あの日々は、自分にもそういう時代があったのかと思うような、無垢（むく）の名残りにすぎない。彼は四十三歳だった。妻が十年働いていたカータレット総合病院の駐車場に車を停（と）めたとき、父にいつも投げかけた言葉をまた思い起こした。

車から降り、持ってきた花束を手にとった。最後に妻と話したときは口論していた。だから何よりも自分の言葉を撤回したかったし、あやまりたかった。問題が花で解決するという幻想は抱いていないが、ほかに何をすべきか思いつかなかった。起きたことに罪悪感があるとは言わずに過ぎていた。一方で既婚者の友だちは、どんな夫婦生活にも根底に罪悪感があるものだと言った。彼らによれば、それは結婚生活に良心があり、価値が尊重されている証拠だそうだ。罪の意識をおぼえる理由にはできるだけふれるなとも助言してくれたし、それで失敗した経験を語る友人もいた。これまで付き合った夫婦はみんなそうなのではないかとトラヴィスは考えた。

友だちは励ますつもりだったのだろう。完全な人間など一人もいない、とか、自分をあまり責めるな、とか。「過ちを犯さない者はいないよ」と彼らは言った。そのとおりだとうなずいて見せたものの、トラヴィスが直面している状況が理解されないこともわかっていた。理解できるはずがなかった。彼らの妻は毎晩隣で眠っており、三カ月間離ればなれになっているわけでも、結婚生活が以前の状態に戻るだろうかと思い悩むこともないのだ。

トラヴィスは駐車場をよこぎりながら、二人の娘、仕事、妻のことを考えた。いまは何ひとつ慰めにならなかった。自分の人生のどこを見ても、うまくいっていないようにに感じた。最近では幸福というものが、宇宙旅行のように遠く、手に入らないものとしか思えなかった。それまで、こんなふうに思ったことはあまりなかった。むしろ自分がすごく幸せだという記憶のほうがずっと長かった。

だが、事情は変わる。人も変わる。変化とは、避けられない自然の法則であり、人それぞれの人生に課せられた通行料みたいなものだ。ミスを犯し、後悔し、あとには波紋だけが残される。ベッドから起きだすといったごく簡単なことが、とんでもない重労働に思えるような余波が。

トラヴィスは病院の玄関に近づきながら首をふり、父の話に耳をかたむけた子どものころを思い浮かべた。自分の人生はこれまでずっと、明るい調子で終わる種類のすばらしいストーリーだった。ドアに手をのばしたとき、いつもながら思い出と後悔が胸にあふれた。

こうして思い出にひたったあと、かならず彼は考えていた。つぎはどうなるのかと。

第一部

I

一九九六年五月

「なんでこんなことを手伝うはめになったのか、もう一度理由を聞かせてくれ」マットが顔を紅潮させて愚痴をこぼした。彼はウッドデッキの端に最近四角く切りとった穴のほうへ、大きな浴槽を押しつづけていた。足がすべり、ひたいから噴きだした汗が目尻に染みて痛かった。暑い。五月初めにしては暑すぎる。こういうことをする陽気じゃないのは確かだ。トラヴィスの愛犬モビーも日陰に入り、舌を出してハアハアあえいでいた。


大きな浴槽の脇に張りついていたトラヴィス・パーカーは、思わず肩をすくめた。

「そりゃ、おまえがおもしろそうだと思ったからだ」そう言って彼は肩を低くすると、力をこめて押した。たぶん百八十キロくらいある浴槽が五センチほど動いた。このペースで進めば穴まで到達するのは、そう……来週になるかもしれない。

「バカげてる」マットはラバの一隊が絶対に必要だと思いながら、全体重を浴槽に押しつけた。一瞬、力むあまり両耳が頭から吹っ飛ぶ光景が目に浮かんだ。子どものころトラヴィスと打ちあげて遊んだロケット花火のように。

「そのセリフは聞き飽きたよ」トラヴィスが言った。

「おもしろくもないし」マットはこぼした。

「そいつももう聞いた」

「しかも穴にはめこむのに苦労しそうだ」

「そんなことはない」トラヴィスは体を起こして浴槽の文字を指さした。「ほら、ここに〝らくらく設置できる〟と書いてある」木陰にいる純血種のボクサーのモビーが、そのとおりとばかりに吠えた。トラヴィスの笑顔はちょっと自己満足にひたりすぎだった。

マットは息をととのえようとして、しかめっ面をした。トラヴィスの表情にはカチンときたが、彼のことを決して嫌いなわけではない。いつもならトラヴィスの果てしない熱中ぶりは、そばで見ているだけでも楽しいのだ。とはいえ今日はそうもいかない。ほんとに最悪だ。

マットは後ろのポケットからバンダナをとりだした。パンツの尻にくっついていたせいで、すっかり汗で湿っていた。顔の汗を拭いてしぼると、パッキンのゆるんだ蛇口から水が漏れるように汗がしたたり落ち、靴を濡らした。彼はそれをぼんやりと見つめた。汗は靴の薄いメッシュの生地に染みこんで、おぞましいぬるぬる感が爪先に広がった。うーっ、気持ち悪い。

「たしかジョーとレアードが、おまえの〝小さな計画〟を手伝いにきて、メガンとアリスンがハンバーガーを作り、みんなでビールを飲むとかそんな話だったよな。そうだ、こいつを設置するのはせいぜい二時間もあれば充分って話だった」

「やつらもじきに来る」

「四時間前にそう聞いたぞ」

「ちょっと手間どってるんだろう」

「ひょっとしたら誰も呼んでないとか?」

「もちろん呼んであるさ。あいつらは子どもも連れてくるんだ。間違いない」

「いつ来る?」

「もうすぐ」

「へえ」マットは答えた。バンダナをポケットにねじこんだ。「でもよ、あいつらがすぐに現れなければ、どうやっておれたち二人でこの代物(しろもの)を穴にはめこむんだ?」

トラヴィスは手をふってその問題を一蹴し、また浴槽に向かった。「そのときになったら考えよう。いまはこれまでの成果に感動するんだ。もう半分近く進んだじゃないか」

マットはまた顔をしかめた。今日は土曜日だぞ。土曜日！　気晴らしをしたり、のんびりしたりする日だ。仕事から逃れられる貴重な時間、五日間銀行で働いた結果もらえる休日、なくてはならない日なのだ。そもそも仕事は融資担当なのに！　自分にできるのは紙を押すくらいで、ジャグジーの浴槽を押すことじゃない！　ブレーブスがドジャースをやっつけるところを見たかったのに！　ゴルフをやってもよかった！　海辺に行ってても！　ほぼ毎週土曜日そうしているように、妻の実家に出かける前にいっしょに寝すごすことだってできたのに、なんと明け方に起きだして、灼けつく南部の日射しを浴びながら、八時間ぶっつづけで肉体労働に明け暮れるとは……。

マットはふとわれに返った。待てよ、おれは何を言ってるんだ？　ここに来ていなければ、今日はリズの両親に付き合っているはずだ。ぶっちゃけた話、トラヴィスの誘いに応じた最大の理由はそこにある。でも、それはまた別の問題じゃないか。要するに、こんな作業はやりたくない。もうごめんだ。

「おれはもう嫌だ」と彼は言った。「やりたくない」

トラヴィスは聞いていなかったようだ。すでに両手を浴槽にかけて、力を入れようと身がまえていた。「いくぞ」

マットはうんざりしながら肩を下げた。足ががくがく震えていた。震えているとは！　そろそろ体が限界かもしれない。彼は今朝、鎮痛剤のアドビルを用法の二倍飲んできた。トラヴィスと違ってジムに週四日通っているわけでもなく、ラケットボールもランニングもせず、アルーバ［ベネズエラの島］でスキューバ・ダイビングもしなければ、バリ島でサーフィンも、ヴェイル［コロラド州のリゾート地］でスキーもしない。トラヴィスのしているような運動とは無縁なのだ。「おもしろくもない。そうだろ？」

トラヴィスはウインクした。「それももう聞いた。そうだろ？」

「すごいな！」ジョーが感嘆の声をあげ、風呂のまわりを歩きながら片眉をつりあげた。すでに日はかたむきはじめ、川の入り江の水面(みなも)に黄金色の光をまぶしていた。遠くのほうで一羽のサギが林から飛びたち、優雅に水面をかすめてその光をまき散らした。ジョーとメガンは数分前にレアードとアリスンとともに、子どもを引き連れて到着し、トラヴィスがみんなにジャグジーを披露したところだった。「いいじゃないか！今日おまえたち二人でこれを設置したのか？」

トラヴィスはビールを手にしてうなずいた。「それほど大変じゃなかった。マットも楽しんだと思うよ」

ジョーがマットをちらりと見た。マットはウッドデッキの横にあるローンチェアでぐったりのびていた。顔には冷たいボロ布をかけている。いつも下腹がたっぷりしているのに、今日は心なしか引っこんでいた。

「なるほどね」

「重かったろう？」

「エジプトの石棺なみにな！」マットが憤懣(ふんまん)をぶつけた。「クレーンでしか動かせない黄金のやつだ！」

ジョーが笑った。「子どもを入らせてもいいか？」

「もう少し待ってくれ。いま水を張ったところだから、温まるまでまだ時間がかかる。

「お日様が助けてくれるけど」

「お日様が数分で熱くしてくれるぞ！　いや、数秒で！」マットがうめくように言った。

ジョーはにやにやした。レアードも含めて、四人とも幼稚園からの付き合いで同じ学校に通った仲間だ。「つらい日だったな、マット？」

マットは顔から布をとるとジョーをにらみつけた。「想像もつかんだろうさ。時間どおりに来てくれてアリガトよ」

「トラヴィスに五時に来てくれと言われてたんだ。人手が足りないとわかってたら、もっと早く来たんだが」

マットはゆっくりと視線をトラヴィスに移した。たまに本気で彼を憎みたくなるときがあった。

「ティナはどうしてる?」トラヴィスが話題を変えた。「メガンはちゃんと眠れてるのか?」

メガンはデッキの遠い端にあるテーブルでアリスンとしゃべっていた。ジョーはちらっと彼女のほうを眺めた。「ちょっとはね。ティナは咳はおさまったが、また夜中に目を覚ますようになった。でも、おれはたまにメガン自身の問題だという気がするんだ。いずれにしても、子どもを産んでからだが。ティナが寝室に現れなくても起きることがあるからな。静かすぎると眠れないみたいだ」

「いいママだよ」とトラヴィスは言った。「メガンはずっとね」

ジョーがマットに顔を向けた。「リズはどこだい?」

「いずれやってくる」マットの声は生気がなく単調だった。「昼間は実家の両親のところさ」

「偉いなあ」

「皮肉るな。いい人たちなんだぞ」

「たしかおまえは、これ以上義理の親父さんの前立腺癌の話や、息子に落ち度がないのにまた馘になったという義母の愚痴を聞かされたら、首をオーヴンにつっこむとかなんとか言ってたと思うが」

マットはよっこらしょと起きあがった。「そんなことは言ってない!」

「いや、言った」ジョーはちょうど家の角を曲がってきたリズにウインクしてみせた。リズのすぐ前にはよちよち歩きのベンがいた。「心配するな。絶対言わないよ」

マットは不安そうに視線をリズからジョーへさまよわせ、妻に聞こえていないかどうか探った。

「こんにちは！」リズが親しげに手をふり、ベンの手を引いた。彼女はまっすぐにメガンとアリスンのほうへ向かった。ベンは母親から離れて、庭にいるほかの子どものほうへ危なっかしく歩いていった。

ジョーはマットが安堵のため息をついたので、にやにやしながら声をひそめた。「なるほど……マットの弱点か。妻の実家をダシにしてあいつに手伝わせたんだな？」

「ほのめかすくらいはしたけど」トラヴィスが口もとをほころばせた。

ジョーが笑った。

「おまえたち、何の話をしてるんだ？」マットが疑わしそうに訊いた。

「べつに」二人は口をそろえて答えた。

日が落ちて、食事もすみ、モビーはトラヴィスの足もとで丸くなっていた。向こうにあるジャグジーで水を跳ねとばしている子どもたちの歓声を聞いていると、トラヴィスは満ち足りた気分になった。こういう夜が好きだった。笑い声があちこちから聞こえ、いつもながらのさりげないやりとりに耳をかたむけながら、のんびりと過ごす。アリスンがジョーと話していたかと思えば、相手がリズに変わり、あるいはレアードやマットになっていたりする。みんなが戸外のテーブルのまわりにいて、時間など気にしない。誰も気どらず、人を感心させようともせず、揚げ足をとろうともしない。トラヴィスはときどき、自分の生活はビールのコマーシャルみたいだと思った。たいてい、彼はいい気分の波に乗るだけで満足していた。

ときどき妻たちの一人が席を立って子どもの様子を見にいった。一方でレアード、ジョー、マットの三人は育児の義務から解放されている。子どもの興奮をしずめたり、からかうのをやめさせたり、偶然傷つけあうような事態をふせいだりするのに声を張りあげなくてもいいのだ。ときおりある子が泣きわめいても、たいていの問題はすりむけた膝へのキスと抱っこで解決した。離れてやさしく見まもるだけでなく、直接のふれあいも必要だ。

トラヴィスはテーブルを見まわし、子ども時代の友だちが立派な夫や父親になったばかりか、いまもこうして仲良くやっていることを喜んだ。なかなかこんなふうに続くとはかぎらない。彼は三十二歳になり、人生がときには危険に直面することを知っていた。自分自身が遭遇した事故のなかには、深刻なダメージが体に残ってもおかしくないものがあった。そもそも人生は予測できないものだ。同世代の知り合いには、すでに交通事故で死んだり、離婚したり、麻薬やアルコールの中毒患者になった者もいる。あるいはこの小さな町を去っていき、記憶が薄れて顔さえ思い出せなくなった者とか。

四人の仲間が――幼稚園以来たがいに付き合って――三十代初めになってもまだ週末に顔を合わせる確率はどれくらいなのだろう？　かなり低い、と彼は思った。彼らとは思春期のにきびや、恋愛や、親からの重圧といった悩みを抱えながら付き合い、全員が違う職業を目ざして別々の大学へ進んだのに、一人また一人とボーフォートに戻ってきた。仲間内だけに通用する表情や体験がある点では、友だちというより家族とも言える間柄だった。

しかも妻たちが波長を合わせてくれた。それぞれ違う育ち方をし、州の各地からやってきたのだが、結婚と出産、そして小さな町特有の果てしない噂話(うわさばなし)が仲を取り持ち、ふだんから電話のやりとりをして、久しく会わずにいた姉妹のように絆(きずな)を深めていった。最初に結婚したのはレアードだった。彼とアリスンはウェイク・フォレスト大学を卒業した夏に結ばれた。ジョーとメガンはノースカロライナ大学の四年生のときに恋に落ち、一年後に祭壇へ向かう通路を歩いた。デューク大学へ行ったマットはこのボーフォートでリズと出会った。二人は翌年結婚し、トラヴィスは三人の結婚式で新郎付添人を務めた。

もちろん、この数年のあいだに変化はあった。もっぱらそれは家族が増えたことが原因だった。レアードはマウンテンバイク旅行に毎回は参加できなくなったし、ジョーも昔と違って衝動的にトラヴィスとコロラドへスキーに行くことができなくなった。マットはほとんどトラヴィスと会えずにいた。だが、それでもよかった。彼らはまだ付き合いを続けていたし、四人のあいだでは週末を自由に使えるトラヴィスが、さまざまな計画を立てていた。

そんなことを思い返しながら、ふとトラヴィスは会話が途切れているのに気づいた。

「あれ？　ぼくに何か訊いた？」

「最近モニカと話したかって、訊いたのよ」メガンが言った。トラヴィスにまずい事態だと告げるような口ぶりだった。六人が六人とも彼の女性関係に興味を持ちすぎているようだった。結婚した男女の欠点は、独身の知り合いに対して例外なく結婚すべきだと思いこんでいることだ。だからトラヴィスがデートすると、深くは立ち入らないとしても、話のタネにして簡単には引き下がらなかった。とくにメガンはこうした話になるとかならず率先して、トラヴィスの女性に対する姿勢を探りだそうとした。逆に、トラヴィスはメガンを怒らせるのが何より楽しみだった。

「あんまり」と彼は答えた。

「なんで？　彼女、すてきなのに」

すてきだけど、ちょっと神経質だ、とトラヴィスは思った。だが、要はそういうことじゃない。

「向こうがぼくをふったんだよ。だろ？」

「それがなんなの？　彼女があなたに電話をしたくなくなるってわけでもないわ」

「いや、ふった相手にはしたくないだろう」

メガンは、アリスンとリズとそろって〝鈍感ね〟という視線を飛ばした。男たちはいつもこういうシーンを楽しんでいた。彼らが集まる夜のお決まりの演目だ。

「あなたたち、喧嘩(けんか)してたのよね？」

「そうだけど」

「向こうが怒ったからって、単純にふられたとは考えてないでしょうね？」

「ぼくも怒ったけど」

「なぜ？」

「彼女がぼくを、心理カウンセラーのところへ行かせたがったから」

「想像つくわ。行く必要はないと言ったんでしょ」

「カウンセリングを受けにいく日が来るとしたら、それはきみらの前で自分のスカートの裾を持ちあげて、ミトンの手袋を編んだりする日だよ」

ジョーとレアードが笑ったが、メガンは眉をつりあげた。メガンが毎日オプラ・ウインフリーの番組を観ていることは全員が知っていた。

「男はカウンセリングを受ける必要がないと言うの？」

「ぼくは必要ない」

「でも一般的には？」

「ぼくは一般的じゃないから、なんとも言えないな」

メガンは椅子の背にもたれた。「モニカの言うこともわかる気がするわ。言わせてもらえば、あなたは人間関係恐怖症の気があるもの」

「じゃ、きみには言わせないようにしておこう」

メガンが身を乗りだした。「これまでにいちばん長かった恋愛ってどれくらい？二カ月？　四カ月？」

トラヴィスは答えを考えた。「オリヴィアとは一年近く付き合った」

「メガンはハイスクール時代を除外してると思うね」レアードがよけいな口出しをした。ときどき仲間はトラヴィスを、いわばまな板の上の鯉にして楽しんでいる。

「助かるよ、レアード」トラヴィスは皮肉を言った。

「友だちのピンチだからな」

「話をそらそうとしてる」メガンが引き戻した。

トラヴィスは指でリズミカルに足をたたいた。「そうだな、たぶん……忘れた」

「つまり長く続いた関係はないってことね？」

「弱ったな。きみたちのようなレベルの女性にめぐり会ってないんだよ」

辺りはだいぶ暗くなっていたが、メガンがその言葉に喜んだことがわかった。こうした場面ではお世辞が最大の防御になることを、彼はかなり前に習得していた。とりわけ真実味があるならば。メガンもリズもアリスンも、みんなすばらしい女性たちだ。心温かく、誠実で、常識にも富んでいる。

「この際だから言っておくけど、わたしは彼女が好きよ」

「そうか。でも、きみはぼくがデートする人をかならず好きだと言うね」

「いいえ、そんなことない。レズリーは好きじゃなかった」

三人の妻はみんなレズリーが嫌いだった。一方、マットもレアードもジョーも、男たちは彼女がいっしょでも全然気にしなかった。とくにビキニを着けているときは。レズリーはとにかく美しかったので、トラヴィスの結婚するタイプではなかったとしても、交際中は彼らも大いに楽しんでいた。

「わたしはただ、あなたがモニカに電話すべきだと言ってるの」メガンは引き下がらなかった。

「考えておくよ」と彼は答えたが、しないとわかっていた。トラヴィスは逃げ場を探そうとテーブルから離れた。「ビールのお代わりがほしい人は？」

ジョーとレアードがそろってボトルを上げた。ほかの者は首をふった。トラヴィスはクーラーボックスに向かいかけたが、家の引き戸の前で足を止めると、急ぎ足で家に入って別のCDに替えた。彼は新しいメロディが流れだす庭にビールを持ち帰ってきた。すでにメガンとアリスンとリズの話題はグウェンに移っていた。グウェンは三人のかかりつけの美容師だが、話題が豊富で、その多くは町の住人の不道徳な好みに関することだった。

トラヴィスは黙って入り江を眺めながら、ビールをゆっくり飲んだ。

「何を考えてる?」とレアードが訊いた。

「たいしたことじゃない」

「言ってみろよ」

トラヴィスが顔を向けた。「人の名前に使われる色と、使われない色があるんだな。考えたことあるか?」

「どういうこと?」

「ホワイトとか、ブラックとか。ホワイトはタイヤを売ってる。ブラックと言えば、ぼくらが三年生のときの担任だ。探偵ゲームの〈クルー〉にはグリーンが出てくる。でも、オレンジとかイエローという人はいない。ある色はいい名前になるのに、それ以外の色は間抜けな感じがする。この話、わかるかな」

「そんなこと思ってもみなかった」

「ぼくもさ、ついさっきまでは。でも、なんだか変じゃないか？」

「たしかに」レアードは結局うなずいた。

二人ともしばらく黙りこんだ。「たいしたことじゃないと言っといたよな」

「うん、言った」

「そのとおりだろ？」

「ああ」


九時少し前になり、十五分前に続いて幼いジョージーが二度目の癇癪（かんしゃく）を起こしたとき、アリスンは娘を抱きあげてレアードに目くばせした。そろそろ帰って子どもを寝かせなければという意味だ。レアードは素直にテーブルから立ちあがった。メガンがジョーをちらりと見て、リズもマットにうなずいた。トラヴィスはお開きだと悟った。親になると人は自分たちが仕切り役だと思うようになるが、結局ルールを決めるのは子どもだった。

一人くらい残れよと説得してもよかったし、そうすれば誰かは応じただろう。でも、トラヴィスは友だちが自分とは違うスケジュールで生活していることに慣れていた。それに、もうじき妹のステファニーが立ち寄るかもしれない。妹はノースカロライナ大学で生化学の修士号をとるために勉強中で、大学のあるチャペル・ヒルからやってくる。泊まりは実家の世話になるとしても、ドライブのあとで誰かと話をしたくなり、両親がすでに寝ている時間なら連絡してくる可能性は高かった。メガン、ジョー、リズが立ちあがってテーブルを片づけはじめたが、トラヴィスは手をふって断った。

「いいよ、そのままで。たいした手間じゃない」

数分後、二台のSUVと一台のミニバンに子どもたちが乗りこんだ。トラヴィスは玄関ポーチに立って、私道から出ていく車を見送った。

人がいなくなると、彼はぶらぶら歩いてステレオに近づいた。CDを眺めてからローリング・ストーンズの『刺青の男（タトゥー・ユー）』に決め、ボリュームを上げた。戻る途中でもう一本ビールをとった。椅子にすわり、テーブルに足をのせて背をあずけると、モビーが横にすわった。

「しばらくおまえと二人きりだ」と彼は言った。「ステファニーがやってくるのは何時ごろだと思う？」

モビーはそっぽを向いた。トラヴィスが〝歩け〟とか〝ボール〟とか〝ドライブに行くぞ〟〝骨をとってこい〟などと言わないかぎり、ほとんど興味を示さない。

「こっちから電話して、いまどこだと訊いてやろうか？」

モビーはやはり向こうを見つめている。

「なるほど、ぼくも同感だよ。あいつは到着する時間になればやってくるんだ」

トラヴィスはビールを飲み、川の入り江の先を眺めた。モビーがクーンと鼻声をあげた。「ボール遊びがしたいのか？」

モビーが勢いよく立ちあがったので、あやうく椅子がひっくり返るところだった。


音楽のせいだ、とギャビーは思った。その週は人生で最悪と言ってよかったが、あの音楽にダメ押しをされた。騒々しかった。土曜の夜の九時なら我慢もしよう。とくに仲間も来ていたみたいだし。十時というのも、まあ非常識とまでは言えない。でも、深夜の十一時は？　一人になったとはいえ、犬とボール遊びをしていい時間だろうか？　家の裏のデッキから、隣の男が一日中はいていたショートパンツ姿で足をテーブルにのせ、ボールを投げたり、川を眺めたりしているのが見えた。あの頭にはいったい何が詰まっているんだろう？

そんなに目くじらを立てず、ただ無視すべきなのかもしれない。たぶん本人の自宅なのだから。そうよね？　お城の城主様は何をしてもかまわない。だが、そういう問題ではなかった。彼にはギャビーも含めて隣人がおり、彼女も自分の城を持っている。隣人というものはたがいを気づかってこそ和が保てるのだ。だが、隣の男はそれに反している。音楽だけではない。正直に言えば彼の聴く音楽は好きだし、いつもならどんなに大音量でも、長くかかっていてもあまり気にならない。問題は犬だ。ハビーとかなんとか彼が呼んでいる犬。もっとくわしく言うなら、あの犬が彼女の犬にしたことが問題だった。

モリーは妊娠している。間違いない。

ギャビーの飼い犬モリーは、美しくて気性のよい純血種のコリーだ。コンテストの優勝犬の血統を受け継いでおり、彼女がイースタン・ヴァージニア医大で準医師のインターン教習を終えたあと初めて自分のために買った犬だった。前からずっとほしかった犬種で、ついに夢が叶って手に入れたかわいい犬。そのモリーの体重がこの二週間ほど増えていて、しかもまずいことにお乳が大きくなってきたようだった。おなかをなでてやろうとモリーを裏返すたびに感じた。なんだか動作もゆっくりになってきたみたいだ。要するにモリーは、望まれない子犬を産むという道を間違いなくたどっている。ボクサーとコリーの雑種？　思わず彼女は子犬の顔を想像して眉をひそめ、そのイメージを追い払った。

隣の犬に違いない。モリーが発情期のときに、あの犬は私立探偵のようにこの家を見張っていたのだ。それに近所で見かける犬と言えば、あのボクサーしかいない。隣の男ときたら、庭をフェンスで囲いもせずに――。あいつは犬を室内で飼ったり、ドッグランを作って囲いこんだりしただろうか？　いいや、なんにもしなかった。彼のモットーはたぶん〝うちの犬は自由にさせる！〟だ。そうだとしても全然驚かない。なにしろ飼い主自身がそういう無責任なモットーで暮らしているみたいだから。

彼女は仕事に出かけるとき、彼がランニングをしている姿を見かけた。帰宅するときには、マウンテンバイクに乗り、カヤックを漕いでいるのを見かけた。表の私道で近所の子どもたちとインライン・スケートをし、バスケットボールのシュートをしていることもあった。ひと月前、彼は川にボートを押しだしていた。最近はウェイクボードも始めている。まるで、これまでの運動では物足りなかったみたいだ。神様は彼に一分でも残業をしてはならないと禁じたのだろう。金曜日をまるまる休んでいるのもわかっていた。だいたい毎日ジーンズとＴシャツで出かけられる職場とはどんなところだろう。彼女には見当もつかなかったが、もしかしたらエプロンと名札が必要な場所ではないかと、ある意味、辛辣な満足感をおぼえながら思ったりもした。

でも、それは言いすぎかもしれない。彼はたぶん〝いいやつ〟なのだ。友だちもごく普通っぽいし、家族ぐるみでやってくる。しょっちゅう訪ねてきては、彼と楽しそうに付き合っている。彼女はそのうちの二人を勤め先で見かけたことがあった。子どもが鼻風邪をひいたとか、中耳炎になったとか、そんなことだったと思う。だが、モリーの一件は？　モリーは裏口のドアの近くにすわり、しっぽをぱたんぱたんとふっていた。ギャビーは先行きを考えて不安になった。モリーはいいとしても、生まれた子犬は？　子犬たちはどうなるのだろう？　引き取り手が誰もいないとなれば？　ここではどう呼ばれているのか知らないが、子犬を安楽死させるためにその種の収容施設に連れていくなど想像できない。無理だ。絶対にしたくない。子犬を殺すなんてできっこない。

だとしたら子犬をどうしよう？

とにかくあいつが悪い。ただデッキにすわって、足をテーブルにのせ、この世には何の悩みもないと言わんばかりに優雅に過ごしている。

今年初めてこの家を見たときに思い描いた夢はこうではなかった。ボーイフレンドのケヴィンが住むモアヘッド・シティから橋を渡って数分のところにあるかわいい家。たしかに小さく、築五十年になろうかという古さで、ボーフォートの標準からしても修理が必要なボロ家だと言える。でも、川沿いの眺めはすばらしく、庭はモリーが駆けまわれる充分な広さがあって、何よりも彼女が買えるほど安かった。ギャビーは準医師養成学部の学費ローンを返済するのでプラン的にはぎりぎりだったが、貸付係は彼女のような専門職の資格を持つ人に対しては、かなり融通を利かせてローンを組んでくれるものなのだ。

ああいう〝うちの犬は自由にさせるし金曜日は働かないよ〟みたいな男には厳しくても。

彼女は深く息を吸い、もう一度彼をいい人かもしれないと思いなおそうとした。あいつは仕事から帰ってきたギャビーの車を見るとかならず手をふった。二カ月ほど前に引っ越してきたときのことを、ぼんやりと思い出した。彼は隣人として歓迎するしるしに、チーズとワインの入ったバスケットを置いていった。彼女は留守だったので、それがポーチに残っていた。礼状を届けようと心にとめていたのだが、つい先延ばしにしたままだ。

また無意識のうちに眉をひそめていた。道徳的優位性はあきらめなければならない。たしかに彼女のほうにも落ち度はあった。しかし礼状を忘れたのと、これとでは問題の重さが違う。モリーと好き勝手に歩きまわっている向こうの飼い犬との、望まれない子犬という問題だ。この状況を話し合うには、いまが絶好のチャンスかもしれない。彼も起きていることだし。

ギャビーは裏のデッキを下りて、家の境にある丈の高い生け垣のほうへ歩きだした。ケヴィンがいてくれたらと思ったが、それはありえなかった。今朝ちょっとした喧嘩をしたあとだけに。きっかけは彼女がなにげなく話した従兄の結婚話だった。ケヴィンは新聞のスポーツ欄に見いって、ひと言も返事をせず、聞いていないふりをした。最近の彼はとくに結婚の話題が出ると石のように黙ってしまう。二人は交際を始めて四年近くたっており（従兄は交際五年目で結婚するのだと、ギャビーは言ってやりたくなった)、ケヴィンの気性からすれば、彼が不愉快な話題に口をつぐむのは当然の結果だった。

だが、ケヴィンの問題はささいなことだ。最近の生活が思いどおりにいかないのも、それはそれでかまわない。職場でひどい一週間を送ったこともそうだ。しかしなんと金曜日一日で、三回も胃のなかのものを吐きかけられるとは! ナースによれば職場記録樹立だという。彼女たちはわざとらしい笑顔を隠そうともせず、うれしそうに何度もその話をくりかえした。妻帯者の医師、エイドリアン・メルトンのことも大目に見ている。メルトンはギャビーと話すとき、かならず体のどこかをさわるのだが、それが少し気まずくなるほど長すぎた。これにはまだ一度も毅然とした態度をとっていないのだが、それでも腹を立ててはいなかった。

ともかく、これはミスター・パーティーが責任感ある隣人かどうかという問題だ。もしそうならば、本人も打開策を見つける義務があるとわかるだろう。それと、(決して嫌いな種類じゃないとしても)音楽を大きな音で鳴らすには時間が遅すぎることと、こちらが迷惑していることを知らせよう。

ギャビーが決然として芝生を歩いていくと、サンダルばきの爪先が夜露に濡れて、月光が銀色の小道のように芝生に映っていた。どうやって話を切りだそうかと考えていたので、彼女は周囲のことに気がまわらなかった。礼儀正しくするなら玄関にまわってノックをすべきだが、こんなに大音量で音楽を鳴らしていては聞こえるかどうかも怪しい。それに、こういうことは興奮が冷めないうちに真正面から対決して片づけるべきだ。

前方に生け垣のすきまがあるので、そこを目ざした。たぶんハービーがそこから入りこんで、かわいそうなおとなしいモリーをものにしたのだ。彼女はまたぎゅっと胸が締めつけられた。絶対にこの気持ちを忘れないようにしようと思った。これは重大事件だ。放っておくわけにはいかない。

ギャビーは自分の使命に気をとられていたので、生け垣を通り抜けたときテニスボールが飛んでくるのに気づかなかった。かすかに聞こえたのは犬が走ってくる足音だったが、それも一瞬のことだった。彼女は驚く暇もなくひっくり返り、地面に倒れていた。

ギャビーはあおむけに寝て、ぼんやりしていた。焦点の合わない空はまぶしすぎて無数の星が輝いているようだった。なんで息が吸えないのかと考えたとたん、体に走る激痛に不安をおぼえた。芝生に倒れたまま、痛みが走るたびにまばたきする以外、身動きができなかった。

どこか遠くから、さまざまな音がごちゃまぜに聞こえてきた。そのうち、ゆっくりと世界の焦点が合いはじめた。彼女は意識を集中しようとし、ごちゃまぜの音が人の声だとわかった。何人もではなく一人の声。大丈夫かと、問いかけているみたいだ。

と同時に、頬のあたりへ何か臭いのする生温かい風が、一定のリズムで吹いてくるのに気づいた。またまばたきをし、首を少しまわした。目の前に毛のはえた四角い巨大な顔がのしかかるように迫っていた。ハビーだ、と彼女はボーッとした頭で考えた。

「うぅーん……」ギャビーは起きあがろうとして鼻声をあげた。体を動かすと、犬が顔を舐めた。

「モビー！　おすわり！」声が近くなっていた。「大丈夫かい？　まだ起きあがらないほうがいいよ」

「平気」彼女はなんとか体を起こして、地面にすわる格好になった。二回ほど深呼吸をしたが、まだめまいがした。ああ、ほんとにズキズキする。暗闇のなかで近くに人がしゃがんでいる気配がしたが、顔も姿もよく見えなかった。

「ほんとに悪かった」男の声がした。

「何があったの？」

「モビーが偶然きみにぶつかって倒したんだ。ボールを追いかけて走っていて」

「モビーって？」

「うちの犬」

「じゃ、ノビーは？」

「え？」

彼女はこめかみに手をあてた。「いえ、べつにいいの」

「ほんとに大丈夫？」

「ええ」頭はまだぼんやりしていたが、痛みはおさまってきた。立ちあがろうとして、彼が腕を支えているのに気づいた。よちよち歩きの幼児がどうにか倒れまいとする職場での光景を思い出した。ようやく立ったとき、彼が腕を放すのを感じた。

「荒っぽい歓迎だったね」と彼が言った。

その声はまだ遠くに聞こえたが、遠くではないことはわかっていた。彼に顔を向けると、身長百七十センチの彼女より少なくとも二十センチ近く高いところを見あげる格好になった。ギャビーはそういう姿勢に慣れていなかった。見あげると、彼の角ばった頰骨ときれいな肌に気づいた。ウェーブのかかった茶色の髪は先のほうで自然にカールしており、歯は白く輝いていた。近くで見るとハンサムだった。そう、素直にいい男と認めてもいい。でも、彼はそれをしっかり心得ているタイプみたいだ。彼女はその考えに気をとられて口をあけたまま言葉を失った。いったん口を閉ざしたが、事前に考えていた質問は忘れてしまった。

「つまり、きみはうちを訪ねてきて、ぼくの犬に体当たりを食らわされたというわけだ」彼が続けて言った。「くりかえすけど、ほんとに悪かった。いつもはわりに注意深い犬なんだが。挨拶しろ、モビー」

犬は得意満面といった感じでおすわりをしている。それを見て、突然ギャビーは訪ねてきた理由を思い出した。そばにいるモビーはお手をするように片肢（かたあし）を差しだしていた。かわいかった。ボクサーにしてはキュートだ。でも、だからといって手をゆるめるわけにはいかない。この犬は彼女を突き飛ばしただけでなく、モリーの人生を台なしにした。モビーではなく強盗（マガー）という名前のほうがぴったりだ。いや、変態（パーバート）のほうがふさわしいかも。

「ほんとに平気なの？」

彼の訊き方で、彼女は対決する意気込みに水をさされたような気がした。生け垣へ近づいたときの感情を思い出さなくては。

「なんともないわ」鋭い声で答えた。

気まずい空気のなかで、二人は視線をかわした。彼が親指を肩先にやって後ろを指さした。「デッキにすわらないか？　音楽を聴いていたんだ」

「なんでわたしがデッキに行きたいなんて思うの？」ギャビーはだんだん自分を取り戻してきたと思いながら、ぴしゃりと言い返した。

彼はためらった。「きみが訪ねてきたから」

やっぱりね、と彼女は思った。そうくるわけだ。

「そのほうがいいなら、この生け垣のそばに立っていてもいいけど」

ギャビーは両手をあげてさえぎった。早くケリをつけてしまいたかった。「ここに来たのは、あなたに話があったからよ」

彼女が切りだそうとしたとき、彼が機先を制するように自分の腕をたたいた。「ぼくもだ。引っ越してきたことを歓迎する意味で、いずれ正式に立ち寄ろうと思ってた。ぼくのバスケットは受けとってくれた？」

耳のそばで羽音がしたので、彼女は虫を追い払った。「ええ、その節はありがとう」ちょっと動揺していた。「でも、わたしが話したかったのは……」

彼女は口ごもったが、彼が全然聞いていないのに気づいた。彼は二人のまわりを手であおいで虫を防いでいた。「どうしてもデッキに行きたくないの？　ここは藪があるから、蚊が猛烈に襲ってくるぞ」

「言おうとしてるのは――」

「耳たぶにとまってる」彼が指さした。

ギャビーは反射的に右手をあげた。

「反対にも」

彼女はそっちもたたいて、血がついている指を見た。むかつく――。

「ほっぺたに、またとまった」

ギャビーは蚊の群れに腕をふった。「なんなの、これって？」

「言ったろ。ここは藪がある。蚊は水辺で孵化するし、物陰は湿ってるから大好きで……」

「いいわ」彼女は折れた。「デッキで話しましょう」

二人はすばやく移動して、藪から逃れた。「ぼくは蚊が嫌いなんだ。テーブルには蚊を寄せつけないように、シトロネラ油のキャンドルをつけている。夏になると、こんなもんじゃないから」彼はちょっとした拍子でも体がふれあわないくらいの距離をあけていた。「まだ挨拶がすんでなかったね。ぼくはトラヴィス・パーカーだ」

ギャビーは少しためらった。べつに親しくなりたくて訪ねたわけじゃないのに……。だが相手に求められているのと、礼儀は礼儀だという意識が優勢になって思わず答えていた。「わたしはギャビー・ホランド」

「よろしく」

「こちらこそ」彼女はそう言いながらわざと腕を組んだ。無意識に鈍痛が残る脇腹をさわったあと、むずがゆくなりだした耳にその手を持っていった。

トラヴィスは彼女の横顔を見ながら、怒っているようだと思った。口もとを引き締めた不機嫌な表情は、これまで何人ものガールフレンドの顔に浮かんだものとそっくりだった。怒りは彼に向けられているようだが、思いあたるふしはなかった。犬が体当たりをしたこと以外には。だが、たぶんそれだけではなさそうだ。その表情で妹のステファニーを思い出した。妹がああいう顔をするときは、長いあいだ貯めこんだ怒りを吐きだす合図にほかならない。ギャビーの態度はそれに似ていた。まるで怒りがつのってきたような。

それはともかく、彼女には妹と共通点がいくつかあった。ステファニーは大人になって折り紙付きの美人になった。ギャビーもそれに似て完璧すぎない魅力がある。青い瞳は目と目のあいだが少し離れすぎているし、鼻もやや大きめで、硬そうな赤毛の髪はまとめるのに苦労しそうだ。しかし、こうした欠点は天性の美しさに守ってやりたいニュアンスを付け足すもので、男心をそそる要素と言ってよかった。

黙っているあいだに、ギャビーは頭のなかを整理しようとした。「わたしが来たのは――」

「待って」トラヴィスがさえぎった。「その前に椅子にすわったらどう？　すぐに戻ってくる」彼はクーラーボックスに向かい、途中で軽くふりむいた。「ビールは飲まない？」

「いいえ、けっこうよ」彼女は早く事を片づけたいと願って答えた。すわるのを拒み、戻ってくる彼と対決しようとふりむいたが、ひと足先を越されて彼は椅子にすわってしまった。ゆったりした姿勢で、足をテーブルにひょいとのせている。

ギャビーは頭にきて立ったままでいた。何から何まで思いどおりにいかない。

彼はビールをプシュッと開け、ひと口飲んだ。「すわらないの？」首をひねって見あげながら誘った。

「せっかくだけど、立っていたいの」

トラヴィスはまぶしそうに目をほそめ、両手をひさしのようにかざした。「でも、ほとんど見えない。ポーチのライトがきみの後ろから照らしてるから」

「ここに来たのは話があるからで――」

「少し横にまわってくれない？」と彼が言った。

ギャビーは不服そうな声を漏らして何歩か動いた。

「これでいい？」

「もうちょっと」

そうすると、彼のほとんど真向かいまで来ていた。彼女は憤慨して両手をあげた。

「そこまで来たら、すわったっていいんじゃない？」

「まったく！」彼女は椅子を引いてすわった。この男にすっかり調子をくるわされていた。「ここに来たのは話があるからなのよ」切りだしたとき、ふとモリーの状態をずばりと言うべきなのか、まずは隣人として悪意がないことを断るべきなのか迷いが生まれた。

彼が眉をあげた。「それはわかってる」

「そりゃそうよ!」彼女は言い返した。「話を始めようとすると、かならずそうやって妨害するんだから!」

トラヴィスはにらんでくる表情も妹そっくりだと思ったが、まだ彼女がなぜ怒っているのかわからなかった。ひと呼吸おいて彼女は話しはじめた。最初はまた彼に邪魔されるのではないかと用心深く、ためらいがちだったが、彼が聞く一方なので、だんだんリズムに乗り、言葉が流れるように繰りだされてきた。彼女はまずどんなふうにいまの家を見つけ、どれほど心を奪われたかを話し、自分の家を持つことが昔からの夢だったと続けて、モリーのことと、モリーの乳首がだんだん大きくなってきたことに移った。トラヴィスは最初モリーが誰なのかわからなかったので、このあたりの話は超現実的な内容に感じられた。話が先へ進むにつれて、しだいにモリーがギャビーの飼っているコリーだとわかり、ときどき彼女が散歩に連れだすのを見かけたことを思い出した。

そのあとギャビーは醜い子犬とか、殺すとか口走り、〝わたしにさわりたがるドクター〟も嘔吐(おうと)も、べつに気分をそれほど落ちこませるわけじゃないという奇妙な話をして、正直なところ彼は何がなんだかわからなかったが、彼女がモビーのほうに手をふったとき、ようやくふたつのことが頭のなかで結びついた。要するに彼女は、モリーが妊娠した責任がモビーにあると信じているのだ。

父親はモビーではないと反論したかったが、相手が話に夢中なので、最後までしゃべらせようと彼は考えた。すでにギャビーの話は自然に横道にそれていた。彼女の人生のこまごましたことが、彼に向けられる怒りとともに手あたりしだいに吐きだされていった。たっぷり二十分は話しこまれた感じがしたが、実際にはそんなに長くないとトラヴィスは思った。とはいっても他人から隣人として不適格だと非難された側からすれば、つらい時間であり、モビーについて話す彼女の口ぶりにもついていけなかった。彼に言わせれば、モビーほど完璧な飼い犬はいないのに。

ときおり彼女は言葉を切って黙った。そういうときにトラヴィスは言い返そうとしたが、うまくいかなかった。こんどは彼女のほうが主導権を握って、彼の出鼻をくじいてきた。仕方なく聞く側にまわったが、そうすると彼女は彼やモビーを侮辱することもなくなった。トラヴィスはギャビーの口調になんとなくせっぱつまった、混乱したものを感じて、その人生に何が起きているのかと考えた。彼女自身が気づいているかどうかは別として、犬は彼女の悩みのごく一部だった。彼は急に同情をおぼえ、うなずいて、話を聞いていることを伝えようとした。ギャビーはときおり質問をはさんだが、彼が答える前に自分から答えを言った。

「近所づきあいって、行動に注意しなければ成り立たないんじゃない？」そう、そのとおりだと言いかけると、彼女が先に言った。「当然そうよね！」ギャビーが叫ぶので、彼はまたうなずくしかなかった。

　長かった演説もようやく終わりに近づいた。彼女はくたびれて地面に目を落とした。あいかわらずその口はまっすぐ結ばれていたが、目には涙が浮かんでいた。トラヴィスはティッシュを差しだすべきかどうか迷った。ティッシュは家のなかにあり、持ってくるには遠すぎた。そのときバーベキューグリルのそばにナプキンがあったことを思い出した。彼はすばやく立ち、何枚かつかんで彼女に持っていった。差しだすと、ギャビーは遠慮したあとで受けとって目の端をふいた。落ち着きを取り戻した彼女は、第一印象よりもかわいらしくなっていた。

　彼女は息を震わせながら吸いこんだ。「それで、あなたはどうするつもり？」きっぱりとした訊き方だった。

　トラヴィスは何のことかと考えて、ためらいがちに言った。「何を？」

「子犬のことよ！」

　また怒りが沸騰するのを感じとり、彼は落ち着かせようと両手をあげた。「話を最初に戻そう。ほんとうに妊娠してるの？」

「もちろん。間違いないわ！　わたしの話を聞いてなかったの？」

「獣医さんに診せた？」

「わたしは診察も診断もできる準医師の資格をとって仕事をしてるのよ。二年半、医大で準医師養成学部に通い、一年間のシフト勤務もすませた。妊娠かどうかの判定くらいできるわ」

「人ならそう言えるだろうけど、犬はまた別なんじゃないかな」

「どうしてあなたにわかるの？」

「ぼくは犬に関していろいろ経験してるからさ。実際——」

そうでしょうとも、と彼女は思い、手をふってさえぎった。「モリーは動きがのろくなったし、乳首がふくらんで、妙な行動をするようになったわ。ほかに考えられる？」正直な話、これまで出会った男って、子どものころから犬を飼っていれば全員が犬の専門家だと思いこんでいる——。

「何かに感染してるんじゃないか？　その場合でも腫れてふくらむことがある。感染症がひどいと犬は痛みを感じている可能性がある。妙な行動もそれで説明できるかもしれない」

ギャビーは口を開いて言い返そうとしたが、その可能性を考えていなかったことに気づいて黙った。たしかに感染症でも乳首は腫れる。乳腺炎か何かで。彼女は急にホッとしたが、すぐに現実がよみがえった。乳首が部分的にそうなったのではない。全部が腫れているのだ。ギャビーは彼に真剣に聞いてほしいと願いながらナプキンをねじった。

「やっぱり妊娠してる。いずれ子犬が生まれるのよ。あなたも引き取り先を探す手伝いをして。わたしは絶対に処分なんかさせないから」

「モビーがやったことじゃないと自信を持って言えるが」

「そう言うと思ってた」

「でも、それにはちゃんと――」

ギャビーは怒りくるって首をふった。典型的な反応だ、妊娠はつねに女の側の問題と言わんばかりの。彼女は椅子から立ちあがった。「とにかくちゃんと責任をとってもらうわ。子犬の引き取り手を見つけるのは簡単じゃないわよ」

「だけど――」

「いったい何の話だったの？」とステファニーが訊いた。

ギャビーが生け垣の向こうに姿を消してから数秒後、トラヴィスはガラスの引き戸から隣の家に入る彼女を見まもった。彼はまだ攻撃されたショックをわずかに感じながらデッキにすわっており、そこへ妹が近づいてきた。

「いつから来てたんだ？」

って」

「だいぶ前」ステファニーはドアのそばにあったクーラーボックスを見つけて、ビールをとってきた。「あの人ったら、兄さんをぶん殴る勢いだったわよ。かと思えばワンワン泣きだしそうになるし。そのあとまた、パンチをお見舞いしてやるみたいになって」

「正しい観察だ」トラヴィスは認めて、ひたいをこすった。まだギャビーとのやりとりが理解しきれていなかった。

「あいかわらずガールフレンド漁りをしているのね」

「べつにガールフレンドじゃない。お隣さんだ」

「始末が悪い」ステファニーは椅子にすわった。「どれくらい付き合ってるの?」

「違うって。実際、今夜が初めて会ったみたいなものだ」

「へえ、それは驚きね」ステファニーは感想を述べた。「兄さんにそういう力があるとは思わなかった」

「は?」

「ほら、人をあんなに急にカッとさせる能力。なかなかできないわ。人に対するときはまず慎重になるべきよ」

「おもしろいね」

「ほんと。それとモビー……」彼女は犬のほうを向いて、叱りつけるように指を立てた。「あんたも慎重にね」

　モビーはしっぽをふって、さっと立ちあがった。ステファニーのほうへ歩いてくると、膝に鼻をこすりつけた。彼女は頭を押さえたが、モビーは逆に強く押し返した。

「いい子は頑張らないの」

「モビーが悪いんじゃない」

「兄さんはそう言ってたわね。もちろん向こうが聞きたい返事じゃなかった。彼女、どうしちゃったの？」

「少し怒ってたな」

「そんなのわかってる。どういう話をしているのか考えて、理解するのに手間どっちゃった。でも、笑っちゃう話よね」

「悪気はないんだ」

「なるほど」ステファニーは椅子の背にもたれ、兄を観察した。「あの人、ちょっとかわいい感じがする。そう思わない？」

「気づかなかったな」

「そう言うと思った。でも賭けてもいいわ、兄さんがいちばん最初に気づいたのは絶対そこだった。色目を使ってあの人を見てたじゃないの」

「おい、今夜はやけに手きびしいな」

「まあね。終わったばかりの試験がヤバかったんだもの」

「どうした？　一問すっとばしたとか？」

「そうじゃないけど、厄介なのが何問かあったのよ」

「ご苦労さまだね」

「ほんと。それに来週もまだ三つ試験があるし」

「かわいそうに。人生は働いてメシを食うよりも、ずっと学生でいるほうがはるかにきびしいんだよ」

「よく言うわ。兄さんのほうが学生経験は長いのに。それで思い出したけど……訊こうと思ってたんだ。もしもう二年大学に行って博士号をとりたいと言ったら、ママとパパはなんて言うかな」

　ギャビーの家のキッチンに明かりがついた。トラヴィスはそれに気をとられて答えるのに時間がかかった。

「たぶんかまわないさ。親父と母さんはああだから」

「そうね。でも最近なんとなく、わたしを誰かと結婚させて身をかためさせたがってる気がするんだけど」

「同感。ぼく自身も何年も前からそれを感じてる」

「そうだけど、でもわたしの場合はちょっと違うかも。女だから。生物学上のタイムリミットがあるわけで」

　隣のキッチンの明かりが消え、数秒後に寝室の明かりがついた。トラヴィスはぼんやりとギャビーはベッドに入ったのだろうかと考えた。

「ママが二十一で結婚したのを憶(おぼ)えてるでしょ？」ステファニーは話を続けた。「二十三のときには兄さんを産んでた」彼女は応答を待っていたが、何も返ってこなかった。「でも、ぐうたら兄さんは順風満帆だもんね。わたしもそれを盾にして言ってみようかな」

　妹の言葉がだんだん染みこみ、しっかり頭に刻みこまれるとトラヴィスは眉をひそめた。

「それは侮辱か？」

「そんなとこ」ステファニーはわざとらしい笑みを浮かべた。「ちゃんと話を聞いてるのか、それともあそこの新しい友だちに気をとられてるのか、チェックするために」

「べつに友だちじゃない」彼は弁解がましいと思ったが、つい口にしていた。

「いまはね」と妹が言った。「でも、そうなる予感がする」

2

隣の男のもとを去ったあと、ギャビーは感情をコントロールできなくなった。閉めたドアにもたれて、心の平静を取り戻そうとするのが関の山だった。

たぶん、のこのことお隣なんかに行くべきじゃなかったのだ。いいことなど全然なかった。あいつはあやまりもせず、飼い犬に責任はないとまで言った。それでも、ようやくドアから離れたとき、彼女は自分がほほえんでいるのに気づいた。ともかく行動は起こした。自分のために立ちあがり、この先どうなるかを先方に話してきた。勇気を奮ったからこそできたことだ。自分の考えを人に話すのは得意なほうではない。ケヴィンにも、彼の考える二人の未来はせいぜいつぎの週末のプラン止まりだとは言えなかった。メルトン医師にも、さわられてどういう思いをしているかなど言えないし、そもそも〝こうこうすれば自分を変えられる〟と娘に言いつづける母へ、言い返せずにきたのだ。

隅で眠っているモリーを見たとき、ギャビーの笑顔が消えた。予想される結果が変わっていないことを思い出した。そして、モリーを救う義務があるのだと、隣のあいつをいまいち説得できなかったことも。今夜をふりかえると、恥ずかしいばかりだ。最初は余裕を持って歩いていったが、地面にひっくり返ったあと、わけがわからなくなった。たまりにたまった不満が爆発して話すのを止められなくなった。母ならきっとうまくやっただろう。

ギャビーは母親を愛していたが、母は彼女と違い決して自分を見失わずにいられるタイプだった。ギャビーはそれが我慢ならなかった。思春期のころ、彼女は母から自然な反応を引きだそうと、両手をつかんで揺さぶりたい衝動に何度も駆られたものだ。もちろん、そんなことをしても無駄だったろう。たぶん母はギャビーがやめるまで揺さぶらせておき、そのあと髪をなでつけてから、かなり頭にきた口ぶりで、「ガブリエル、これであなたもストレスが解消したでしょうから、レディらしく話し合えるわね」などと言うはずだ。

レディ。ギャビーはその言葉が耐えられなかった。母がレディと言うと、よく途方に暮れて挫折感を味わったものだ。まだ道が果てしなく続き、行く先を示す地図さえないような。

もちろん母はギャビー以上に母なりの生き方を変えられなかった。母は南部女性の典型的なタイプで、フリルのついたドレスを着て育ち、地方都市のエリートが集まるサヴァナ・クリスマス・コティヨンでお披露目をした。排他的な田舎(いなか)の社交界で舞踏会デビューをしたのである。一方ジョージア大学では、これも一族の伝統として女子学生クラブ（トライ・デルタ）の会計係を務めた。大学時代ははっきりと、学業成績よりも〝結婚〟という学位を目ざすほうが重要だと考えていた。みだしなみのよい南部女性にとってそれが唯一の望ましい進路であり、キャリアだと信じていたからだ。それはまた言うまでもなく、一族の名前に恥じない釣り合いのとれた〝旦那様〟を求めることにほかならない。要するに金持ちの男である。

　そこで父親の紹介をしよう。ギャビーの父は成功した宅地開発業者であり、総合建設会社（ゼネコン）の社長だった。妻より十二歳年上で、大富豪ではないとしても、かなり裕福だった。それでもギャビーは、両親が教会の外で立っている結婚式の写真を細かく検討して、ずいぶん肌合いの違う二人が恋に落ちたものだと思ったことを憶えている。母はカントリー・クラブ［テニスコート、ゴルフ場、プールなどの施設のある社交クラブ］のキジ料理に目がなかったが、父は町の食堂のビスケッツ&グレービー［ビスケットとフレンチフライに肉入りホワイトソースをかけた朝食］のほうが好きだった。母は郵便箱に行くにも化粧をするほどなのに、父はジーンズをはいて、髪はいつも少し乱れていた。

　それでも二人は愛しあっていた。ギャビーはそれを疑いもしなかった。朝、両親がやさしく抱きあっているところをよく見たし、二人の口論は一度も聞いたことがなかった。二人はずっとダブルベッドで寝ており、共同経営者のようにツインベッドで寝ている友だちの両親とは違っていた。いまでも実家に行くと、たまに両親がソファで抱きあっているところに出くわしたりする。友だちがそれを見て驚くと、ギャビーはただ首をふって、理由はなんであろうと二人の相性がとてもよいことを認めるのだった。

ギャビーは二人のハニーブロンドの姉たちと違って、かなり父親似だった。母はつくづく落胆したものだが、子どものころからドレスよりもオーバーオールのほうを気に入り、木登りが好きで、何時間も泥だらけになって遊んでいた。しょっちゅう父のいる建築現場に行って、後ろにくっついては、新しくはめこまれた窓のガラスと枠をチェックしたり、ミッチェル金物店から届いたばかりの箱をのぞいたりするしぐさを真似るのだった。

父親からは釣り鉤の付け方や魚釣りの仕方も教わった。父といっしょにラジオの壊れたポンコツのトラックに乗るのが大好きだった。父はなかなかトラックをお払い箱にしなかった。仕事が終わると、二人はバスケットボールをして遊んだ。母がキッチンの窓から見まもっていたが、ギャビーはいつもその表情から、賛成していないばかりか理解できないという気持ちを感じとった。姉たちが母のそばに立って、口をぽかんとあけていることもよくあった。

ギャビーは子どものころから自由に生きたいと言っていたが、現実には両親の世界観と二股をかけるようになった。そうなったのは、母親の操縦術がうまかったことが大きい。ギャビーは成長するにつれて、母の意見にしぶしぶ従うようになった。たとえば着るものや、レディにふさわしい上品なふるまいについて。

だが、そうしたのは罪悪感を感じずに生きたいからだった。母の兵器庫にあるすべての武器のなかで、罪悪感こそいちばん効果的なものであり、母はいつもその使い方を心得ていた。たとえば、この場合には片眉をあげ、あの場合にはひとことクギを刺すという具合で、結局ギャビーはお披露目の準備をする講習を受けたり、ダンスのレッスンに通うはめになった。律儀にピアノも習い、母のように、正式にサヴァナ・クリスマス・コティヨンで地元の社交界にデビューした。その夜、母は見るからに得意満面だったが、ギャビーはすでに自分なりの決断をいくつかしようと決心していた。そのなかには母が絶対に承知しないことも含まれていた。

もちろんギャビーだって結婚はしたいし、いずれ子どもを産みたかった。しかし、父のように社会で通用するキャリアを築きたいとも思っていた。具体的に言えば、医者になりたかったのだ。

母はそれを知ったとき、建前から娘を否定するようなことは何も言わなかった。少なくとも最初だけは。そのあとで罪悪感を盾にとった攻撃を開始した。ギャビーが大学の試験で満点につぐ満点をとるようになると、母は眉をひそめて、フルタイムの医者として働きながらフルタイムの妻や母親が務まるものかしらと、やんわり疑問を口にした。

「でも、あなたが家族より仕事のほうが大事だと言うなら」と母は言った。「もちろん医者におなりなさい」

ギャビーは母の圧力に抵抗しようとしたが、結局古い習慣はしぶといもので、医学部ではなく準医師養成学部へ通うことになった。たしかにそれも道理にかなっていた。準医師でも医師なみに診察はできる。しかも勤務時間は比較的固定されており、急患で呼び出されることもない。そのほうが家庭を持つのに適した選択肢だ。それでも、たまにギャビーはそういう考えを植えつけたのは母だと不満をおぼえた。

とはいえ、家族が大事というのはギャビー自身の価値観でもある。それは幸せな結婚をした両親からの贈り物だった。おとぎ話が現実にあると思って育つだけでなく、お話のように暮らしてもかまわないのだと思う効果というか。だが、これまでのところ、現実はプランどおりに進んでいない。ギャビーとケヴィンは恋に落ち、長いあいだデートを重ねてきた。普通のカップルなら別れてもおかしくないほど長い交際になったが、燃えたり冷めたりの波を乗り越えて、いままた将来の話をしている。彼女はケヴィンを人生のパートナーにしようと心に決めていたが、ごく最近の言い争いを考えると眉をひそめたくなった。

ギャビーの悩みを感じたのかモリーがもがくように立ち、よたよたやってきて手に鼻をこすりつけた。ギャビーは指で梳くように毛をとかしてやった。

「ストレスなのかな」ギャビーは人生がモリーのようにシンプルだったらと願わずにはいられなかった。心配もなく、責任からも逃れられたら……妊娠は除外するけど。

「わたしって、おまえのストレスになってる?」

モリーは答えなかったが、答える必要もなかった。ギャビーは自分がストレスをためこんでいることがわかっていた。請求書の支払いをするとき、メルトン医師から流し目で見られるとき、求められてケヴィンに寄り添ったのに当てはずれのことをされるとき、彼女はいつも肩に重圧を感じた。ケヴィンは別として、この町に友だちが一人もいないのがつらかった。職場以外には知り合いもなく、じつを言えば引っ越してから仕事以外で他人と話をしたのは今夜が初めてだった。

思い返すと、全体的にもっと感じよくやれたはずだ。隣の男はあんがい親切そうだったから、あんなにまくしたてなくてもよかった。手を貸して立たせてくれたときは、ほんとに友だちみたいな感じがした。しかもいったん彼女が話しだしたら一度も邪魔しなかった。そのせいで、ちょっと気持ちもすっきりした。

考えてみると驚くべきことかもしれない。彼女の話はとんでもない言いがかりに聞こえても仕方がないのに、彼は怒りも、言い返しもしなかった。あれがケヴィンなら絶対に怒って言い返したはずだ。立たせてくれた彼のやさしいしぐさを思い出して、ギャビーは頰が火照ってきた。それから、彼がナプキンを渡してくれたあと、彼女の魅力に気づいたように見つめてきた瞬間があった。あんな目で見られたのはほんとうに久しぶりだ。認めたくはないが、おかげで気分がよくなった。ああいう気持ちが足りなかったのだ。ちょっと本音をぶつけあっただけでこんなに感情が波立つとは驚きだった。

ギャビーは寝室に入り、大学一年のときから使っているシャツと、楽なスウェットのペアに着替えた。モリーがついてきたが、ギャビーは犬の気持ちを察してドアのほうに手をのばした。

「外に行きたいの?」

モリーは勢いよくしっぽをふりながらドアに向かった。ギャビーは犬の様子を観察した。やはり妊娠しているように見えたが、隣人の言うこともっともだった。確かめるためにも、獣医に連れていくべきだ。それに妊娠した犬の世話についてもよく知らない。モリーにビタミン剤をあげる必要があるのかと考えたとき、ふと健康的な生活を送る決意がおろそかになっていることを思い出した。食事に注意し、運動して、睡眠を規則的にとり、柔軟体操も欠かさない――ここに引っ越したらすぐに始めようとしていた生活だ。いわゆる〝新居の決意〟だが、残念ながら三日坊主に終わっていた。

明日は絶対にジョギングをしよう。ランチにはサラダを食べ、夕食にもまたサラダを食べよう。本気で人生を変える準備にとりかかろう。こんどはケヴィンにはっきり将来のプランについて訊かなくては——。

でも、それはあまりいい考えではないかもしれない。隣の男と対決中でもあるし。もしケヴィンの返事にがっかりしたら、そのあとの変化を受けいれられるだろうか。彼にプランがなかったらどうしよう？　初めて就職した職場を、もしほんとうに二カ月でやめることになったら後悔しないだろうか？　家を売って？　引っ越す？　行ってもいいと思えるのは、どれくらい遠くまで？

彼女は何ひとつ自信のある答えが浮かばなかった。ただ彼を失いたくないということしか。でも健康的な生活なら、いますぐできる。一歩ずつ地道に進もう。

とりあえず心が決まると裏のデッキに出て、モリーが階段を下り、庭の遠くの端へ向かうのを見まもった。外はまだ暖かかったが、おだやかな夜風が吹きはじめていた。暗い空には星が広がっている。その複雑なパターンのなかで識別できるのは北斗七星くらいしかなかった。明日、ランチのあとで天文学の本を買おうと思った。二日くらいかけて初歩的な星座をいくつか憶えたら、ケヴィンを呼んで浜辺でロマンティックな夜を過ごそう。夜空を指さし、さりげなく星座にまつわるすごくおもしろい話をしよう。ギャビーは目をつぶってそのシーンを想像し、まっすぐ立ちあがった。

よし、明日は新しい人になってやる。心機一転。そしてモリーをどうするか考えよう。頭を下げて頼みこんでも、すべての子犬に飼い主を見つけてあげよう。

まずは獣医に連れていってから。

3

最近ギャビーは、なぜ小児科医院で働くことにしたのかとあらためて思うことがある。準医師養成学部で学ぶあいだはずっと心臓病科を目ざし、実際に病院の心臓病チームのなかで実習するチャンスにも恵まれた。彼女はむずかしい外科手術を手伝うのが好きで、それが自分にいちばん合っていると思っていた。ところが最後の実習勤務でたまたまある小児科医と働くことになり、その人から幼児を治療する喜びと、務めの尊さを吹きこまれた。

白髪まじりのベテラン医師であるベンダー先生は、いつもほほえみを絶やさず、サウスカロライナ州サムターの子どもを一人残らず知っていた。先生は、心臓病学をやれば収入は多いし、華やかだが、新生児を抱っこしたり、赤ちゃんが成長する最初の一年間を見まもったりすることはできないし、これほど報われる医療はほかにないとギャビーに語り聞かせた。ふだんは彼女も調子を合わせてうなずくだけだったが、最後の日、医師は乳児を彼女の腕に抱かせて決断を迫った。赤ちゃんがクウクウと声をあげたとき、ベンダー医師の声が流れてきた。

「心臓病科に行けば、すべてが一刻を争う状況になる。きみが何をしようと、患者たちは具合が悪くなっていくように見えるだろう。しばらくすると、そういうことに体力気力が尽きてくる。注意しないと燃えつき症候群になるかもしれない。でも、こういう小さな命を相手にするのは……」医師は赤ちゃんを見せながら言葉を切った。「この世でいちばん気高い使命なんだよ」

こうしてギャビーは、故郷の町の心臓病科を斡旋(あっせん)されながらそれを断って、ノースカロライナ州ボーフォートのファーマン＆メルトン小児科医院に就職した。ファーマン医師はぼんやり者だし、メルトン医師は浮気者だが、住まいがケヴィンの家の近くになるという利点もあった。それにある程度はベンダー先生の言うことが正しいとも信じていた。乳児についてはまったく言うとおりだ。乳児の治療をするのは、たとえ注射をした子どもの金切り声に顔をしかめたくなっても、ほとんど苦にならなかった。よちよち歩きの子どもも問題なかった。毛布やテディベアを抱っこしたり、見つめたりするあどけない表情はいつ見てもかわいかった。

ただし小児科には親たちもやってきて、それが悩みのタネだった。ベンダー先生は重要なことをひとつ言い落としていた。心臓病科にやってくる患者は本人が治療を望むか必要としているのに対して、小児科の場合は〝なんでも知っています〟と言わんばかりの神経質な親が患者にくっついてくることだ。イーヴァ・ブロンソンもまさにその一人だった。

　イーヴァは膝にジョージを抱っこして検査室にすわり、見るからにギャビーを見くだしていた。多くの親たちは、彼女が厳密に言えば医者ではなく、学校を出たばかりの新米なので、せいぜい給料のよい看護師くらいのものと思いこんでいた。

「ファーマン先生は診てくれないの？」イーヴァは〝先生〟のところを強調して言った。

「先生は病院に行ってるんです」とギャビーは答えた。「こちらに来るのはかなり遅くなりますし、先生もわたしと同じ所見だと思いますよ。息子さんはもうなんともありません」

「でも、まだ咳が出るのよ」

「さっきも言いましたけど、幼児は風邪が治ったあと六週間まで、咳が出てもおかしくありません。肺が治るのに時間がかかるからです。でも、この歳のお子さんとしては、ごく普通ですし元気ですよ」

「じゃ、抗生物質は出してくれないのね？」

「ええ、必要ありません。耳も異常はなく、鼻もきれいです。聴診したところ気管支炎の徴候もありません。体温も正常で、見たところも健康的ですよ」

　二歳になったばかりのジョージはイーヴァの膝の上で自由になろうともがいた。活発な元気の塊だ。イーヴァは押さえる手に力をこめた。

「ファーマン先生がいないなら、メルトン先生が診るべきじゃない？　この子には抗生物質が必要だとわたしにはわかるのよ。託児所の子どもの半分が、いま抗生物質を飲んでるのに。何かがはやってるんだわ」

ギャビーはカルテに文字を書きこむふりをした。イーヴァ・ブロンソンはいつもジョージに抗生物質を飲ませたがった。そういうものがあるならば、イーヴァは抗生物質中毒だった。

「もし熱が出たら、またおいでください。もう一度診察しますので」

「そのためにわざわざ今日来たんじゃないの。この子はお医者さんに診てもらいたいわ」

ギャビーは声を荒らげないように必死にこらえた。「わかりました。メルトン先生が一、二分、時間を割けるかどうか訊いてきますね」

診察室を出ると、ギャビーは廊下で心の準備をするために立ちどまった。メルトン医師とは言葉をかわしたくなかった。今朝はうまく避けてきたのだが、ファーマン医師がモアヘッド・シティにあるカータレット総合病院の救急Cセクションに向かうとすぐに、メルトン医師はこそこそと彼女のそばに寄ってきた。ついさっきマウスウォッシュを使ったことがわかるくらいに近くへ。

「今日はぼくたち二人でやるしかないね」と医師が言った。

「それほど忙しくはないでしょう」彼女はどっちつかずの返事をした。ファーマン医師のいないところで無用な対立は避けたかった。

「月曜日はいつも忙しい。ランチの時間がつぶれなければいいが」

「ほんとですね」彼女は相づちを打った。

メルトン医師は廊下の向こう側の検査室のドアのところにあるファイルに手をのばした。それにさっと目を通し、離れていきかけたギャビーにまた話しかけてきた。

「ランチと言えば、フィッシュ・タコスは食べたことある?」

ギャビーはけげんな顔をした。「は?」

「モアヘッドの海辺近くにおいしい店があるんだ。ちょっと行ってみないか? スタッフにテイクアウトを買ってきてもいいしね」

メルトン医師はあくまでも仕事上の関係だという体面を維持しており、ファーマン医師に話すときと同じ口調だったが、ギャビーは尻込みした。

「ちょっと用事があるんです」と彼女は言った。「モリーを獣医さんに診せるため予約をとってありまして」

「果たして時間どおり診てくれるかな?」

「向こうはそう言ってますけど」

医師はためらった。「それなら仕方がない。また別のときにしよう」

ギャビーはファイルに手をのばして、顔をしかめた。

「どうしたんだい？」メルトン医師がたずねた。

「ワークアウトをしたから体が痛くて」彼女はそう言うと、診察室に消えた。

じつはかなり節ぶしが痛かった。笑っちゃうくらいに痛かった。首からくるぶしまでズキズキしていた。日曜日にジョギングしただけならば、これほど響かなかったかもしれない。だが、それでは足りなかった。モデルチェンジしたギャビーになるためには。彼女はジョギングのあとで——走るスピードは遅かったが、一度も歩かなかったのは自慢してもいいだろう——モアヘッド・シティのゴールド・ジムへ会員の申し込みをしにいった。彼女が書類に記入するあいだ、トレーナーが一時間ごとにスケジュールの組まれたややこしい名前のさまざまなクラスについて説明した。帰ろうとすると、トレーナーは〈ボディ・パンプ〉という新しいクラスが数分後に始まると言った。

「すばらしいクラスですよ。全身運動なんです。たった一回のワークアウトで、筋肉も心肺機能も強化しますからね。ぜひやってみてください」

やることにした。結果、彼女の体がどうなったかについて、神が彼をおゆるしになればよいのだが。

もちろん、すぐに影響が出たわけではない。講習を受けるあいだは大丈夫だった。彼女は内心マイペースでやるべきだと思ったが、そうは言っても隣の、整形手術で若さを保ち、裸同然のウェアを着た〝マスカラばっちり女〟についていこうと頑張った。ギャビーはウエイトを上げたり押したりし、決められたところでリズムに合わせてジョギングをし、またウエイトを上げ、ジョギングをし、それを何度もくりかえした。ジムを出るときには筋肉が震えており、自分がつぎのステップへ向けて進化した気分になっていた。さらに変身を完璧にするために、テイクアウトのプロテイン入りシェイクを買って外に出た。

家に帰る途中、書店に寄り道して星座の本を買った。眠りにつくとき、ほんとうに久しぶりに自分の未来が明るく感じられたが、その一方で筋肉はどんどんこわばり、体のあちこちが張っていた。

翌朝、モデルチェンジしたギャビーは、ベッドから起きあがれないほどの痛みに見舞われた。全身が痛かった。いや、そうじゃない。もう痛みを通り越していた。次元が違う。痛めつけられたみたいだ。体のあらゆる筋肉がジューサーで引っかきまわされたようだった。背中も、胸も、腹も、脚も、尻も、腕も、首も……指までが痛かった。ベッドから起きあがるにも三回目でやっとできたほど。もがくようにしてバスルームに行き、歯みがきをしても超人的な自制心で悲鳴をこらえなければならなかった。

薬品戸棚にはすべてに対処できる薬が入っている。タイレノール、バイエル・アスピリン、アリーブ――どれも鎮痛剤だが、彼女はすべて飲もうと決めた。そして、自分のしかめっ面を見ながらグラスの水で流しこんだ。

たしかに、やりすぎたかもしれない。

だが後悔しても遅い。さらにまずいことに鎮痛剤も効かなかった。いや、効いたのかもしれない。ともかくゆっくり動いていれば職場で仕事ができたのだから。とはいえ痛みはまだ残っており、ファーマン医師が出かけて不在のいま、メルトン医師に頼みごとをするのはいちばんしたくないことだった。

ほかに道がないので、ギャビーはナースに医師がどの診察室にいるのか訊いた。教えてもらった診察室のドアをノックして部屋のなかをのぞくと、メルトン医師は患者から目をあげた。彼はギャビーの顔を見たとたんに顔を輝かせた。

「お邪魔してすみません。ちょっとお話があるんですけど」

「わかった」医師はスツールから立ちあがり、カルテのファイルを途中のデスクに置いてやってくると、診察室から出てドアを閉めた。「ランチに行く気になったのかい？」

彼女は首をふり、イーヴァ・ブロンソンとジョージの話をした。医師はできるだけすぐに二人と話そうと約束した。ギャビーはぎくしゃく歩いて廊下を去るとき、背中に医師の視線がまとわりつくのを感じた。

午前の患者が終わったのは十二時半過ぎ。ハンドバッグをつかみ、あまり時間がないので足を引きずるように車へ向かった。つぎの患者の予約時間は四十五分後だが、動物病院ならたぶんそれほど手間どらないはずだ。すべてが数分で行けるところにあるのは、人口四千人弱の小さな町に住む利点のひとつである。大西洋岸の内陸大水路にかかる橋を渡るとモアヘッド・シティがあり、こちらはボーフォートの五倍の広さがあって、週末になると住人の大半がショッピングに出かけて活気づく。ボーフォートの場合は、小ぢんまりとした感じが独特の隔離された雰囲気を漂わせており、それは地元の人々がこの一帯を指して言う〝ダウン・イースト〟の町にもっぱら共通した特徴だった。

広い通り、影を落とす樹木、そして数ブロックの範囲にリフォームされた百軒ほどの家々があり、マリーナを望むフロント・ストリートと短いボードウォークが町の中心になっている。桟橋はあらゆる形と大きさのレジャー用ボートと作業船で埋まり、なかには百万ドルは下らない立派な小型帆船があるかと思えば、隣には小さなカニ漁船が、反対側には愛情こめて手入れされた小さなヨットが並んでいる。華やかな外観のレストランも二軒営業していた。どちらも地元で古くからやっている店で、いかにも田舎らしく日除けのあるパティオにピクニック・テーブルが置かれ、客に休暇を過ごしているかのような、時計の針の止まった感覚を味わわせてくれた。

　週末の夜にはたまにレストランでバンドが演奏し、去年の建国記念日にギャビーがケヴィンを訪ねたときには、大勢の人が花火見物と生演奏目当てにやってきて、マリーナは文字どおりボートで埋まっていた。全部を繫留する桟橋がないため、船同士が舫いあってつながり、持ち主たちはボートからボートへと渡って、その途中で見知らぬ人々とビールをやりとりしながら桟橋に上がるのだった。

　通りの反対側には不動産屋のほかに、美術品の店や土産物屋がいくつかあった。ギャビーは夕方に美術品を扱う店をぶらついて、いろいろな作品を鑑賞するのが好きだった。子どものころは絵やスケッチを描いて生きていけたらと夢見ていた。野心を実現するほどの才能がないことを悟るのに数年かかったが、だからといって作品の質を評価できないわけではない。ときどき足を止めたくなる写真や絵に出会い、実際にこれまで二枚の絵を買っていた。どちらも家にかけて飾ってあるが、それを引き立てるためにも、いくつか買い足そうと考えていた。ただ当面は、月々の予算が限られているので思うようにいかなかった。

　数分後、ギャビーは自宅に車を乗りいれ、体の痛みに悲鳴をあげながら降りると、玄関へ歩いていった。モリーがポーチに飛びだしてきてギャビーにまとわりつき、ついでひとしきり花壇で匂いを嗅いでから車の助手席に飛び乗った。ギャビーはまた悲鳴をあげながら座席に戻り、モリーが顔を出せるように窓を開けてやった。モリーは窓から首を出すのが大好きだった。

〈ダウン・イースト動物クリニック〉は車で二、三分のところにあった。彼女はタイヤが砂利を踏む音を聞きながら駐車場に車を停めた。病院は歳月を感じさせる素朴なヴィクトリア朝風の建物で、どちらかと言うと個人住宅のようだった。ギャビーはモリーに引き綱をつけ、ちらりと腕時計で時間を確かめた。診察は手早くすませてほしかった。

網戸が大きな音できしんで開き、モリーに引きずられるようにして建物に入ると、典型的な動物病院の臭いに迎えられた。ギャビーは受付に近づいたが、話しかける前に向こうが立ちあがった。

「モリーちゃんね？」彼女が言った。

ギャビーは驚きを隠さなかった。小さな町での暮らしに慣れるのはまだ時間がかかりそうだ。

「ええ、わたしはギャビー・ホランドです」

「初めまして。わたしはテリーと言います。すごくきれいな犬ね」

「ありがとう」

「いつ来るかと思ってたのよ。お仕事に戻らなければならないんでしょ？」彼女はクリップボードをつかんだ。「さっそく始めましょう。まず診察室にお通しして、そこで書類の記入をしてもらうわ。そうすればすぐに先生に診てもらえます。時間はかかりません。前の患者さんがもう終わりそうですから」

「よかった」ギャビーは言った。「ほんとに助かります」

受付係が隣の部屋に彼女と犬を案内した。入ってすぐのところに体重計があり、彼女はモリーをそれに乗せた。「面倒なことはないわよ。わたしもおたくの小児科にはしょっちゅう子どもを連れていってるの。勤めは大変？」

「楽しいわ」ギャビーは答えた。「思ったより忙しいけど」

テリーは体重を記録すると、こんどは廊下を奥へと歩きだした。「メルトン先生はいい方よね。うちの息子にすごくやさしくしてくれて」

「伝えておきます」ギャビーは言った。

テリーが通した小さな診察室には、金属のテーブルと樹脂製の椅子があった。彼女はギャビーにクリップボードを渡した。「これに記入してください。お見えになったと先生に知らせてきます」

テリーが出ていき、ギャビーは用心深く椅子にすわったが、足の筋肉が苦痛を訴えていた。深呼吸を二度して痛みがおさまるのを待ち、質問票を埋めていった。モリーは部屋のなかをのそのそ歩きまわった。

一分もしないうちにドアが開いた。ギャビーはまず白衣に目をとめ、青い文字で刺繍(ししゅう)された名前を見た。口をあけたが、突然の出来事に言葉が出てこなかった。

「やあ、ギャビー」とトラヴィスが言った。「調子はどう?」

ギャビーは彼がいったいこんなところで何をしているのかと、目を見張るばかりだった。また話しだそうとしたとき、茶色だと思っていた彼の瞳が青いことに気づいた。でも、なんだかヘン——。

「それがモリーだね」トラヴィスはギャビーのさまざまな思いをさえぎるように言った。「さあ、こっちへおいで」彼はしゃがむとモリーの首をごしごしこすった。「気持ちいいかい? ああ、いい子だ。どうだい、どんな感じ?」

彼の声を聞いて彼女はわれに返った。続いて、このあいだの晩の言い争いを思い出した。「あなた……獣医さんだったの?」ギャビーはつっかえながら言った。

トラヴィスはモリーの首を掻(か)きながらうなずいた。「親父といっしょにね。父が始めたクリニックなんだ。学校を出てから手伝いはじめた」

ありえなかった。よりによって彼がこの町の獣医だとは。どうして自分には、ごく普通の、ややこしくない日がやってこないのだろう?

「なぜこないだの晩、何も言わなかったのよ」

「言ったさ、犬を獣医に診せるべきだって。憶えてない？」

彼女は疑わしげに目をほそめた。この男は自分を怒らせておもしろがっているのだ。

「またはぐらかす」

彼は目をあげた。「ぼくが獣医だということを？　言おうとしたけど、何度もきみに邪魔された」

「とにかく何か言うべきだったわ」

「きみは冷静に聞けるムードじゃなかったと思うよ。でも、もう過ぎたことは恨みっこなしだ」彼はにっこりした。「じゃ、この子を調べていいかな？　きみも仕事に戻るそうだから、手早くすませよう」

彼が平然と〝恨みっこなし〟などと言うので、ギャビーは腹が立ってきた。心の片隅では、いますぐここから出ていきたい気分だった。しかし残念ながら彼はもうモリーの下腹部を触診しており、彼女もすばやく立つことができなかった。そうしたくても、いまは足がストライキに突入していた。トラヴィスが聴診器を用意しているとき、ギャビーは悔しがって腕を組んだが、背中と肩にナイフを突き立てられたみたいな痛みを感じた。彼女は唇を噛み、悲鳴をあげなかったことに満足感をおぼえた。

トラヴィスがちらりと見た。「大丈夫？」

「ええ、べつに」

「ほんと？　なんだか体のどこかが痛いみたいだ」

「べつに」彼女はくりかえした。

その口調を無視して、彼は犬に注意を戻した。聴診器を動かし、また耳をかたむけ、乳首を調べた。最後に片手にゴム手袋をパチッとはめて、すばやく内部を触診した。

「そうだね、この子は妊娠してる」彼はそう言いながら手袋をはずし、ゴミ箱に放りこんだ。「見たところ、七週間目くらいだろう」

「言ったでしょ」彼女はトラヴィスをにらみつけた。そしてモビーに責任があると言い足すのはやめておいた。

トラヴィスは立ちあがって聴診器をポケットにしまった。クリップボードを手にとると、紙をぱらぱらめくった。

「言っておくけど、モビーが父親じゃないのは確かだよ」

「ほんとに？」

「うん。いちばん可能性があるのは、近所をうろうろしているラブラドールだ。ケイスンじいさんの飼い犬だったと思うが、はっきりは知らない。もしかしたら息子さんの犬かもしれないし。彼も町に戻ってきてるから」

「なんでモビーじゃないと言い切れるの？」

彼はカルテに書き込みをしていた。彼女は一瞬、聞こえていないのかと思った。

トラヴィスは肩をすくめた。「それは、去勢済みだからさ」

精神的な負担が大きすぎて言葉が出なくなることがある。ギャビーは、泡を飛ばして食ってかかり、泣き、憤慨して立ち去った自分の屈辱的な合成画像がたちまち目に浮かんだ。なんとなく彼が何かを言おうとしていた記憶は、たしかにぼんやりと残っており、すべてが重なって吐き気がした。

「去勢？」彼女は小声で言った。

「そうそう」彼はクリップボードから目をあげた。「二年前にね。ここで親父がやってくれた」

「そうなの……」

「それも話そうとしたんだが、タイミングがつかめないうちにきみは帰っちゃったから。すまなく思ってね、日曜日に家を訪ねたんだけど留守だった」

思いついた答えはひとつだけだった。「ジムに行ってたの」

「なるほど。いいことだ」

苦労しながら彼女は腕組みを解いた。「あなたにはあやまらなくちゃならないわ」

「恨みっこなしさ」彼はまたそう言ったが、こんどは前よりも彼女の気持ちを重くさせた。「きみは急いでるんだろ？　とりあえずモリーのことを説明しておくよ。いいね？」

ギャビーはうなずいた。頭のなかにはまだ喧嘩腰で食ってかかった土曜の夜のことがあり、先生に教室の隅へ立たされたような気分だった。トラヴィスがそのことにこだわらないので、よけいに窮屈だった。

「妊娠期間は九週間だ。つまり残りはあと二週間。モリーのお尻は充分大きいから、その点は心配いらない。それで犬を診せたほうがいいと言ったんだ。コリーは腰が小さい場合がある。いまはとくに何もすることはないが、犬が涼しいところや、暗い場所を好むようになることは頭に入れておいたほうがいい。子犬を産む場所を探す習性があるから。たとえばガレージに古い毛布を置いて場所を作ってあげるとかね。キッチンからガレージに出られるんだろ？」

彼女はまたうなずいた。身の縮む思いだった。

「そのドアは開けておけばいい。たぶんモリーは辺りをうろうろしはじめるだろう。ぼくらは〝巣作り〟などと呼ぶが、ごく正常な行動だよ。出産するのは静かな時間の可能性が高い。夜か、きみが仕事で留守にしているあいだか。それも自然な行動だから、何も心配することはない。子犬は生まれるとすぐに乳離れする方法を身につける。だから、そのことも不安に思わなくていい。毛布は使えなくなるから、高級品を使わないこと。いいかな？」

彼女はさらに小さくなってうなずいた。三度目だった。

「だいたいそれくらいで、ほかに知っておくことはあまりないな。問題が生じたら、モリーをここに連れておいで。診察時間外のぼくの居場所は知ってるわけだから」

ギャビーは咳払いをした。「わかったわ」

彼女がそれきり黙っているので、トラヴィスはにっこり笑うとドアへ向かった。

「これで終わり。モリーを家に連れていってかまわない。でも、診せにきてくれてよかった。感染症とは思わなかったけど、確認できてうれしいよ」

「ありがとう」ギャビーはおずおず答えた。「あの、ほんとにごめんなさい……」

彼は両手をあげてさえぎった。「どうってことない。ほんとだ。きみはあわててたし、モビーは近所を歩きまわってる。間違えても仕方がない。ぼくらはまた顔を合わせるわけだしね。いいかい？」彼がモリーをぽんとたたいて別れを告げるころには、ギャビーも身を縮めずに背筋が伸ばせる気分になっていた。

トラヴィスが、つまりパーカー医師が診察室を出ていっても、ギャビーはしばらく待って彼が戻ってこないのを確かめた。それから痛みをこらえて椅子から立ちあがり、廊下へ首を突きだして誰もいないのを見ると出ていき、受付で静かに支払いをすませた。

仕事に戻ったとき、ギャビーはひとつだけ確信していたことがあった。あれだけ彼に寛大な態度でゆるされた以上、自分のしたことは絶対に忘れられない。それに這いこんで隠れる岩陰などないのだから、しばらくは彼を避けるのにベストを尽くそう。もちろん永遠にではない。ある程度の期間だ。たとえばあと五十年くらいは。

4

トラヴィス・パーカーは窓のそばで、ギャビーがモリーを車に乗せるのを見まもっていた。彼女の表情を思い出すと、ひとりでに笑みがこぼれた。人柄はまだわからないが、これまでのところ感情が顔に出てしまうタイプに見える。最近では珍しい部類かもしれない。世の中には演技をしたり仮面をかぶったりしている人があまりに多い。そういう人たちはだんだん本来の自分を失っていくものだ。ギャビーはきっと違うだろう。

彼はキーをポケットに入れると、自分のピックアップ・トラックに向かった。昼食をとりに半時間ほど留守にするとスタッフに言っておいた。彼はクーラーボックスを持ちだし――毎朝ランチを作って持ってきていた――トラックでいつもの場所へ向かった。去年、彼はフロント・ストリートの端にある小さな土地を買った。そこからは海の向こうにシャックルフォード砂州の景色が一望でき、将来は夢の家を建てたいと思っていた。ただひとつ問題があるとすれば、彼自身それを実現したらどうなるか確信がないことだ。

とりあえずフロリダ最南端のフロリダ・キーズ諸島で見た素朴で古ぼけた小屋を建てて、シンプルな生活を送ることを思い描いていた。外観は築百年に見えるような味があるが、一歩足を踏みいれると明るく広々とした住まい。ばかでかい必要はない。寝室がひとつ、居間の隣に診察室がついているくらいでいい。だが、考えはじめたとたん、その土地はもっと家庭的なものに適していると思え、それで夢の家のイメージがあいまいになった。なぜなら、家庭的となると妻と子どもが含まれることになり、そこまでは想像がつかなかったのだ。

たまに彼は、妹と自分が、ともに普通ではない生き方をしていると思った。妹のほうも、とくに結婚を急いでいない。両親は結婚して約三十五年になる。父と母が独身でいるところより、自分が腕をばたつかせて雲のなかへ飛びこんでいくほうがトラヴィスにはまだ想像できた。二人がハイスクール時代に教会主催のキャンプ旅行で出会い、デザートのパイを分けるときに母が指を切り、父が出血を止めるために包帯のように手で傷を締めつけたというエピソードも聞いている。一度ふれあったら〝ワン、ツー、ドドーン〟みたいに、と父は言ったものだ。「自分にぴったりの人だと、ピンときたわけだ」と。

これまでトラヴィスには〝ワン、ツー、ドドーン〟と感じた人がいなかった。実際の話、それに近い出会いすらなかった。ハイスクール時代にはオリヴィアというガールフレンドがいた。学校の誰もが完璧なカップルだと思っていたようだ。そのころ彼女は橋を渡ったモアヘッド・シティに住んでおり、ウォルマートやターゲットでよく行き会った。どうということのない話を一分かそこらして、友好的にそれぞれの道へ別れていった。

オリヴィアのあとも、数え切れないほどガールフレンドができた。要するに彼は、女たちのことが何もわかっていなかった。女性には魅力を感じて興味をそそられたし、それより何より心から女たちが好きだった。これまで交際した女性とは、たがいに泣いて終わる別れ方をしたことがなく、そのことを誇りに思っていた。別れるときは、ほとんどいつも双方がそう思う潮時だった。頭上ではなばなしく爆発する花火をよそ目に、ファイヤークラッカーの紐が湿って燃えつきるように終わった。

彼は以前の彼女たちを、いちばん最近のモニカも含めてすべて友だちと考えており、向こうも彼をそう呼ぶのだろうと思っていた。彼は彼女たちが求める相手ではなく、向こうも彼の求める相手ではなかった。三人の元彼女の結婚式に招かれて、それぞれが立派な男と結ばれるのを見まもった。永遠を誓える生涯のパートナーが自分に見つかるとは思えなかった。ただ、ごくたまにそう思えるときは、相手は自分のように行動的でアウトドアが好きな、趣味を分かちあえる人だというイメージが湧いた。

人生とは、つまり生活そのものではないだろうか。もちろん人は誰しも責任を負うものだ。それはかまわない。彼は仕事を楽しみ、快適な暮らしをし、家を持ち、期日までに請求書の支払いをした。だが、こういうことがすべてで、ほかに何もないといった生活は送りたくなかった。人生を味わいたかった。いや、言いなおそう。彼は人生を味わわずにはいられなかった。

トラヴィスは、記憶するかぎりそういう生き方をしてきた。子ども時代からそうだった。学校へ行くころには考えが固まっており、要領もわかっていた。成績を気にすることなく勉強をこなし、AがとれずにBになっても満足していた。母親はそういう息子に怒り、通知表をもらってくるたびに、「本気になってやれば、成績がもっとよくなるんだから。考えなさい」と口をすっぱくして言った。

だが、学校の授業は、自転車を猛スピードでこいだり、アウターバンクス周辺の海でサーフィンをするほどおもしろくはなかった。ほかの子たちはスポーツというとバスケットボールやサッカーだと思っていたが、彼は土の斜面をバイクで駆けのぼり、宙に浮かんだり、うまく着地したりしたときに感じるあふれんばかりの興奮を思い浮かべた。いわばX（エックス）ゲームズ［エクストリーム・ゲームズ。モトクロス、スノーボード、サーフィン、スケートボードなどのスポーツを公式競技化して総称したもの］という名前が生まれる以前から、そういうものに熱中したキッズの一人だった。いま彼は三十二歳になり、試したいスポーツはほとんどすべてやっていた。

遠くシャックルフォード砂州の砂丘辺りに集まっている野生馬が見えた。馬たちを眺めながら、彼はサンドイッチに手をのばした。小麦胚芽入りパンにマスタードを塗り、ターキーがはさんであった。それにリンゴと水のペットボトル。毎日同じランチだが、朝食もオートミール、卵白のスクランブル、バナナと決めている。ときおり興奮を求めずにいられない男にしては、単調きわまりない食事だった。

友だちは彼の自制心の強さに感嘆した。彼は黙っていたが、じつは自分に厳しいのではなく、食に対する好奇心をあまり持っていないのだ。十歳のとき生姜風味のつゆに入ったタイ料理の麵を残さず食べるように強制され、夜中にその大半を吐いたことがあった。それ以来、ほんのわずかでも生姜の匂いを嗅ぐとバスルームに駆けこみたくなった。これを境に食べ物の好みは一変した。食事そのものに臆病になり、異国風の味は受けつけず、シンプルでありふれたものばかりになった。成長して大人になると、だんだんジャンクフードも食べなくなった。こうして二十年以上やってきた結果、いまでは食事を変えるのが怖くなっている。

なじみの味のシンプルなサンドイッチを楽しみながら、考えごとをしてみようかと思った。トラヴィスらしくなかった。ふだんは深く考えこまないたちだからだ（六年前に付き合ったマリアによれば、それも導火線が湿る原因になった）。働くときは必要なことをし、暇な時間に楽しいことをしようと思い描いて生活を送るだけ。それが独身の大きな利点のひとつだ。自分の思ったことをいつでも好きな時間にでき、かならずしも内省的になる必要がないのが。

たぶん考えようとしたのはギャビーのことだ。ただ、それが自分の人生にどういう意味があるのかわからない。彼女のことはほとんど何も知らなかった。そもそもギャビー・ホランドの素顔自体を見ているかどうかも疑わしい。たしかに、このあいだ怒っているところは見た。それについさっき、恐縮して反省しているところも。だが、ふだんはどんな人柄なのか見当がつかない。ユーモアのセンスはありそうだ。けれども細かく思い返してみても、なぜそういう印象を受けたのかはわからなかった。職業から予測がつくことだが、頭は間違いなくいいはずだ。それ以外となると……デートの相手として想像しようとしても、うまくいかなかった。

それでも彼女がクリニックにやってきたことはうれしかった。近所づきあいを一からやりなおすチャンスができただけでもいい。隣人同士がうまくいかないと悲惨なのはわかっている。たとえばジョーの隣に住む男は、その年最初の春たけなわの日に落ち葉を燃やし、土曜日はかならず朝一番で芝刈りをするという。赤ん坊が夜泣きをしたある晩のあと、彼らはあわや殴りあいの喧嘩をしそうになった。ときおりトラヴィスは、住民同士の良識が恐竜のように絶滅するのではないかと思った。ともかくギャビーには自分を避けるようなまねをしてほしくなかった。こんど仲間で集まるときに、ギャビーを誘ってみようか——。

そうだ、それがいい。彼は結論が出たのでクーラーボックスを片づけ、ピックアップ・トラックに戻っていった。その午後はいつもどおり犬や猫を各種取り合わせて診察したあと、三時にヤモリを見てほしいという飼い主が来ることになっていた。彼はヤモリなどの異国風のペットを診察するのが好きだった。自信たっぷりに持っている知識を話すと、決まって飼い主が感心するからだ。そのときの驚く顔が楽しかった（〝この先生は地球上の生き物すべての生体構造や生理学について知っているのかしら〟）。彼はそういうふりをしてみせる。だが、事実はもう少しつまらない。

彼があらゆる生き物を何もかも知っているわけではなく――そんな人がいるだろうか――生き物の種類を問わず治療法は同じなのである。感染症は感染症にすぎず、ただ薬の量が違うだけで、それを机に置いてある文献で確かめればすむのだった。

車に乗りこんだとき、ふとギャビーはサーフィンやスノーボードの経験があるだろうかと考えた。そうは思えなかった。だが同時に、これまでの恋人たちと違って、お膳立てをすれば片方くらいはやる気を出しそうだという勘がした。理由はわからない。エンジンをかけながら彼はその考えを消そうとし、どうでもいいさと思いこもうとした。実際には、どうでもよくなどなかったのだが。

5

それから二週間、ギャビーは少なくとも自分の家にだけは、人目にふれずにこっそり出入りする達人になった。

ほかに選択の余地はなかった。トラヴィスにいったい何を言えただろう？　彼女はとんでもなくバカなことをしでかし、彼はあんなにあっさり寛大なところを見せて問題をややこしくした。つまり明らかに次回からは、家に出入りするにも新しいルールが必要になった。手始めのルール1は〝回避〟。救いは——今回の一件で唯一よかった点と言えば——彼の診察室で謝罪したことくらいだ。

とはいえ、回避をつらぬくのはなかなか困難だった。最初は車をガレージに入れればよかったが、モリーの出産予定日が近づいて、巣作りの邪魔にならないよう車を外に停めなければならなくなった。となると、トラヴィスの気配がないことを確認してから出入りしなければならない。

しかし、とりあえず五十年とした期限はかなり短縮した。いま考えているのは二、三ヵ月から半年くらい。ともかく彼女の行為を彼が忘れるか、とりあえず記憶が薄れるくらいの冷却期間である。時の流れには不思議な力があり、いずれ現実の角がとれて像がぼやけて見えるようになる。そうなったら、ごく普通の日常的なやりとりに戻ればいい。たとえば、車に乗るときとか、偶然裏のデッキで顔を合わせたらちょっと手をふるとか。そんなところから近所づきあいを再開すれば、ほどなくうまくやっていけるだろう。もしかしたら、いずれ最初の出会いを二人で笑えるときがくるかもしれない。それまではスパイのように生活したほうが気が楽だ。

そのためにはトラヴィスのスケジュールをつかむ必要があるが、それはべつに大変でもなかった。朝彼が出かけるのをキッチンから見張って、さっと時計を見ればすんだ。

帰宅すると彼はすぐにボートかジェットスキーに乗って海へ出ていった。おかげでそのあいだは楽なのだが、不便なこともあった。夜が最悪なのだ。彼が外にいるので、彼女は家にいなければならなかった。どんなに夕焼けがきれいでも、ケヴィンのところに行かないかぎり星座の本を読むくらいしかすることはなかった。二人で星を見るときにケヴィンを感心させたくて買いこんだ本だが、残念ながらチャンスはまだめぐってこない。

こうしたいろいろな対応を、彼女はもっと大人っぽくできたはずだ。でもトラヴィスと二人きりになると、相手の言葉を聞くよりも思い出すほうが先に立って変な気持ちになりそうだった。とにかくすでにイメージが悪いのだから、これ以上印象を悪くしたくなかった。それに、彼女にはほかにも考えるべきことがあった。

ひとつにはケヴィンだ。たいていの夜はちょっと立ち寄るし、先週末は泊まっていった。習慣にしているゴルフを一ラウンドしてきたあとで。ケヴィンはゴルフが大好きだった。先週二人は三回ディナーに出かけ、二回映画を観て、日曜日の午後には少し海辺で過ごした。そして一昨日は、ソファにすわってワインを飲んでいると、彼が彼女の靴を脱がせた。

「何をしてるの？」

「足を揉んでもらいたいんじゃないかと思ってさ。一日中立ちっぱなしだと、けっこう疲れただろう」

「洗ってからじゃないと嫌よ」

「ぼくはべつにかまわないさ。それに、きみの爪先を見るのが好きなんだ。かわいい爪先をしてるよ」

「あなたって、じつは足フェチなんじゃない？」

「ぜんぜん。ただ、きみの足は大好きだ」彼はそう言うと足をくすぐりだした。ギャビーは笑いながら足を引っこめた。少しすると二人は情熱的にキスをし、そのあと彼が隣に横たわったときに、好きでたまらないと彼女に言った。その話しぶりから、いっしょに暮らすことを考える時期だと言われたような印象を受けた。よい傾向だった。これほど彼が将来について話しそうなそぶりを見せたことはなかった。

でも……。

でも、どうなるのだろう？　いつも話がここで行きどまりになる。いっしょに住むのは将来への一歩前進になるのか、それとも現在の関係を続けるひとつの手段にすぎないのか？　自分は本心から彼にプロポーズをしてほしいのだろうか？　考えてみた。そうよ……そうしてほしい。だが、彼の準備が整うまではだめだ。その結果、いっしょにいるときはいつも同じ、疑問が心に忍びこんでくる。いつになったら準備は整うのか？　準備をする気はあるのか？　そして当然のこととして、なぜ彼はまだ結婚する準備ができていないのか？

ただの同棲でなく、結婚したいというのは間違っているのだろうか？　そのことに彼女が確信を持てなくなっているのを神は知っている。たとえば、ある人たちは大人になるにつれて、しかるべき年齢になったら結婚するものだと思い、そのとおりにする。一方で、しばらく結婚しない人たちもいる。彼らはまず愛する者同士で暮らしてみる。ときどき彼女は、自分だけが明確なプランを持っていないと感じることがあった。彼女はずっと結婚というものを、漠然としたイメージでとらえていた。たまたま起きること……みたいな。それでいいのだろうか？

考えていると頭痛がしてきた。ギャビーが本気でやりたいのは、ワインのグラスを持って外のデッキに腰かけ、しばらくすべてを忘れてしまうこと。なのに、トラヴィス・パーカーが裏のデッキで雑誌をぱらぱらめくっているから、この木曜日の夜も家に閉じこもっている。

ケヴィンの仕事が深夜に及ばなければ、いっしょにできることもあるのだが、今夜は開業を控えている歯科医と、加入するさまざまな保険についての打ち合わせがあるという。そのことはべつに悪くない。ケヴィンが仕事に打ちこんでいるのは理解していた。だが、彼は明日の早朝からマートル・ビーチで開催される業界団体の大会に出発してしまい、来週の水曜日まで会えなくなる。つまり、ギャビーはさらに一週間、ビクビクしながら閉じこもって時間をつぶさなければならないのだ。

ケヴィンの父はノースカロライナ州東部で最大の保険代理店の創業者であり、ケヴィンは父親が引退する年齢に近づくにつれて、モアヘッド・シティにある会社で責任ある仕事を年々多く分担するようになっていた。ときにはギャビーも、物心つく前から一生の仕事が決められているのはどんなものかと思ったが、事業が順調ならば、ほかの人生より相当ましなのではないかと考えるようになった。たしかに縁故主義だとしても、ケヴィンもそれなりに苦労していた。最近は父親が会社にいるのはせいぜい週二十時間なので、いきおいケヴィンは週六十時間近く働くはめになった。社員が三十人ほどいるため、管理職としての仕事も尽きなかった。

それでもケヴィンは要領よく人と接することができた。ギャビーは彼の会社のクリスマス・パーティーに二度出かけたが、どちらのときも数人の社員からそんな話を聞かされた。

そう、彼女にとっては自慢の恋人だ。しかし、こんな夜には胸に鬱屈したものが積もっていた。まるで屑みたいに。たぶんアトランティック・ビーチに出ていくべきなのだ。そうすればワインを飲みながら沈む夕日を眺められる。一瞬、そうしようかと思った。だが、すぐに思いなおした。家に一人でいるならいいが、一人海辺で酒を飲むなんて負け犬のようではないか。人から友だちが一人もいない女だと思われてしまう。そんなことはないのに。友だちはたくさんいる。ただ百マイル以内に誰もいないだけ。それに気づいていても、たいして気分はよくならなかった。

でも、犬を連れていったら……そうすれば違うだろう。ごく普通の行動だし、健康的でもある。最初のワークアウトの筋肉痛は、数日後、薬品棚の鎮痛剤をほとんど使い切ったおかげで消えていた。〈ボディ・パンプ〉のクラスには二度と行かず——あれをやっている人たちは絶対にマゾヒストだ——ジムでごく一般的なメニューを始めた。この数日について言えば、月曜日と水曜日に行き、明日もなるべく時間を都合して行こうと心に決めている。

ギャビーはソファから立ちあがってテレビを消した。モリーは近くにいない。たぶんガレージだろうと思って、そちらへ向かった。ガレージのドアはつっかい棒で開けてあった。足を踏みいれて明かりをつけたとき、最初に気づいたのはクンクン鳴きながらもぞもぞ動いている毛皮の玉っころがまわりにいることだった。ギャビーはモリーに呼びかけ、少しして悲鳴をあげた。


冷蔵庫からチキンの胸肉を出そうとキッチンに入ったとき、トラヴィスは誰かが突然あわてふためいて玄関ドアをたたいているのに気づいた。

「パーカー先生?……トラヴィス?……お留守なの?」

声がギャビーのものだと気づくのに時間はかからなかった。ドアを開けると、彼女の青ざめておびえた顔があった。

「とにかく来て」ギャビーがあえぎ声で言った。「モリーが大変なの」

トラヴィスは本能的に行動した。ギャビーが家へ駆け戻っていくあいだに、ピックアップ・トラックの助手席の後ろから医薬品の鞄(かばん)をとりだした。たまに農場から家畜を治療してほしいと呼び出されたときに使う用具一式だ。父はつねづね必要なものをたっぷり用意しておく重要性を強調していたので、トラヴィスもそれを肝に銘じていた。すでにギャビーは自宅に戻っており、ドアを開け放したままで姿を消していた。トラヴィスは後を追っていき、キッチンで彼女を見つけた。ガレージに通じるドアのそばだった。

「モリーが苦しそうに吐いてる」彼女はそう言うと、急いで脇へよけた。「あと……何かが体からはみだして」

トラヴィスはすぐに状況を把握した。子宮が出ていた。手遅れでなければいいが——。

「手を洗ってくる」彼は口早に言い、キッチンの流しできびきびと手を洗いながら続けた。「もっと明るくならないか？　スタンドを持ってくるとか、なんでもいい」

「クリニックに連れていかないの？」

「あとだ」彼は声がうわずらないように抑えて言った。「まず、しなくちゃならないことがある。とにかく明かりを頼む。用意できるか？」

「ええ、ええ……わかった」彼女はキッチンから出ていき、卓上スタンドを持ってきた。「これでいい？」

「すぐに深刻かどうかわかる」彼は手術を始める外科医のように両手をあげると、床のバッグに向かってうなずいた。「あれも持ってきてくれる？　それを向こうに置いて、スタンドの線をつなげてくれ。できるだけモリーの近くに」

「わかったわ」彼女はパニックにならないように気持ちを集中した。

ギャビーがスタンドの明かりを準備するあいだに、トラヴィスは慎重に犬に近づき、モリーに意識があるのを確認して少しホッとした。小さな鼻声も聞こえた。こういう状況では正常と言っていい。外陰部からはみだしている管状の塊を見てから、子犬たちに目をやった。出産してからまだ三十分以内なのは間違いない。不幸中の幸いだ。細胞が壊死（えし）する恐れは少ない。

「それから？」彼女が訊いた。

「モリーを押さえて、ささやきかけてくれ。犬を安心させてほしい」

ギャビーがそうすると、トラヴィスは犬のそばにしゃがんだ。ギャビーはモリーに話しかけ、顔を寄せてささやいた。犬は舌を垂らした。これもよい徴候だった。彼が子宮をそっと調べ、モリーがビクッとした。

「モリーはどうしたの？」

「子宮脱だ。要するに子宮が裏返しになり、体外へはみだした」彼は子宮をそっと持ちあげると、裂けたり壊死したりした部分がないかどうか観察した。「出産に関してほかに問題はなかった？」

「わからない」彼女が答えた。「始まっているのも気づかなかったから。モリーは助かる？」

彼は子宮に集中していて、答えなかった。「バッグのなかに生理食塩水がある。それと潤滑剤(ゼリー)も必要だ」

「何をするの？」

「まず子宮をきれいにし、そのあとそっと動かしてみよう。手で元に戻せるなら、なるべくそうしたい。運がよければ途中からひとりでに収縮して、元に収まる。うまくいかなければ、クリニックに連れていって外科手術をする。できるだけ避けたいが……」

ギャビーは生理食塩水とゼリーを見つけ、彼に手渡した。トラヴィスは子宮を洗った。さらに二回洗うと、うまくいくように念じながらゼリーを塗った。

ギャビーは見ていられなかったので、モリーに顔を寄せると、口を耳に近づけて何度もくりかえし「いい子いい子」とささやいた。トラヴィスは何も言わず、子宮の上でリズミカルに手を動かしていた。

ガレージのなかでどれくらい時間がたったのか、彼女はわからなかった。十分なのか、一時間なのか。ついにトラヴィスが肩から緊張をといて身を起こした。ギャビーは彼が両手を放したことに気づいた。

「終わったの？」と彼女がたずねた。「モリーは大丈夫？」

「まだなんとも言えない。子宮は戻った。とくに問題なく収縮したと思うけど、犬はクリニックに連れていく。体力が回復するまで二、三日安静にして、抗生物質と流動食を与える必要がある。X線写真も撮る。そこで問題がなければ、モリーは新品同様というわけだ。これからぼくのピックアップをここへ持ってくる。モリーを寝かせる古い毛布も持ってるし」

「もう……出てはこないのね？」

「大丈夫。さっきも言ったように、正常に収縮したと思うよ」

「子犬たちは？」

「いっしょに連れていこう。ママのそばにいるべきだ」

「モリーの負担にならない？」

「心配ない。でも、だから流動食が必要なんだ。子犬がお乳を飲めるように」

ギャビーは肩の荷が下りた気がした。ホッとして初めて体ががちがちに緊張していたことに気づいた。口もとに笑みが戻った。「ほんとにありがとう。言葉にならないくらいよ」

「もう言葉にしてくれたよ」

トラヴィスはモリーをきれいにしたあと、注意深くトラックに乗せた。続いてギャビーが子犬を運んできた。六匹がちゃんとモリーのそばに落ち着くと、トラヴィスはバッグに用具をしまい、フロントシートに放りこんだ。それから運転席側へまわり、ドアを開けた。

「どうなったか報告するよ」

「わたしも行くわ」

「モリーには休息が必要だ。きみがそばにいると休めない。何よりも回復しなければならないんだ。心配しないで、ぼくにまかせてくれ。ひと晩、付き添っているから。信じてもらってかまわない」

　彼女はためらった。「ほんとに？」

「モリーはよくなる。約束する」

　ギャビーはその言葉の真意を考え、臆病そうな笑みを浮かべた。「職業柄、わたしは何事も約束してはならないと教えられてるの。その代わり、ベストを尽くすと言うようにって」

「ぼくが約束しないほうが気が休まるの？」

「そうじゃないけど、やっぱり同行すべきかなって」

「明日も仕事があるんだろ？」

「そうよ。それはあなたも同じだわ」

「まあね。でも、これはぼくの仕事だ。職業なんだ。それにぼくには簡易ベッドがあるが、きみは床に寝なければならない」

「わたしにベッドを使わせてくれないってこと？」

トラヴィスはトラックに乗りこんだ。「どうしてもと言うなら使わせてもいいが」

彼はにやりとした。「ぼくらが二人きりで一夜を過ごしたら、ボーイフレンドがどう思うか心配だ」

「どうしてボーイフレンドがいるって知ってるのよ」

彼はドアに手をのばした。「知らなかった」かすかにがっかりした口ぶりだった。

そして、気をとりなおしたようにほほえんだ。「とにかくモリーはまかせてくれ。明日、電話をもらえる？　どうなったか知らせるよ」

「わかった」彼女は折れた。「そうする」

トラヴィスがドアを閉め、彼女はエンジンの振動音を聞いていた。

彼は窓から顔を出して、念を押した。「心配いらない。モリーはよくなるから」

車はゆっくり走りだし、左へ曲がった。そこで彼が窓から手をふった。ギャビーもふりかえしたが、彼には見えないだろうと思いながら、赤いテールライトが角の向こうに消えるのを見送った。

ギャビーは一人になると寝室へぶらぶら歩いていき、化粧ダンスの前でたたずんだ。

彼女は昔から自分が男をふりかえらせるタイプの女ではないとわかっていたが、いま鏡に映る姿を見つめながら、ケヴィン以外の誰かが自分をどう思うだろうと考えた。こんなことは何年ぶりかのことだった。

髪は乱れて、疲れていたが、恐れたほどひどい顔はしていない。そう思ってうれしくなったが、なぜかはわからなかった。不思議なことに、ボーイフレンドがいると聞いたときの彼の落胆した顔を思い出した。顔が赤くなった。ケヴィンに寄せる思いが変わったわけではないとしても……。

たぶんトラヴィス・パーカーを誤解していたのだろう。最初からすべてを誤解していたのだ。非常時でも彼は落ち着き払っていた。いまだにすごいと感心していたが、べつに驚くことでもない、それが仕事なのだから。そう心に言い聞かせた。

彼女はケヴィンに電話することにした。すると彼はすぐに気づかって、いまからそっちへ行くと言った。

「どんな気分？　大丈夫か？」ケヴィンが訊いた。

ギャビーは彼にもたれた。包んでくる彼の腕が心地よかった。「心配よ」

体を引き寄せられた。さわやかで清潔な彼の匂いがした。来る前にシャワーを浴びてきたのかもしれない。ケヴィンの髪は風に乱されてぼさぼさだったが、そのせいか大学生のような顔つきに見えた。

「隣の人がいてよかったよ。トラヴィスって言ったっけ?」

「そう」ギャビーはちらりと彼を見た。「知ってるの?」

「いや、そうでもないけど、クリニックの保険はうちで扱ってるからね。あそこはまだ父さんの受け持ちだ」

「小さな町だから、あなたは全員知ってるのかと思ってたわ」

「まあね。でも、ぼくはモアヘッド・シティ育ちだし、子どものころはボーフォートの子どもとは遊ばなかった。それに彼は何歳か年上だろ? ぼくがハイスクールに入ったころに、大学を出たくらいじゃないかな」

彼女はうなずいた。黙っていると、またトラヴィスのことが浮かんできた。モリーを治療しているときの真剣な表情、症状を説明するときの静かな自信。彼女はぼんやり罪の意識を感じて、ケヴィンの首に鼻をこすりつけた。ケヴィンが彼女の肩をさすった。そのなじんださわり方になぐさめられた。「来てくれてうれしいわ」彼女はささやいた。「今夜は、ほんとにあなたなしじゃいられなかったの」

彼が髪にキスをした。「ほかに来る場所はないよ」

「わかってるけど、あなたは歯科医と打ち合わせがあったし、明日は出発が早いんでしょ?」

「たいしたことないさ。ただの業界の大会だ。荷作りなんか十分もあればできる。むしろもっと早く来ていればと思うよ」

「きっと気分が悪くなってたと思うわ」

「かもな。でも、やっぱり悪かった」

「そんな。あなたが悪く思うことなんかないのに」

彼は彼女の髪をなでた。「出発を遅らせようか？　親父に話せば、明日はここにいても大丈夫だろう」

「いいの、そこまでしてくれなくても。わたしだって仕事があるし」

「ほんとに？」

「ええ」と彼女は言った。「でも、訊いてくれてありがとう。すごくうれしかった」

6

マックス・パーカーは息子が簡易ベッドで一泊したのを知り、回復室で犬を発見したあと、トラヴィスから前夜の出来事を聞いた。マックスはふたつのカップにコーヒーを淹れてテーブルに運んできた。

「初めてにしては悪くない」とマックスが言った。白髪とふさふさした白い眉毛をたくわえ、いかにも小さな町で人気のある獣医さんという風貌だった。

「父さんはやったことあるの？」

「ない」マックスは認めた。「ただ、馬で一度やったことはあるがね。子宮脱はとても珍しいんだ。モリーは順調に回復しているようだ。今朝、わたしが入っていったら、おすわりしてしっぽをふっていたよ。何時まで起きて見張ってた？」

トラヴィスはありがたそうに、コーヒーを飲んだ。「ほぼ徹夜だったかな。再発するとまずいと思ってね」

「たいていは再発しないものだが」マックスが言った。「おまえが付き添ったのはよい判断だった。飼い主に連絡は？」

「まだしてない。でも、やっておくよ」トラヴィスは顔をごしごしこすった。「ああ、くたびれた」

「もう休んだらどうだ？　ここはわたしにまかせて。モリーも見ておく」

「父さんにツケをまわしたくない」

「ツケじゃないさ」マックスはにやりとした。「忘れたのか？　今日は休みの日だぞ。金曜日だ」


モリーをチェックした数分後、トラヴィスは自宅の私道に車を乗りいれた。腕を高くあげて伸びをし、ギャビーの家に向かった。そこの私道をよこぎると、郵便ボックスから新聞が突きだしていた。少しためらったが、引き抜いた。ポーチでノックしかけたとき、こちらに向かってくる足音が聞こえ、やがてドアが開いた。ギャビーは彼の姿にびっくりして立ちつくした。

「まあ、あの……」彼女はドアを放した。「電話しようと思ったところよ」

裸足（はだし）だったが、スラックスにオフホワイトのブラウスを着て、髪はアイヴォリーのヘアクリップで無造作に留めていた。彼はやはり魅力的だと思い、今日はその魅力が伝統的な美人顔というより誠実な率直さのほうにあるのだと気づかされた。なんというか……ありのままのところが。

「ちょうど帰宅したところだったから、じかに伝えようかと。モリーは元気だ」

「ほんとうに？」

彼はうなずいた。「X線撮影をして、内出血の徴候がないことを確認した。流動食をとらせたら体力も戻ってきたようだ。今夜はもう帰してもいいが、念のためにもうひと晩預かりたいところだな。これからしばらく親父に様子を見ていてもらう。ぼくはほぼ徹夜だったから、いったん寝るよ。あとでまた診にいくけどね」

「わたしは会える？」

「もちろん。いつ行ってもかまわない。ただ、憶えておいてほしいのは、少し薬が効いている状態だということ。X線写真を撮るのと痛み止めを兼ねて、鎮静剤を飲ませてあるから」彼は言葉を切った。「そうだ、子犬たちもみんな元気だよ。相当かわいいぞ」

彼女はにっこり笑った。彼のおだやかな鼻声まじりのところがいいなと思い、これまで気づかなかったことに驚いた。「何度も言うようだけど、ほんとにありがとう。いくら恩返ししても足りないわ」

彼はなんでもないと手をふった。「力になれてよかった。そうだ」と新聞を差しだした。「抜いてきたんだ」

「どうも」彼女は受けとった。

二人は黙り、気まずい一瞬が過ぎた。

「コーヒー、飲む？　いまポットに沸かしたところなんだけど」

彼が首をふると、彼女はホッとするような、残念なような気がした。

「ありがとう。でも眠ろうとしてるときに、起きていたくない」

彼女は笑った。「おかしい」

「成功だ」

ギャビーはふと彼がバーに寄りかかり、どこかの美人に同じセリフを言っている場面を想像した。そのせいで、なんとなく彼にくどかれたような気になった。

「ともかく」彼が続けた。「きみはそろそろ仕事に行く時間だろうし、ぼくはくたびれてるから、しばらく寝ることにする」背を向けてポーチを下りた。

ギャビーは思わず敷居をまたぎ、庭を歩きだした彼に呼びかけた。「待って。あなたはだいたい何時ごろクリニックに行くの？　モリーを診にだけど」

「さあ。どれだけ眠るかによる」

「ああ……そうよね」彼女はバカな質問をした、訊かなければよかったと思った。

「でも、こうしよう」彼が言った。「きみがランチをとる時間を教えてくれたら、クリニックで会える」

「べつにわたしは――」

「何時?」

彼女は唾を飲みこんだ。「一時十五分前では?」

「じゃ、その時間に行ってる」彼は約束し、二歩ばかり戻って言い足した。「ところでその服を着てると、きみはいい感じだ」


〝いったい何が起きたの?〟

午前中のギャビーの精神状態をまとめて言えばこんな感じだった。健康な赤ん坊を検査し(二回)、中耳炎と診断し(四回)、ワクチンの予防接種をし(一回)、X線検査を勧めた(一回)が、そういうことは問題でなく、彼女はずっと自分が自動操縦で動いているような気がした。半分は現在を見ているのだが、あとの半分は今朝のポーチが見えており、トラヴィスが実際に言い寄ったのだろうか、もしかしたら、ほんとうにただの可能性だが、自分はそれをうれしく思ったのだろうかと考えていた。

こういうことを相談できる友だちがこの町にいればいいのに、と何度思ったかわからない。秘密を打ち明けられる親しい女友だちを持つのはなかなかむずかしい。職場にはナースがいるが、ギャビーは準医師なので敬遠されている。ナースがしゃべったり笑ったりする声が聞こえても、彼女が近づくと静かになりがちだ。そういうときは、この町に引っ越してきたばかりのような孤立感を味わった。

午前の最後の患者を診たあと(その子は扁桃摘出術を視野に入れて耳鼻科の専門医に紹介する必要があった)、ギャビーは聴診器を白衣のポケットにしまい、自分のオフィスに引きあげた。オフィスと言っても名ばかりで、彼女が来る前は備品置き場だったのではないかと疑いたくなる部屋だ。窓もなく、机を置けばいっぱいになってしまう狭さだが、ガラクタを片づければ自分の城と呼べる空間を持てた。隅に小さなファイル・キャビネットがあり、なかはほとんど空っぽだった。そのいちばん下の引き出しからハンドバッグをとり、腕時計を見た。まだ数分余裕があるので、椅子を引いておさまりの悪い巻き毛を手ぐしで直した。

絶対に考えすぎだ、と思った。男はいつもおもしろ半分にくどいたりする。それが人間というものだろう。たぶん、あれには何の意味もなかった。昨夜あんなことがあったから、友だちみたいな口をきいたのだ……。

友だちか。新生活を始めた新しい町でできた最初の友だち。その言葉の響きは気に入った。いいんじゃない? 友だちができて悪いことはない。彼女はほほえんだが、すぐに眉をひそめた。

やっぱり、よくないかもしれない。隣人と親しくするのと、気が多そうな男と友だちになるのはまったく別だ。とくに見た目がすてきなプレイボーイなら。ケヴィンはやきもちを妬くタイプではないが、ギャビーとトラヴィスが裏のデッキで週に二回コーヒーを飲むところを想像して大喜びするわけがない。隣同士で親しくなれば、それくらいの行き来は当然だとしても。獣医を訪ねるのに邪心はないとはいえ——それにきっと何もなく終わるだろうが——なんとなくやましさをおぼえた。

彼女は心が揺れた。わたし、どうかしてる。なんだか頭が変になってくる。だって、べつに悪いことはひとつもしていないのだ。彼のほうも。隣人だからといって、ちょっとしたふれあいが特別なことに発展するとは思えない。

彼女とケヴィンはノースカロライナ大学四年生のときからの恋人だ。ある寒くものさびしい夜、彼女が友だちとグループでレストラン〈スパンキーズ〉から出たあと、帽子を風に吹き飛ばされたときに二人は出会った。ケヴィンが勢いよくフランクリン・ストリートに飛びだして、やってくる車をかわしながら帽子を拾ってきてくれた。べつにそのとき恋の炎が一気に燃えたわけではない。ただ、あまり意識はしなかったが、彼女にも熾火(おきび)のようなものが残っていたのだろう。

そのころギャビーは恋人をほしがっていなかった。大学生活は多忙で、そうでなくても考えることが山のようにあったから。まず卒業試験という大きな山が前方にそびえていた。家賃の支払い期限の問題もあるし、どこの大学の準医師養成学部に行くかも決めていなかった。いま思えば大げさかもしれないが、当時は生きるか死ぬかの重要な選択だと思っていた。チャールストンにあるMUSC［サウスカロライナ医科大学］とノーフォークにあるイースタン・ヴァージニア大学の両方に入学を認められていた。母は断然チャールストンの肩を持った。「選択なんか簡単だわ、ガブリエル。家からたった二時間だし、チャールストンは段違いに国際的なのよ」ギャビーの気持ちもチャールストンにかたむいていた。

ただ、心の奥底でチャールストンの魅力は別にあることもわかっていた。ナイトライフ、美しい街の刺激的な生活、文化、活気あふれる社会的な集まりやパーティーといったものに。彼女は楽しんでいる時間はないと自分に言い聞かせた。一部の特徴的な科目を除けば、準医師学部の学生も医学部の学生も同じカリキュラムが組まれており、しかもすべてを修得するのに、一方の四年に対して二年半しか猶予が与えられていなかった。彼女はすでに前途に待つ恐ろしい話をたくさん聞かされていた。講義では消火ホースから放水するように、遠慮なく最大限の勢いで学ぶべき情報を浴びせてくるらしい。

だが、実際に両方の大学のキャンパスを訪ねてみると、彼女はイースタン・ヴァージニア大の講義に好感を持った。どういうわけか居心地がよく、自分に必要なことをするのに集中できる環境だと思えたのだ。

では、どちらがいいのか？

帽子が飛ばされてケヴィンが拾ってきてくれたあの冬の夜、彼女はその選択に頭を悩ませていた。礼を言ったものの、彼のことはすぐに忘れてしまい、数週間後に四角い広場で遠くから彼が彼女を見つけるまで思い出さなかった。

ケヴィンは態度やふるまいがのんびりしており、それまでに出会った多くの横柄な学生たちとはまるで違っていた。なにしろ彼らはやたらと酒を飲み、〝ダールのついたかかと〟［ノースカロライナ大学チームのあだ名］がデューク大学をやっつけるとかならず裸の胸に文字を書いたりするのだった。立ち話がコーヒーになり、それからディナーになって、卒業式で帽子を投げるときには恋に落ちたと思っていた。学校選びも決心がついた。ケヴィンがモアヘッド・シティに住む予定だったので、そこから北へ二、三時間離れたところで学生生活を送ることにしたのだ。選択は運命づけられていたようだった。

ケヴィンは彼女に会いにイースタン・ヴァージニア大のあるノーフォークへ通い、彼女は車でモアヘッド・シティに出かけた。それぞれがたがいの家族を紹介した。二人は喧嘩をし、仲直りし、いったん別れ、また復活した。彼女はゴルフがそれほど好きではなかったが、彼といっしょに何回かコースをまわった。そのあいだケヴィンは一貫して変わらず、おおらかでのんびりした男のままだった。

その性格は小さな町での育ちを物語っているように思われた。ざっくばらんに言えば、田舎ではいろんなことがとにかく遅い。この遅さが彼の人間性に深く染みこんでいた。彼女が心配するとき、彼は肩をすくめるだけだった。彼女が悲観的になっても、彼は涼しい顔をしていた。だから二人はうまくやっていけるのだと彼女は思った。補いあってバランスがとれているのだと。二人は相性がよかった。仮にケヴィンかトラヴィスのどちらかを選ぶことになっても迷いはなかった。くらべるまでもない。

はっきりと問題に見通しがついたので、ギャビーはトラヴィスから言い寄られたのかどうかなど気にしないことにした。女の子を誘うのは本人の自由だ。彼女は人生に望むものがわかっており、それに自信もあった。


トラヴィスが約束したように、モリーは期待した以上に元気になっていた。ギャビーが入っていくと、うれしそうにしっぽをぱたぱたふり、子犬たちがいるにもかかわらず――ほとんどの子犬は眠っており、ふわふわした毛皮の玉そっくりだった――苦もなく立ちあがり、とことこと歩いてきて二、三回よだれたっぷりに舐めた。モリーの鼻は冷たかった。体を揺すり、クンクン鳴きながら彼女のまわりをうろうろしたが、それはいつもの気ままな動きではなく、ギャビーに元気なことを伝えるためだった。

モリーはそのあと横におすわりをした。

「よくなってよかったね」ギャビーは毛をなでながら、ささやきかけた。

「ほんとに」トラヴィスの声が後ろの戸口から返ってきた。「モリーはとても頼もしかったよ。すばらしい素質を持った犬だ」

ギャビーがふりむくと、彼はドアにもたれていた。

「ぼくは間違っていたようだ」トラヴィスは彼女に向かって歩きだした。手にはリンゴの〈ふじ〉を持っていた。「たぶん今夜は家に帰れる。そうしたければ、仕事帰りに寄って連れていってかまわない。そうしてくれと言ってるんじゃないよ。ここで預かるほうが安心なら、喜んでそうする。でも、モリーは予想したより回復が早かった」彼はしゃがんで、ギャビーから犬に関心を移すと軽く指を鳴らした。「きみはいい子だな」彼は〝犬が大好きだよ、こっちへ来ない？〟的な声を最大限に響かせて呼びかけた。驚くギャビーをしりめに、モリーは彼女のそばを離れて彼のほうへ歩いていった。トラヴィスが愛撫とささやきをギャビーから引き継ぐと、彼女は仲間はずれにされた気がした。

「それにこのチビちゃんたちも立派だった。こいつらも連れていくなら、入れておく囲いを作ったほうがいいよ。そうしないと厄介だ。間に合わせでかまわない。何枚かの板と箱を立てたり寄せたりして、なかに新聞紙を敷くんだ」

彼女は話をほとんど聞いていなかった。思わず、すてきな人だと見とれていたからだ。彼と会うとかならず気をとられるのが悩みのタネだった。彼の顔や姿がつねに警報ベルを鳴らすかのように。その理由が彼女にはどうしてもわからなかった。背が高く痩せている。だが、そういう男は大勢見てきた。よくにっこりする。それも珍しくはない。まぶしいほど白い歯をしている。絶対に歯のホワイトニングをしている（自然な歯の色ではないとわかっていても効果はある）。筋肉質で体が引き締まっている。だが、そういう男もアメリカ中のジムにいる。信者のように熱心にワークアウトをし、チキンの胸肉とオートミールしか食べず、一日十六キロ走る男が。彼らには、彼のような魅力を感じたことはなかった。

では、彼の何だろう？

もっと冴えない容貌なら話は簡単だったはずだ。これほど調子がくるうこともなく、最初の〝対決〟から現在の悩みまで、すべてが違っていただろう。いや、考えるのはやめだ。決意を新たにしたのだ。もうその手には乗らない、絶対に。わたしは応じない。ここでケリをつけ、これからは近所の人らしく手をふって気を散らさない生活に戻ろう。

「どうしたの？」彼がじっと眺めていた。「なんだかボーッとしてない？」

「疲れただけ」彼女は嘘をついて、モリーを指さした。「あなたを好きになったみたいね」

「ああ、そうだね。ぼくらはずっとうまくやってる。今朝あげたジャーキーの威力じゃないかな。ジャーキーをあげると、すぐに心をつかめるんだ。フェデックスやUPSの配達人に犬の手なずけ方を訊かれると、いつもそう答えてる」

「憶えておくわ」彼女はすばやく気をとりなおした。

一匹の子犬がクンクン鳴きだしたので、モリーが立ちあがってオープンケージに戻った。モリーは急にトラヴィスとギャビーの存在が邪魔になったようだった。トラヴィスも立ちあがって、ジーンズでリンゴをごしごしふいた。「それでどうする？」

「どうって何を？」

「モリーを」

「モリーの何？」

彼は顔をしかめた。その口から言葉がゆっくりと出てきた。「今夜、モリーを連れていきたいのか、そうじゃないのか」

「ああ、それね」彼女はハイスクールの一年生がアメリカンフットボールの学校代表チームのクォーターバックに会ったようにどぎまぎした。焦って自分を蹴飛ばしたくなったが、とりあえず咳払いした。「連れて帰るわ。それで問題がないなら」

「問題ない」彼が保証した。「モリーは若いし健康だ。最悪の場合を想定すれば、もっとひどい可能性もあった。モリーは幸運な犬だよ」

ギャビーは腕を組んだ。「そうね」

初めて彼女は彼のTシャツが〈ドッグズ・サルーン〉というキー・ウエストのたまり場のロゴ入りだと気づいた。彼はリンゴをひと口かじり、その手で犬のほうを指した。「モリーの回復ぶりに、もっときみが興奮すると思ってた」

「興奮してるわ」

「それほど興奮しているようには見えない」

「どういう意味？」

「そうだね」彼はまたリンゴをかじった。「ここにやってきたとき、もう少し感激してるかなと思ってたから。モリーにだけじゃなく、ぼくが力になったことについても」

「あなたには感謝の気持ちを伝えたと思うけど。何回お礼を言わなきゃ気がすまないの？」

「どうかな。何回だと思う？」

「こっちに訊かれてもね」

彼は片方の眉をあげた。「そう言わずに」

まったく、と彼女は思った。「いいわ」降参したように両手をあげた。「どうもありがとう。何から何まで」ギャビーは耳の遠い人に言うように、はっきりと慎重に発音した。

彼は笑った。「きみは患者さんにもそういう言い方をするの？」

「そういうって？」

「友だちには?」

「実際は、そうじゃないけど」

「そんなに真剣に」

「いいえ……」彼女はとまどって首をふった。「それがどうしたの?」

彼は質問には答えずに、またリンゴをひとかじりした。それから、「ただちょっと好奇心で」と言った。

「どういう?」

「それはきみの性格によるものなのか、きみがぼくに真剣になってるだけなのか。もし真剣になってるなら大歓迎だ」

彼女は頰が火照りだすのを感じた。「何を言ってるのか全然わからないわ」

彼は気どった笑みを浮かべた。「まあいいけど」

彼女は相手の鼻をへし折れるシャレたセリフでやり返そうとしたが、思いつく前に彼がリンゴをゴミ箱に放りこみ、手を洗うために背を向けた。

「いや、ともかく別の理由であっても、ここに来てくれてうれしいよ」彼は首をひねって肩ごしに見ながら言った。「明日、また仲間が小人数で集まるんだけど、きみが顔を出してくれないかと思ってるんだ」

彼女は聞き違えたのかと、まばたきをした。「あなたの家に?」

「そういうこと」

「デートに誘ってるの？」

「違う。ただ集まるだけだ。仲間がね」彼は蛇口を締め、手をふきはじめた。「今年パラセーリングを始めた。これが最高なんだ」

「みんなカップルなんでしょ？　来る人たちって」

「ぼくと妹以外は夫婦ばかりだ」

彼女は首をふった。「ちょっとむずかしいかも。ボーイフレンドがいるし」

「いいじゃないか、彼も連れてくれば」

「もう四年も付き合ってるのよ」

「だから言ってるだろ、彼も歓迎するよ」

彼女は耳を疑って彼を見つめ、冗談じゃないのかと言おうとした。「ほんとに？」

「もちろん。どうして？」

「ああ、でも……彼は来られないわ。この何日か出張に出てるから」

「じゃ、きみは暇なんだな。来てみたら？」

「それがいいことかどうか……」

「いいじゃないか」

「だってわたしは彼を愛してるのよ」

「だから?」

「何が〝だから〟よ?」

「だから……ぼくの家でも彼と恋人同士ということでかまわないんだ。さっきも言ったけど、おもしろくなるぞ。気温も二十六、七度まで上がりそうだし。パラセーリングはやったことある?」

「いいえ。でも、そういう問題じゃないわ」

「きみが来れば、彼がこころよく思わないというの?」

「そのとおり」

「じゃ、彼は自分が旅行中はきみを閉じこめておきたいタイプなんだな」

「違うわ、そうじゃない」

「それなら、きみが楽しむことが嫌いなんだ」

「そうじゃないって!」

「新しい知り合いができるのを好まないタイプか?」

「もちろんそんなことない!」

「じゃ、話は決まった」彼はドアへと歩きだしてから、足を止めた。「十時か十一時ごろにみんなが集まる。きみが持ってくるのは水着だけだ。ビールもワインもソーダもある。それ以外の特別な好みがあれば、持参してくれ」

「まだべつに……」

彼は両手をあげた。「いいかい？　来たければ来ればいいって話だ。強制してるわけじゃない。いいね？」彼は肩をすくめた。「ただおたがいを知り合うチャンスになると思っただけだ」

断るべきだとわかっていた。だが、代わりに喉の渇きを湿すように唾を飲みこみ、「たぶん行くわ」と答えていた。

7

土曜日の朝は順調にすべりだした。日射しがブラインド越しに斜めに射しこむと、ギャビーはふわふわしたスリッパをつっかけて、コーヒーを淹れようとキッチンに行った。のんびりした朝を過ごすのを楽しみにしていた。調子がくるいだしたのは、そのあとだ。コーヒーに口をつける前に、モリーの様子を見ておくべきだと思い、ほぼ元の状態に戻ったようなので安心した。

子犬たちも何に注意すればいいのかわからないが、とりあえず元気だった。もこもこしたフジツボみたいにモリーにくっついているかと思えば、よたよた歩いたり、倒れたり、鳴き声をあげたりする。そのすべてがこれほど愛らしいのは、母親が彼らを食べないようにした自然のわざのようにも思われた。といって、ギャビーがほれこんだわけではない。たしかに思ったより醜くはなかったが、モリーのように美しいとは言えないし、子犬に飼い主を見つけられるかどうかもまだ心配だ。

とにかく里親探しをしなければ。ガレージに漂う異臭で決意は強まった。まるで『スター・ウォーズ』シリーズの〈フォー臭いなんてものじゃなかった。

ス〉のように絶えまなく攻撃してきた。息ができないと思ったとき、トラヴィスが子犬を入れておく囲いを作ったほうがいいと言ったことをぼんやり思い出した。子犬がこんなにウンチをたくさんするなんて、ほんとに思いもよらなかった。ウンチは至るところにしてあった。臭いは壁に染みこみ、ガレージドアの開口部も役には立たなかった。それから三十分、彼女は息を詰め、吐き気をこらえながらガレージの掃除をした。

終わるころには、彼女の週末をめちゃめちゃにするために悪魔が考えた計画の一部だと思いこんだほどだ。心の底から。子犬たちは長くぎざぎざしたガレージの床にあるヒビが大好きなようで、見事にそこへ糞をしてあるので掃除には歯ブラシを使わなければならなかった。その事実をもってしても、悪魔の仕業としか言えないではないか。おぞましかった。

それにトラヴィス……彼もそこからはずすわけにはいかない。子犬と同じくらい罪がある。たしかに彼はついでのように、子犬を囲いに入れておくようにと言った。だが肝心なことを言っただろうか。それをしないとどうなるか説明しなかったのだ。

絶対に何が起きるか知っていた。彼女はそう確信した。ずるい！

考えるにつれて、彼がずるいのは今回だけではないことに気づいた。たとえば、〝女の子を扱いなれたカッコいい男がたまたま隣に住んでるんだ、ちょっとだけボート遊びにいかないか？〟みたいな質問をして答えを強要したところ。巧妙な誘い方につられただけなら、今日は行く気になれない。ケヴィンが鍵をかけて彼女を閉じこめているように皮肉ったバカバカしい質問。まるで彼女がケヴィンの所有物か何かみたいに！　彼女には意思がないみたいに！　そのあげく大量のウンチまで始末させられて……。

やってくれるわ、ほんと。

最悪じゃない？　彼女は急いで着替えながら、心のなかで愚痴をこぼした。せっかくの週末なのに、ケヴィンは近くにいないし。たとえいたとしても、週末は学生時代に彼を訪ねたころとはすっかり違っていた。以前はいつ会っても楽しく、新しい経験や人との交流がたくさんあった。いまの彼は毎週かならずゴルフコースに行っている。

彼女はコーヒーのお代わりを注いだ。たしかにケヴィンは昔からもの静かだった。それに仕事に明け暮れたあとだから、緊張をほぐす必要があるのも理解できた。だが、ここに引っ越してからというもの、二人の関係は変わった。もちろん、すべて彼が悪いわけではない。一因は彼女にもあった。いわば引っ越してきて落ち着きたがったのは彼女のほうだ。そして実際にそうした。では、何が問題なのか？

〝問題は物足りなさ――〟彼女の心で小さな声が聞こえた。〝もっと……何かがあるはずだということ〟何が必要なのかはわからないが、自然発生的な要素がなくてはならない。

彼女は首をふり、考えすぎないことだと思った。二人の関係は、産みの苦しみというか、いわば成長痛を感じる時期なのだ。裏のデッキに出てみると、外はめったにないような美しい朝だった。理想的な気温に心地よいそよ風。空は雲ひとつなく晴れわたっていた。湿地の草のあいだから一羽のサギが飛びたち、陽光降りそそぐ水上を滑空した。

眺めていると、トラヴィスが桟橋に向かって下りていった。身につけているのは、チェック柄のローライズのバミューダパンツだけ。彼女のいる場所は見晴らしがよく、歩く彼の腕と背中の筋肉が筋になっているのが見えた。ギャビーは見つからないようにと引き戸のほうへ一歩戻った。だが、つぎの瞬間、呼びかける声が聞こえた。

「おーい、ギャビー!」手をふる彼には夏休み初日の少年の面影があった。「こんなにきれいな朝もなかなかないよな!」

トラヴィスは彼女のほうにジョギングしはじめ、ギャビーが日なたに出ると、生け垣をかきわけて通り抜けてきた。彼女は深く息を吸いこんだ。

「おはよう、トラヴィス」

「一年でいちばん好きな季節だ」彼は空と樹木をとりこむように大きく腕を広げた。「暑くもなく、寒くもなく、どこまでも青い空が続いてる」

　彼女はほほえんだが、認めざるをえない彼のセクシーな腰の筋肉を見ないようにした。昔から男のもっともセクシーな部分はそこだと思っていた。

「モリーは元気？」彼は明るく話しかけた。「たぶん問題なくひと晩過ぎたろうけど」

　ギャビーは咳払いした。「ええ、元気よ。ありがとう」

「子犬たちは？」

「元気みたい。でも、かなり汚してくれたわ」

「そんなものさ。だからなるべく狭く囲っておくといいんだ」

　彼はいつもの真っ白な歯の笑顔を見せた。たとえ〝彼女の犬を救ったいい男〟だとしても、ちょっとなれなれしすぎる。

　彼女は腕組みをして、昨日どんなに彼がずるく立ちまわったか思い起こした。「ええ、たしかにね。昨日はそこまでわからなかったけど」

「どうして？」

　あなたがわたしを動揺させたからよ、と彼女は思った。「たぶんうっかりしたのね」

　彼女は返事をせずに肩をすくめた。彼を満足させないように。

「ガレージが猛烈に臭くなったんだな」

　彼はその注意深く演出した反応には気づかなかったようだ。「いいかい、そんなにむずかしく考えることはないんだ。子犬は生後二、三日のあいだ、とにかくウンチばかりしてる。お乳を飲むと直通で出ちゃうみたいにね。でも、もう囲いを立てたんだろ？」

彼女は努力してポーカーフェースを作ったつもりだったが、失敗した。

「まだなの？」

ギャビーは落ち着かなくなった。「ええ、まあ」

「どうして？」

だって、あなたがまだ動揺させてるからよ、と彼女は思った。「必要ないと思って」

トラヴィスは首をぽりぽり掻いた。「ウンチの始末をするのが好きなの？」

「それほど大変じゃないわ」彼女はつぶやいた。

「ガレージのなかを好きに走りまわらせるのか？」

「いいでしょ」彼女はすぐに戻って、できるだけ小さな囲いを立てなければと思った。

彼は見るからにとまどって彼女を見つめた。「言うまでもないけど、きみの獣医として、正しい判断だと思わないとは言っておくよ」

「アドバイスをありがとう」彼女はぴしゃりと言った。

彼はまだ見つめていた。「いいだろう。きみの好きにすればいい。十時ごろ、うちに来られるだろ？」

「たぶん無理ね」

「どうして?」

「いい考えとは思わないから」

「なぜ?」

「どうしても」

「なるほど」彼の口ぶりは彼女の母親そっくりだった。

「そうなの」

「何かあるんじゃない?」

「いいえ」

「ぼくが怒らせるようなことをした?」

〝そうよ〟小さな声が答えた。〝あなたと、その腰の筋肉がね〟

「べつに」

「じゃ、問題は何?」

「問題なんかない」

「ならば、どうしてそんな態度をとるんだ?」

「べつに普通よ」

白い歯の笑顔はなく、先ほどまでの気やすげな雰囲気は消えていた。「いや、わざとらしい。ぼくは隣人として歓迎のバスケットを置いたし、きみの犬も救い、ひと晩中その面倒も見てあげた。今日はぼくのボートで楽しんでもらおうと招待もした。それなのに、きみは理由もなく食ってかかる。いいかい、きみの態度は常識を欠いてるぞ。きみが隣に引っ越してきてから、ぼくは感じよくしようと努めてきた。でも、会うたびにきみは怒ってるみたいだ。なぜなのか理由が知りたい」

「なぜなのか?」彼女はくりかえした。

「そう」彼の声は揺るぎなかった。「どうして?」

「だって……」彼女は自分がすねた五年生みたいだとわかっていた。言うべき言葉が思いつかなかった。

　彼は彼女の顔をしげしげと眺めた。「だって?」

「あなたが口出しすることじゃないわ」

　彼はその返事を沈黙のなかに置いた。

「好きにしろ」やがてそう言うと、彼は背を向けて首をふりながら階段へ向かった。ギャビーが一歩足を踏みだしたときには、もう芝生に下りていた。

「待って!」彼女は呼びかけた。

　トラヴィスは足どりをゆるめ、二、三歩進んでから立ちどまると、彼女に顔を向けた。「え?」

「ごめんなさい」

「え？」彼はまた言った。「何をあやまってる？」

彼女はためらった。「どういう意味？」

「あやまるなんて思いもしなかった」トラヴィスは不服そうに言った。ギャビーは彼がまた背を向けようとしているのを感じた。こんどそうなったら二人の友好関係が終わる合図だと、思わずまた一歩踏みだした。

「全部よ」張りつめた自分の声が安っぽく聞こえた。「あなたに対する態度をあやまってるの。あなたにしてもらったことを感謝していないと思わせた態度を」

「だから？」

彼女は身が縮んだように感じた。彼の前でしか起きない現象だった。

「だから」口調がおとなしくなった。「わたしが間違ってた」

彼はいったん黙り、腰に手をあてがった。「何を？」

〝まったく、どう言えばいいというの？〟小さな声が答えた。〝たぶんわたしは間違ってないのよ。ただ本能的に警戒してるだけ、正体はわからないけど過小評価すべきじゃないものをね……〟

「あなたのことよ」彼女は小さな声を無視して答えた。「あなたの言うとおりだわ。とるべき態度をとらなかったし。でも、正直に言えば、なぜそうなったのか理由は深く考えたくない」ギャビーは無理に笑ったが、少しぎくしゃくしていた。「わたしたち、もう一度やりなおせる?」

彼は考えている様子だった。「わからない」

「え?」

「聞こえたろう?　人生でいちばん困るのは面倒な隣人だ。きみの気持ちを傷つけたくはないが、ぼくはずっと前に、物事を率直に言うことをおぼえてね」

「それは一方的な言い方だわ」

「そうか?」彼は疑いを隠そうとしなかった。「こっちとしてはまだ譲歩してるくらいだと思うよ。でも言わせてもらえば、きみがやりなおしたいなら歓迎するが、本気でそうしたい、という場合に限る」

「本気よ」

「ならいい」彼はまた足跡をたどるようにして、デッキに戻ってきた。「よろしく」彼は手を差しだしながら声をかけた。「ぼくはトラヴィス・パーカー。きみが隣に引っ越してきてうれしいよ」

彼女はその手を見つめた。一瞬おいて握手をした。「わたしはギャビー・ホランド。よろしくね」

「仕事は何をしてるの?」

「準医師よ」彼女はちょっとバカバカしく思いながら答えた。「あなたは?」

「獣医をしてる。どこの出身？」

「ジョージア州サヴァナ。あなたは？」

「ここが地元だ。生まれ育った」

「この町は好き？」

「嫌いになれるわけがないだろう？　気候はいいし、車も少ない」彼は少し黙った。

「それに近所の人たちもいい人がほとんどだ」

「そうみたいね。それに実際知ってるけど、ここの獣医さんは、ときどき緊急の往診にも応じるのよ。大きな街ではそんな人いないわ」

「うん、いないだろうな」彼は肩ごしに自宅のほうを見た。「そうだ、ところで今日友だちとボートを出す計画なんだ。いっしょに行かないか？」

　彼女は目をほそめて彼を見あげた。「いいけど、一昨日（おととい）うちのモリーが子犬を産んだので囲いを作らなきゃならないの。わたしのために待たせるのも何だから」

「手伝おうか？　うちのガレージに余分な板や木箱があったはずだ。なに、そんなものすぐにできるさ」

　彼女はためらったが、笑顔で見あげた。「それなら、参加させてもらうわ」

　トラヴィスは言葉どおり手際がよかった。長い板を四枚抱えてきて——まだ半裸状態だったので彼女は怖じ気づいたが——それをいったん下ろすと、また自宅のガレージに駆け戻り、木箱、ハンマー、釘をひとつかみ持ってきた。

異臭には気づかないふりをしながら、彼女が想像もできないほどすばやく囲いを組み立ててしまった。

「ここには新聞紙を敷いたほうがいい。間に合うだけ持ってる？」

彼女がうなずくと、彼はまた自宅に目をやった。「まだ、しなきゃならないことが少しある。あとでまた会おう。いいね？」

ギャビーはおなかに渦巻くような不安を感じながらうなずいた。神経過敏に近い感覚だった。つまりこういうことだ。彼が家に入っていくのを見まもり、囲いに新聞紙を敷いたあと、寝室でどの水着がいいのか考えなければならなかった。もっと細かく言うなら、ビキニにすべきかワンピースにすべきか。

それぞれに長所と短所があった。いつもはビキニを着ていた。ともかく二十六歳で独身。スーパーモデルの体形ではないとしても、正直に言えばビキニを着た姿のほうが好きだった。ケヴィンもそうだ。ワンピースにしようかと言うと、ケヴィンは彼女が気を変えるまで不機嫌になる。一方でケヴィンがいないときに、近所の人（それも男！）と出かけるのに、ビキニのサイズを考えると、ブラとショーツ姿でいるも同然だから気楽に過ごせるわけがない。となると、ワンピースが優勢になる。

しかし彼女の持っているワンピースは形が古いし、日灼けと塩素で色も少しくすんでいる。数年前に母が買ってきたもので、カントリー・クラブで午後を過ごすためのものだった（〝売春婦みたいに肌を露出してはいけません！〟）。ワンピースだから仕方ないとはいえ、そのデザインときたら全然スタイルがよく見えなかった。太腿のところがハイカットではないので、脚が太く短く見えてしまう。

脚が太くて短いなんて嫌だ。でも、それが重要な問題だろうか？　もちろん違う。だが同時にこうも思った。もちろん大問題。

ワンピースにしようと決めた。そうすれば間違った印象を持たれずにすむ。ボートには子どもたちも乗るはずだ。判断を間違えたとしても、あまり……露出が過ぎるより保守的にしておくほうが無難だろう。彼女はワンピースを手にした。とたんに、正しい結論を出したという母の声が聞こえた気がした。

ベッドにそれを放りなげ、ギャビーはビキニに手をのばした。

8

「新しいお隣さんを招待したのね？」ステファニーが訊いた。「名前をもう一度言って？」

「ギャビー」トラヴィスがボートを桟橋に引き寄せながら答えた。「もうすぐやってくるよ」ロープがピンと張り、ボートが所定の位置につくとゆるんだ。彼らは船を引いて水に浮かべ、クーラーボックスを載せるために桟橋に舫ったところだった。

「独身なんでしょ？」

「一応ね。ボーイフレンドがいる」

「でもなあ」ステファニーがにやにやした。「そんなことに遠慮する兄さんじゃない。でしょ？」

「今回は何も下心はない。たまたま恋人が出張中で、彼女は何もすることがないんだ。だからよき隣人として、お招きしたわけさ」

「へえ」ステファニーはうなずいた。「なんだか立派なおこないをしたみたいに聞こえるけど」

「ぼくは立派だもの」トラヴィスは抗議した。

「だからそう言ってあげたじゃない」

トラヴィスはボートをつなぎ終えた。「どうも額面どおりには聞こえない」

「そう？　変ねえ」

「いいさいいさ。言いたいだけ言え」

トラヴィスはクーラーボックスを持ちあげ、ボートに載せた。

「あのさ……その子のこと、かわいいと思ってるんじゃない？」

彼はクーラーボックスを置きなおした。「まあね」

「まあね？」

「なんと言ってほしいんだ？」

「べつに」

トラヴィスは妹を見た。「なぜ今日は長い一日になりそうな気がするのかな？」

「さあ」

「ひとつ頼みがある。彼女にはやさしくな」

「どういう意味？」

「わかるだろう。ただ……みんなと彼女の取り持ちをしてほしいんだ。その前にあの子にトゲのあることを言うんじゃないぞ」

ステファニーはかんだかい声で笑った。「兄さんったら、誰に話してるかわかってる？」

「彼女にはおまえの冗談がわからないだろうと言ってるのさ」

「いいわ、これ以上ないくらい模範的にする」

「じゃあ……素っ裸で泳ぐ覚悟ができてるのね？」とステファニーが訊いた。

ギャビーはまばたきをし、聞き違えたのではないかと思った。「なんですって？」

一分前、ステファニーがロングTシャツ姿でビールをふたつ持って近づいてきた。ひとつをギャビーに渡し、トラヴィスの妹と自己紹介をして、トラヴィスが最後の仕上げをしているあいだに裏のデッキにある椅子へと誘った。

「でも、いまってわけじゃないわ」ステファニーは手をふった。「ビールを二本くらい飲んでからよ。そうすると、みんな水着のパンツを脱いでも平気になっちゃうの」

「素っ裸で？」

「トラヴィスがヌーディストだって知ってるんでしょ？」ステファニーはトラヴィスが前もって準備したウォータースライダーのほうへ目をやった。「そのあと、あれですべって遊ぶのよ」

ギャビーは頭がぐるぐるまわっているように感じたが、つじつまが合ったような気がして自然とうなずいていた。トラヴィスがたいてい半裸でいること、胸を露出して会話をしていてもまったく気にしていないこと、なぜあんなにワークアウトが好きなのか。そういったことの説明がついた。

　考えごとがステファニーの笑い声で途切れた。

「冗談よ！」彼女は大声をあげた。「ねえ、本気でわたしが兄貴と素っ裸で泳いだりすると思う？　うう–、気持ち悪い！」

　ギャビーは首筋から頬に熱い血が上るのがわかった。「冗談だってわかってたわ」

　ステファニーがギャビーをビールごしに見た。「あなた、本気にしてたわ！　もうサイコー！　でも、ごめんね。兄貴からはあなたにやさしくしろって言われてたんだけど。とにかく、わたしのユーモアは慣れるのに時間がかかるって兄貴は思ってるのね」

〝ああ、なぜ信じたのかしら〟とギャビーは思ったが、「そうなの？」と答えた。

「ええ。でも、こっちに言わせれば、わたしたち、じつは瓜ふたつなの。ああいう冗談をどこで憶えたと思う？」ステファニーは椅子にもたれ、サングラスを直した。

「トラヴィスから聞いたんだけど、あなた、準医師なんだって？」

「そう、小児科医院に勤めてるわ」

「仕事はどう？」

「楽しいわよ」と答えたが、浮気者の雇い主や、ときに高圧的になる患者たちについては話さないほうが賢明だと思った。「あなたは？」

「わたしは大学生」ステファニーはビールをひと口飲んだ。「もうひと頑張りして専門職になろうかなと思ってるところ」

初めてギャビーは笑い声をあげ、ちょっとリラックスするのを感じた。「今日はほかに誰が来るのか知ってる？」

「たぶんいつもと同じメンバーよ。トラヴィスには腐れ縁みたいな三人の友だちがいてね、彼らが奥さんと子どもを引き連れてくると思うけど。トラヴィスはあまりパラセーリング用のボートを出さないから、マリーナの桟橋に置いてあるの。いつもは水上スキー用のボートを使うのね。ウェイクボードや水上スキーのほうが手軽だから。ボートでちょっと引っぱるだけでいい。ウェイクボードやスキーやスケートボードはどこでもできるわ。とにかくパラセーリングはすごいわよ。ほんとは勉強してなきゃいけないのに、わたしが来てることでもわかるでしょ？　じつはこの週末、研究室の仕事をいくつかサボッちゃった。パラセーリングをやったことは？」

「いいえ」

「大好きになるわ。それにトラヴィスにまかせておけば安心だし。兄貴は在学中、それで小遣い稼ぎをしてたの。というか、少なくとも本人はそう言ってるわね。稼いだお金が全部ボートを買うお金に化けたのは絶対確かよ。パラセーリング用ボートはCWS（コマーシャル・ウォーター・スポーツ）社製で、すごく値段が高い。ジョーも、マットも、レアードもトラヴィスと仲はいいけど、学生時代に観光客を呼びこんだときの報酬をまだ要求してる。トラヴィスは一セントも浪費はしなかったんだけど」

「つまり彼は抜け目のないビジネスマンなわけね？」

ステファニーは笑った。「まあね。しょうがない兄貴。そう、新手のドナルド・トランプってとこかも。でも、彼はお金なんかどうでもいいというところがあるわ、昔から。生計は自分で立ててるけど、余ったお金はすべてボート、ジェットスキー、あちこちに出かける旅行に使ってしまう。神出鬼没というくらい、あらゆる場所へ出ていくの。ヨーロッパ、中南米、オーストラリア、アフリカ、バリ、中国、ネパール……」

「ほんとに？」

「驚いたみたいね」

「ええ、びっくりした」

「なんで？」

「さあ、どうしてかな。たぶん……」

「兄貴がぶらぶらしてるように見えるから？　人生はパーティーだ、みたいに？」

「そんなことないって！」

「ほんとにそう思ってなかった？」

「まあ少しは……」ギャビーが口をにごすと、ステファニーはまた笑った。

「兄貴はぶらぶらするのも好き。世渡りのうまい若者なの……でも、素顔はただの小さな町の男にすぎない。ほかの仲間たちと同じでね。でなければ、こんなところで暮らしたりしてない」

「そうね」ギャビーは返事が必要かどうかわからずに答えた。

「とにかく、気に入ると思うわ。高所恐怖症じゃないんでしょ？」

「ええ。高いところが好きなわけじゃないけど、自分にもできると思うわ」

「むずかしくないから。パラシュートにつかまってると思えばいいの」

「憶えておく」

遠くで車のドアがバタンと音を立てたので、ステファニーが身を起こした。

「クランペット家の到着だわ」ステファニーが言った。「あるいは、『ゆかいなブレディ家』と言ってもいいけど。さあ、頑張ってね。のんびりした午前の部はおしまい」

ギャビーがふりむくと、騒々しいグループが家の横をまわってくるところだった。大人の前を子どもが走り、おしゃべりや叫び声が聞こえた。子どもたちはいまにも転びそうな危なっかしい足どりで、よちよち駆けていた。

ステファニーが身を寄せてきた。「見分けるのは簡単よ。メガンとジョーはブロンドの夫婦。レアードとアリスンは長身同士。マットとリズは……ほかのカップルより細めじゃない」

ギャビーの口の端がかすかに上向いた。「細めじゃない？」

「太めって言いたくなかったの。要するにあなたが憶えやすいように言ったのよ。原理的には、たくさんの人に紹介されたとき、一分後に忘れてしまうというのがわたしは好きじゃないので」

「原理的には？」

「わたしは人の名前を忘れないの。変な癖だけど、一度聞いたら忘れない」

「どうしてわたしが忘れそうだと思ったの？」

ステファニーは肩をすくめた。「あなたはわたしじゃないから」

ギャビーはまた笑った。だんだん彼女のことが好きになってきた。「子どもたちは？」

「ティナ、ジョージー、ベン。ベンはわかるわね。ジョージーはお下げの子よ」

「次回会ったとき、お下げにしてなかったら？」

ステファニーはにやにやした。「どうして？　これからもレギュラーで来るつもり？　ボーイフレンドがいるのに？」

ギャビーは首をふった。「誤解しないで、わたしが言いたいのは――」

「からかったのよ！　ちょっと気にしすぎ」

「ちゃんと憶えてられるかどうか、自信がないわ」

「わかった。何かに結びつける記憶法をやってみるわね。ティナは、『ギリガン君SOS』のティナ・ルイーズとつなげる。役名はジンジャーで、役も映画スターだったわよね？　彼女も赤毛だった〔ジンジャーには赤毛の意味がある〕」

ギャビーはうなずいた。

「では、ジョージー。映画『ジョージーとプッシーキャッツ』を思い浮かべる。ベンは年齢のわりに四角くて大きいからビッグベン。イギリスの時計塔よ」

「わかりやすい……」

「頭をふりしぼったもの。役立つわよ。それでジョーとメガンは……ブロンドだから、ブロンドのGIジョーがメガロドンと闘ってるところを想像するの。メガロドンは先史時代の巨大なサメのこと。頭に思い浮かべるのよ、いい？」

ギャビーはまたうなずいた。

「レアードとアリスンは、ものすごく背の高い恐竜アロサウルスが自分の巣穴(レアー)にはまって動けないところを想像して。最後はマットとリズね……」ステファニーはいったん黙った。「ああ、そうだ、エリザベス・テイラーがポーチのマットに寝ころがって、ポークラインズ［ブタの皮を揚げたスナック］を食べてるところね。思い浮かべた？」

ギャビーが少し手間どったので、ステファニーはそれぞれの連想イメージをくりかえした。頭に入ったところでクイズを出してみると、なんとギャビーはすべて憶えており、驚きを隠せなかった。

「いいでしょ？」

「すごい」ギャビーは認めた。

「これはノースカロライナ大学（UNC）で勉強した分野のひとつよ」

「出会った人すべてにこうしてるの？」

「厳密に言えばそうじゃない。というより、意識的にはしてないわね。ごく自然に浮かんでくるから。でも、これであなたはみんなを感心させられるわ」

「感心させるべき？」

「ううん。でも、人を感心させるのっておもしろい」ステファニーは肩をすくめた。

「いまわたしがあなたにしたことを考えてみて。でも、もうひとつ質問があるわ」

「どうぞ」

「わたしの名前は？」

「知ってるけど」

「じゃ、言ってみて」

「ええと……」ギャビーは口を開いたが、思考は停止していた。

「ステファニー。ただステファニーよ」

「え？　連想イメージは？」

「ないわ。憶えておくべき名前なのよ」彼女は椅子から立ちあがった。「さあ、名前がわかったんだから、彼らにあなたを紹介させて。初めて聞いたふりをするのよ、みんなを感心させられるように」


メガン、アリスン、リズが子どもたちの追いかけっこを見まもるなかで、ギャビーへの紹介がすむと、ジョー、レアード、マットの三人はタオルやクーラーボックスを持って、トラヴィスの様子を見にぶらぶらと栈橋に下りていった。

ステファニーはそれぞれと抱きあい、話題は大学の授業の進み具合になった。驚いたことに、連想記憶法は効果抜群だった。ギャビーは職場でカルテの名前を憶える際に、一部の患者で試してみようかと考えた。

ケヴィンの会社の人たちにも、だけど……。

「おーい！　みんな準備はいいか？」トラヴィスが呼びかけた。「こっちはもう出られるぞ」

ギャビーはビキニの上に着たTシャツを直しながら、集団のあとを一歩遅れてついていった。最終的には、ほかの女たちに合わせてTシャツやショートパンツを脱ぐとか脱がないとか決めればいいと思っていた。とにかく母の助言には耳を貸さないようにしようと。

　女性陣と子どもたちがボートまでやってくると、男たちはすでに乗りこんでいた。子どもはライフジャケットを着せられ、順にジョーが抱きとった。レアードが妻たちに手を差しだして、ボートに引っぱりあげた。ギャビーはバランスに注意しながら揺れる床に足をのせた。ボートの大きさに驚いた。トラヴィスの水上スキー用ボートより、さらに一・五メートルは大きかった。

　舷側（げんそく）には両側ともベンチシートが造りつけてあり、そこに子どもも大人もすわれた。ステファニーと〝超長身のアロサウルス〟アリスンはボートの前でにこやかに話しだした。ギャビーは迷って首をふった。船首にしようか……船尾にしようか……？　どちらでもいい。ボートの後部には大きなプラットホームとロープを繰りだすためのクランクがあり、トラヴィスがハンドルの後ろに立っていた。〝ブロンドのGI〟ジョーがボートを桟橋に舫っていたロープをはずし、〝巣穴（レアー）〟のレアードがそれを巻いた。少ししてジョーがトラヴィスのそばに移り、レアードは〝ジョージーとプッシーキャッツ〟に近寄った。

　ギャビーはやっぱりうまくいくと感心して首をふった。

「そばに来て」ステファニーが隣の席をたたいて声をかけた。

ギャビーがすわると、目の隅でトラヴィスが角の物入れに押しこめてあった野球帽をとりだすのが見えた。野球帽をかぶった大人の男は絶対にバカそうだといつも思っていたが、彼ののんびりとした態度にはなぜか合っていた。

「みんな、いいかい？」彼が呼びかけた。

返事を待たずにボートはエンジン音を響かせながら、おだやかな波を分けて前進しはじめた。やがて河口に到着し、そこから南へ向きを変えて、バック海峡(サウンズ)のほうに向かった。シャックルフォード砂州が前方にぼんやりと見えた。砂丘に沿ってところどころに細長い草地があった。

ギャビーがステファニーに身を寄せた。「どこまで行くの？」

「ルックアウト岬じゃないかしら。でも海峡にいるボートの数が多ければ、たぶん入海(いりうみ)に向かい、そこから南のオンスロー湾(ベイ)に出るかもしれない。そのあとボートの上か、シャックルフォード砂州かルックアウト岬で食べるのよ。どこに行くかは、みんなの気分しだいね。たいてい子どもたちの希望が優先されるけど。ちょっと待って」ステファニーがトラヴィスのほうを向いた。「ねえ、トラヴ！　わたしに運転させてくれない？」

彼は顔をあげた。「いつから運転したくなった？」

「いまよ。ちょっと前」

「あとでな」

「だって、わたしがすべきだと思うんだけど」

「なぜ？」

　ステファニーは男の愚かさに驚くかのように首をふった。彼女はその場で立ちあがり、羞恥心のかけらも見せずに勢いよくTシャツを脱いだ。「すぐに戻るわね。あのバカな兄貴に話してこなきゃ」

　ステファニーが船尾へ向かうと、アリスンがギャビーにうなずいた。

「べつに怖がらなくてもいいのよ。あの子とトラヴィスはいつもあんな調子でしゃべってるんだから」

「仲がいいのね」

「本人たちが否定したって、あの二人は親友同士みたい。トラヴィスが誰かを親友と呼ぶとき、まずレアードだと言うだろうし、ジョーでもマットでもいいけど、ステファニーの名前は出さないわ。でも、わたしはだまされない」

「レアードって、あなたの旦那さんでしょ？　ジョージーを抱っこしてる人ね？」

　アリスンは驚きを隠さなかった。「もう憶えたの？　出会ったばかりなのに」

「人の名前には強いの」

「ほんとだわ。全員わかってるとか？」

「ええ、まあ」ギャビーは得意な気分で、みんなの名前をすらすら言ってみせた。

「へーえ、まるでステファニーみたい。あなたたちはきっと気が合うわ」

「彼女はすごいわ」

「ほんとね、知れば知るほど。でも、慣れるにはちょっと手間どるけど」アリスンはステファニーがトラヴィスを説き伏せている様子を眺めた。彼女は片手をボートにつけて体を支え、空いたほうで手ぶりを交えて話していた。

「あなたとトラヴィスはどうやって知り合ったの？　ステファニーからご近所だと聞いたけど」

「じつは隣に住んでるの」

「それで？」

「それで……話せば長くなるけど、簡単に言えば、うちの犬のモリーがお産をするときに大変なことになり、トラヴィスが診にきて、親身に面倒を見てくれたのよ。そのあとこうして招かれたわけ」

「彼は動物に好かれるものね。子どもにも」

「あなたはいつからの知り合いなの？」

「もう長いわ。レアードとは大学で知り合って、彼が紹介してくれた。あの人たちは子どものころからよ。結婚式の新郎付添人にもなってくれたし。噂をすれば、ほら……ねえ、トラヴィス!」

「なんだ? 今日は楽しいだろ?」彼が言った。

その後ろではステファニーが運転席でハンドルを握り、見て見ぬふりをしていた。

「あまり風が強くないといいな」

アリスンはまわりを見た。「わりによさそうだけど」

「なぜ?」ギャビーが訊いた。「風が強いとどうなるの?」

「パラセーリングには、いいことがひとつもない」トラヴィスが答えた。「基本的にパラシュートがあちこちで部分的につぶれるし、ロープがからみあう危険がある。パラシュートをつけてたら避けたい事態ばかりだ」

ギャビーは制御不能になってくるくる回転しながら海につっこんでいくイメージを浮かべた。

「心配ないさ」トラヴィスが安心させた。「ぼくが問題ありと判断したら、中止するだけのことだから」

「そう願いたいわ」アリスンが口をはさんだ。「でも、やるならレアードを一番にしてほしいわね」

「どうして?」

「彼は今週ジョージーの部屋のペンキ塗りをすることになってたの。何度も何度もわたしに約束したのよ。でも、塗ってある？　もちろん元のまま。ちょっとは思い知らせないと」

「じゃ、順番待ちに入れておくよ。じつはもうメガンからジョーを一番にしてくれと頼まれてるんだ。仕事が終わったあと、家族にあまり時間を使ってないとかそんな話だった」

　気のおけない家族同士の話題を聞いていると、ギャビーは傍聴人になったような気がした。ステファニーがそばにいてくれたらいいのに。奇妙なことだが、すでにステファニーがボーフォートでいちばん友だちに近い存在だと思っていた。

「つかまって！」ステファニーがハンドルをまわしながら叫んだ。

　トラヴィスは反射的にボートの舷側をつかんだ。大きな波に船体がぶつかり、船首が跳ねあがってドスンと落ちた。アリスンの関心が子どもたちにそれた。彼女はひっくり返ったジョージーに駆け寄ったが、子どもはもう泣きだしていた。レアードが片手で引き起こした。

「だめじゃないの、ちゃんとつかまえてなきゃ！」アリスンはジョージーに手を差しのべながら夫に怒鳴った。「こっちへおいで、ベイビー。マミーが押さえててあげる……」

「つかんでたよ！」レアードが抗議した。「デイル・アーンハート［NASCARのスター・ドライバー］が彼女の運転を見張ってたら……」

「わたしを巻きこまないで」ステファニーが首をひょいとあげて言った。「ちゃんとつかまってって声かけたじゃない。聞いてなかったんじゃない？　わたしが沖の大波をコントロールできないみたいに言って」

「もうちょっとスピードを落としてもいいんじゃないか……」トラヴィスは首をふってギャビーの隣にすわった。

「いつもこんな調子なの？」彼女が訊いた。

「だいたいね。子どもたちがいっしょだと、こんな感じだ。今日はこれから一人一回、かならず泣きべそをかく場面があるだろう。でも、おかげで退屈しないよ」トラヴィスは座席にもたれて足を広く開いた。「うちの妹はどう？」

　彼が太陽を背にしているので、表情はよくわからなかった。

「好きよ。ちょっと……変わってるけど」

「どうやら、あっちもきみを好きになったみたいだ。気に入らなければ、ズバズバ言うやつだから。あいつは頭がよすぎて、状況やタイミングを考えずに意見を言ってしまう。ぼくは両親がステフをよそからもらってきたんじゃないかと思ってる」

「そうかしら。あなたが髪をもう少し長くしたら、姉妹でも通りそうだけど」

彼は笑った。「妹みたいなコメントだな」

「影響されたかも」

「ほかのみんなには紹介してもらった？」

「ちょっとだけね。アリスンと少し話したけど、それくらい」

「こういう連中とはなかなか出会えないよ」トラヴィスが言った。「友だちというより、家族みたいだ」

彼女はトラヴィスが野球帽を脱ぐのを見て、突然どういうことかピンときた。「ステファニーは、あなたがわたしと話せるように後ろへ行ったのね」

「そう」彼は認めた。「ぼくがきみを招いたのだから、ほったらかしは無礼だというわけさ」

「べつにいいわよ」ギャビーは手をふった。「あなたがボートを運転したければ、自由にやって。わたしはこの眺めだけでも充分楽しんでるから」

「ルックアウト岬に行ったことはないの？」トラヴィスが訊いた。

「ないわ」

「国立公園だ。入り江もある。波が寄せてこないから、小さな子どもには最高だ。それに向こう側へまわれば、大西洋側だけど、いまじゃあまり見られない天然の白砂の浜辺がある」

話し終えたとき、彼がボーフォートのほうへ意識を戻したのにギャビーは気づいた。海上から見た町の横顔があった。マリーナには上げた指のように空へマストを立てたヨットが並び、そのすぐ向こうに海岸通りのレストランが見えた。まわりでは至るところにモーターボートやジェットスキーが走っており、カーブした白い波を残して去っていった。ボートが水上をすべるように進み、それにつれて彼の体がふわっと彼女にもたれかかるのをギャビーは思わず意識した。

「きれいな町」彼女は言った。

「昔から好きだった」彼が答えた。「子どものころは大都会へ行くのを夢見ていたけどね。でも、やっぱりここがぼくのホームタウンだ」

二人は入海のほうを向いた。後方ではボーフォートがだんだん小さくなり、前方には大西洋に面したオンスロー湾の海が広がっていた。頭上には雲がひとつ、ぽつんと浮かんでいる。雪を丸めたようにふわふわとした塊だ。おだやかな青空が、日射しのプリズムで金色に彩られた海上に広がっていた。やがてバック海峡で熱狂的に遊ぶボートからも遠ざかり、まわりが静かになってきた。シャックルフォード砂州の浅瀬に停泊するボートをところどころに見かけるだけになった。ボートの前にいる三組の夫婦もギャビーのように景色に見とれており、子どもたちもおとなしくなったようだった。彼らは親の膝に満足そうにおさまり、昼寝をしてもおかしくないほどリラックスしていた。ギャビーは髪をなびかせる風と、夏の太陽の心地よさを感じた。

「ねえ、トラヴ」ステファニーが呼んだ。「ここでいい?」

トラヴィスは夢から覚めたように、まわりを見た。

「もうちょっと沖に出よう。安全な空間を確保したい。一人、新人がいるからね」

ステファニーはうなずき、ボートはふたたびスピードを上げた。

ギャビーは彼に身を寄せた。「それはそうと、やり方を教えて?」

「簡単だ。まず、パラシュートをふくらましておき、あそこにあるバーにハーネスの準備をしておく」彼はボートの隅を指さした。「つぎにきみとパートナーがハーネスを装着し、それをぼくがあのバーに固定する。きみはプラットホームにすわり、ぼくがロープを繰りだせばもう空中に浮かんでる。ちょうどいい高さに上がるまでは二分くらいかかる。そのあとは……空中散歩だ。ボーフォートも灯台も一望のもとだよ。今日はこんなにきれいに晴れてるから、イルカが見えるかもしれない。ネズミイルカ、エイ、サメ、ひょっとしたらウミガメもね。ぼくはクジラを見たこともある。ボートのスピードを落として、足が水に着くくらいまで下げたりもする。それからまた上げていく。すごく楽しいぞ」

「サメですって?」

「もちろん。海だからね」

「襲われない?」

「襲うやつもいるだろう。メジロザメなんかかなり獰猛だ」

「じゃ、わたしは水に着けないで。遠慮しとくから」

「心配いらない。サメは近づいてこないよ」

「簡単に言うわね」

「ずっと海のスポーツをやってきたけど、まだ一度もパラセーリング中にサメに襲われた話は聞いてない。きみが水に入るのはせいぜい二、三秒だ。それに普通、サメの食事時間は暗くなってからだし」

「でもね……」

「ぼくと組んで乗るのはどう? いっしょにトライしてみたら? やらない手はないよ」

彼女はためらってから、さっとうなずいた。「考えておくわ。何も約束はしないことにする」

「まあ、いいだろう」

「もちろん、あなたはわたしといっしょに乗るつもりなんでしょうけど」

彼はいつもの笑顔を見せてウインクした。「もちろん」

ギャビーは胸騒ぎのような感覚を無視しようとした。バッグに手をのばしてローションをとりだすと、手に少しつけて緊張しながら顔に塗りはじめた。もう一度距離を置きたかった。

「ステファニーが言ってたけど、世界中を旅してるんですって？」

「ちょっとね」

「ちょっとどころじゃないって聞いたわよ。あらゆる場所へ行ってるみたいに――」

彼は首をふった。「そうであればいいけどね。ほんと、まだ見ていない場所は山ほどある」

「どこがいちばん気に入った？」

しばらく懐かしむ表情を浮かべたあと、彼は答えた。「わからない」

「じゃ……わたしに勧めたいところは？」

「そういう感じじゃないんだ」

「どういうこと？」

「旅は、見るというより経験すること、なのかな……」彼は考えをまとめるように海水を眺めた。「こんなふうに言ってみようか。大学を卒業したとき、ぼくは自分のしたいことがわからなかった。それで一年かけて世界を見てみようと決めた。少しばかり貯金があったんだ。必要な額には足りなかったけど、とにかく荷物を作って自転車とともにヨーロッパへ飛んだ。向こうでの最初の三カ月は……やりたいと感じたことはなんでもやった。いわゆる観光とは無縁でね。旅行プランなんかも立てなかった。誤解されないように言っておくと、もちろんいろんなものを見たよ。いい時間をともに過ごした仲間のことだ。でも、あのころを思い出すと、まず頭に浮かぶのは途中で道連れになったり、いい時間をともに過ごした仲間のことだ。たとえばイタリアでは、ローマのコロッセオやヴェネチアの運河を見たけど、鮮明に思い出せるのはバーリで過ごした週末だね。

南イタリアにあるこの都市はきみも初耳だろうけど、ぼくはたまたま知り合ったイタリアの大学生たちとそこで過ごした。彼らは地元のバンドが演奏している小さなバーに連れていってくれた。ほとんどの人たちが英語をしゃべらなかったし、ぼくの知っているイタリア語は食事のメニューだけだったけど、ひと晩中、愉快に笑って楽しんだよ。そのあと彼らはさらに南にあるレッチェやマテーラといった歴史ある町を案内してくれた。ぼくらはだんだん気心が知れて、いい友だちになった。フランスでもノルウェーでもドイツでも同じようなことをした。ユースホステルに宿泊することもあったが、たいていの場合はある町に行くと誰かと出会い、何日か泊めてやろうと招いてもらった。旅費の足しにちょっとアルバイトをしたりして、つぎに移れるめどがつくと旅を続けた。最初はヨーロッパとアメリカが似ているから、そういうふうに簡単にいくんだと思ってた。でも、シリアやエチオピア、南アフリカに行っても、日本や中国でも同じことが起きた。ときどき、自分が旅をする運命だったと感じたくらいだ。出会う人たちが、みんなぼくを待っていてくれたようなね。でも……」

　彼は言葉を切って、まっすぐに彼女を見た。

「いまのぼくは、そのころのぼくとは違う。旅が終わるときに、出発したときと違っていたように。今日のぼくは明日のぼくとも違うだろう。つまり、あの旅を再現するのは無理だということなんだ。同じ場所に行き、同じ人たちに出会ったとしても、もう同じじゃない。同じことは経験できない。ぼくにとって、旅行とはそういうものだ。人と出会い、違う文化に感心するだけでなく、土地の人のように楽しむことを知り、自分が感じた衝動に素直になること。何がその場所で待っているかわからないのに、どうして人にそこを勧められるだろう。アドバイスするとしても、場所の名前を書いたインデックス・カードを何故か用意して、それをシャッフルし、でたらめに五枚選ぶくらいしかできない。それから……何が起きるのかと思ってそこへ行ってみる。きみがそういう気持ちを持っていれば、どこに行こうと、どれだけお金を持っていこうと関係ない。きっと忘れられない旅になる」

　ギャビーは黙ってその話を頭に染みこませた。「すごいわね」彼女はようやく声をあげた。

「何が？」

「あなたの旅ってすごく……ロマンティック」

沈黙が続くなかでステファニーがボートのスピードを落とし、トラヴィスはすわったまま上体をまっすぐに起こした。妹の視線に彼はうなずいて立ち、ステファニーがさらにエンジンの回転を下げ、ボートはゆっくりと止まりはじめた。

「この辺りでやろう」トラヴィスは収納ボックスのところに行き、パラシュートを引っぱりだした。「新しいことをやってみる気になった?」

ギャビーは唾を飲みこんだ。「ええ、ぜひ」

9

パラシュートを開いてハーネスが取り付けられると、まず最初はジョーとメガンが空へ上がった。つぎはアリスンとレアード、そしてマットとリズの順だった。ひと組ずつカップルがプラットホームに上がり、そこから空へ浮きあがった。高さ三〇メートルまで引き綱が繰りだされた。ギャビーがボートから見ていると、海の上に浮かぶ彼らは豆粒みたいに小さくなっていた。ステファニーに替わってハンドルを握ったトラヴィスは、一定のスピードでボートを走らせ、大きく弧を描いてまわると、スピードをだんだんに落としてライダーたちを海へ近づけていった。彼らの足が水面をかすめるとエンジンを全開にしてスピードを上げ、パラシュートはふたたび一気に空へと舞いあがった。公園で少年が走って揚げるカイトのように。

プラットホームへ降りてくると、誰もが空から見た魚やイルカのことを口々にしゃべったが、自分の番が近づくにつれてギャビーはだんだん緊張してきた。ステファニーは肌を小麦色に灼こうとビキニ姿になり、船首のほうでビールをちびちび飲んでいる。彼女は乾杯するように缶を上げた。

「さあ、ありのままの自分を出してくるのよ」

トラヴィスが野球帽をとった。「行こう」とギャビーに言った。「ハーネスを付けてあげるよ」

リズがプラットホームから下りながら、ライフジャケットを渡してよこした。

「すごく楽しいわよ」と彼女は言った。「絶対気に入る」

トラヴィスがギャビーを連れてプラットホームへ行った。彼はぴょんと飛び乗り、彼女に手を差しのべた。それにつかまって上がるとき、ギャビーは温かさを感じた。彼が落ちているハーネスのふたつの輪を指さした。

「そこに両足を入れて引きあげて。締めてあげるから」

ギャビーは体にキャンバス地のストラップをしっかり巻きつけた。「これでいい?」

「だいたいね。プラットホームで待機するときは、太いストラップが両腿を下から支えた状態にしておくんだ。それが……お尻のほうにまわらないように。そうなると体重を支えられない。濡れてもかまわないならそれでいいが、Tシャツも脱いだほうがいい」

ギャビーは緊張しないようにと思いながらTシャツを脱いだ。

トラヴィスは彼女の羞じらいに気づいたが、そのそぶりは見せなかった。彼女のハーネスのストラップをバーに固定し、自分のもそうして、ギャビーにすわるように合図した。

「ハーネスは腿の下に来てるかな？」トラヴィスが訊いた。彼女がうなずくと、にっこり笑った。「気楽に楽しんでくれ。いいね？」

一秒後、ジョーがエンジンをかけ、パラシュートがふくらんで、ギャビーとトラヴィスはデッキから浮きあがった。斜めに空へ上がりながら、みんなの目が二人に注がれているのを彼女は意識した。こぶしが白くなるほどキャンバスのストラップをぎゅっと握っていると、ボートはぐんぐん小さくなっていった。そのうちぼんやりした囮の鳥のように、ボートから伸びたロープに気をとられた。すぐに自分がみんなのときよりも高く上がったような気がして何か言いかけたとき、トラヴィスが肩にふれた。

「あそこを見てごらん！」と指さした。「エイがいる！　見えた？」

見えた。水面下に黒い流線型の影が動いていた。スローモーションの蝶のようだった。

「イルカの小さな群れもいる！　あっちだ！　砂州の近くに！」

その光景には驚いた。彼女は緊張がとけていき、眼下に広がる景色を満喫しはじめた。町、浜辺に点在する家族たち、ボート、海。リラックスするにつれて、こうしているなら一時間浮かんでいても飽きないだろうと思った。楽々とこんなふうに高く舞いあがり、風を受けながら鳥のように飛んでいけるとは――。暑いのに、風が体を冷やしてくれた。彼女は膝から下をぶらぶらと前後に揺らした。

「水に浸かってみないか？　絶対おもしろいぞ」

「いいわよ」彼女は答えた。われながら妙に自信がありそうな声だと思った。

トラヴィスはジョーに手で合図を送った。すると下で聞こえていたボートのエンジン音が急に小さくなった。パラシュートが降下を始めた。近づいてくる海を見つめながら、彼女はすばやく水面下に何も潜んでいないかと目を走らせた。

パラシュートはどんどん降りていき、足を上げているのに下半身に水しぶきがかかるのを感じた。もう水に足が着くと思った瞬間、ボートはふたたび加速して、二人は急上昇していった。ギャビーはアドレナリンが体中にみなぎるのを感じて、満面に笑みを浮かべていた。

トラヴィスが彼女をこづいた。「な？　悪くなかったろう？」

「もう一度できない？」と彼女は頼んだ。


トラヴィスとギャビーはさらに十五分ほどパラセーリングをし、足を浸けるディッピングも二、三回した。二人がボートに戻ると、それぞれのカップルがもう一度ずつ空へ上がった。すでに太陽は空高く上がり、子どもたちがぐずぐず言いはじめていた。トラヴィスはボートを一路ルックアウト岬の入り江へ向かわせた。海が浅くなったところでボートを停めると、ジョーがアンカーを船外へ放り投げ、シャツを脱いで海へ飛び降りた。海は腰までの深さしかなかった。マットが慣れた手つきでジョーにクーラーボックスを渡した。マットもシャツを脱いで飛びこんだ。続いてレアードがマットにクーラーボックスを渡し、彼も海に飛び降りた。トラヴィスはそのあいだに準備をし、飛び降りるときには小さなポータブルのグリルと練炭の袋を持っていた。母親たちもつぎつぎに海に飛び降りて、子どもたちを受け渡した。ボートに残るのはステファニーとギャビーだけになった。ギャビーは何か手伝えることはないかと思いながら船尾に立ったが、船首にいるステファニーは騒ぎにも無頓着な様子で座席に寝そべり、小麦色の肌づくりに余念がなかった。

「わたしは休暇中だから、お手伝いをする気はないわ」ステファニーは宣言した。その体はこのボートのように停泊中だった。「それにみんなすごく手際がいいから、なまけ者でいても罪悪感はないの」

「あなたはなまけ者じゃないわ」

「いいえ。人は誰でもときどきなまけ者になるべきよ。孔子曰く、〝何事も為さざる者は何事も為さざる者なり〟」

ギャビーはその言葉を考えて、眉をひそめた。「ほんとに孔子が言った言葉？」

サングラスをしたまま、ステファニーはかすかに肩をすくめた。「ううん、固いこと言わないで。要するに、みんなはあれをやると自分たちが勤勉だと自己満足するわけ。せっかくの機会を奪わなくてもいいじゃない」

ギャビーは両手を腰にあてがった。「というか、あなたはダラダラしていたいのね」

ステファニーが歯を見せて笑った。「イエスが言ってるわ、〝船で寝てなまける者は幸いなり。日灼けを得るであろう〟」

「またデタラメを」

「まあね」ステファニーは起きあがった。サングラスをはずしてレンズを見つめ、タオルでふいた。「でもやっぱり、固いこと言いっこなし」彼女はギャビーに目をほそめた。「本気でテントやクーラーボックスを浜辺まで運びたいの？　正直な話、お手伝いは過大評価されてるわね」彼女は水着のブラを直すと起きあがった。「よし、向こうも片づいたみたいだし、そろそろ行くか」ビーチバッグを肩に引っかけた。「いつなまけるか、コツを知っておいたほうがいいわよ。コツをつかめば誰にとってもプラスになる。一種の芸術ね」

ギャビーはためらいがちに言った。「よくわからないけど、その考え方好きだわ」

ステファニーが笑った。「そりゃそうよ。なまけるのは人間本来の性質だもの。でも、本質的な真実を理解してる人が自分以外にもいるって、いいわね」

ギャビーがそれを否定しかけたとき、ステファニーは海にジャンプしていた。水しぶきがボートの縁まで跳ねあがった。「ねえちょっと」彼女はギャビーの出鼻をくじいた。「いまの冗談だからね。それにあなたは、あれをしたとかしなかったとか気に病んじゃだめよ。言ったように、ささいなことに意味を探すのがあそこにいる人たちの癖なんだから。男らしくなったり母親らしくなったり、そういう気分になるの。まあ、世の中ってそれで動いてるんだけどね。わたしたち独身女は、それを気にせず楽しめばいいの」

バーベキューの準備は――ボートから降りて、荷物を下ろすようなことは――誰もがやるべきことを心得た気楽な儀式のようだった。ポップアップ・テントが設置され、毛布が敷かれ、練炭に火がつけられた。ボートにいたときの〝なまけ状態〟を継続しているステファニーは、ビールとタオルを持つと適当な場所を見つけて日光浴にいそしんでいた。ギャビーは何をしていいかわからずにタオルを広げて、同じようにした。すぐに強い日射しの効果を感じたが、ステファニーを除く全員が立ち働いていることは考えないようにした。

「ローションつけたほうがいいよ」ステファニーが彼女に言った。首をあげずに、持ってきたバッグを指さした。「SPF50のチューブがある。あなたみたいな白い肌だと、塗らなくちゃ三十分もしないうちにロブスターになっちゃう。それには亜鉛が入ってるのよ」

ギャビーはステファニーのバッグに手をのばした。ローションを塗るのはけっこう時間がかかった。少しでも塗り残したら、太陽が容赦なくミスをとがめるからだ。姉たちや母と違って、彼女はアイルランド系の肌を持つ父の遺伝子を受け継いだ。それは彼女の人生のちょっとした恨みごとのひとつだった。

塗り終わるとタオルに横たわったが、ランチの支度をひとつも手伝っていない罪悪感は消えなかった。

「トラヴィスとはうまくやってる?」

「ええ」ギャビーは答えた。

「言っておくけど、彼はわたしの兄貴だからね」

ギャビーは首をまわしていぶかしそうな視線をステファニーに投げた。

「つまり」とステファニーが言った。「彼のことをよーくわかってるって、言っておきたいのよ」

「どうしてわざわざ?」

「兄貴があなたを好きみたいだから」

「それって、わたしたちを中学生なみに思ってない?」

「だから? べつにいいでしょ」

「そうね」

「あなたにはボーイフレンドがいるし？」

「ほかにもいろいろあるから」

　ステファニーが笑った。「へえ、そうなのね。あなたのことを知らなかったら、信じてるところだけど」

「まだ知らないでしょ！」

「あら……わかってるわ。信じてくれなくてもいいけど、あなたのことはわかる」

「ほんとに？　わたしはどこの出身？」

「さあ」

「家族のことは？　何か言ってみて」

「言えない」

「じゃ、知ってるとは言えないわね」

　少しして、ステファニーはうつ伏せに体勢を変えてギャビーを見た。「そう、知らない」挑むような声音（こわね）を隠すことはできなかった。「いいわ。じゃ、こういうふうに言いましょうか。あなたはずっと優等生のいい子だった。でも心の奥底では、きちんと決まりを守って生きるほかに、別の人生があるんじゃないかと思ってる。未知のものに対する憧れも心の一部にある。あなたが自分に素直になるなら、トラヴィスはその一部なのよ。あなたはセックスに関してはガードが堅い。でも、いったん関係を持つと、自分がふだん守っているルールは投げ捨てる。いまのボーイフレンドと結婚するつもりでいるけど、なぜ自分の指にまだ指輪がはまってないのかとつい考えてしまう。家族は愛しているが、自分の人生は自分で決めたい。だからここに引っ越してきた。とはいえ、自分の選択が家族の反対にあうことも心配している。ここまでは、どう？」

その話を聞きながら、ギャビーは青ざめていた。図星だったとわかると、ステファニーは両ひじをついて身を起こした。「もっと続けようか？」

「いいえ」

「当たってたでしょ？」

ギャビーは鋭く息を吐いた。「当たってなくもないけど」

「その程度？」

「ええ」

「どこが違ってた？」

ギャビーは答えずに首をふって、あおむけになった。「話したくないわ」

彼女はステファニーが続けたがるかと思っていたが、ただ肩をすくめてタオルに横たわった。何も言わなかったかのように。

波打ち際で子どもたちのはしゃぐ声が聞こえた。遠く離れているので、言葉まではわからない。ギャビーはそれを聞きながら、頭はステファニーの分析のことでいっぱいだった。まるで彼女を幼いころから知り、心のいちばん暗い秘密にも通じているようだった。

「それはそうと、あなたが怖がってるといけないから言っておくわね」ステファニーが口を開いた。「わたしって霊能者なの。不気味でしょ？　でも、ほんとよ。確かなのはおばあさんからその血を受け継いでることね。おばあさんは天気を予言するので有名だったのよ」

ギャビーは非科学的だとわかっていても、安心の波で全身が洗われたようにホッとして起きあがった。「ほんとに？」

ステファニーはまた笑った。「まさか、そんなわけないでしょ！　おばあさんは長年『さあ当てましょう』というゲーム番組を観てたけど、出演者に勝てたためしがなかった。でも正直に言ってみて。わたしの話、的中してなかった？」

ギャビーはまた頭が混乱してめまいに襲われたようだった。「でも、どうやって……？」

「簡単なことよ」ステファニーはまた体の向きを変えた。「最大公約数の女性のプロファイルに、あなたの〝驚くべき個人的な経験〟を差しこんでみただけ。トラヴィスの部分以外は想像したの。けっこう驚くでしょ？　でも、わたしだって研究してるのよ。まだ六人目くらいだけど、がらくたの山をかきわけて通り抜けると、人はほとんどみんな同じだとわかって驚いちゃう。とくに思春期とか大人になったばかりの若いころとかは、だいたいみんな同じ経験を積み、同じことを考えてる。でも、誰もがかならず、想像するかぎりの理由をつけて自分だけの経験だと思いこむのよ」

ギャビーはしばらくステファニーを敬遠するほうがいいのかもと思いながら、タオルの上であおむけに戻った。彼女のことは好きだったが、おかげで頭が混乱しっぱなしだ。

「興味があるなら言っておくけど」とステファニーが言った。「いま兄貴に恋人はいないわよ。独身で、空席あり」

「べつに興味はないわ」

「もうボーイフレンドがいるものね？」

「そう。でも、ボーイフレンドがいなくても、興味はなかったと思うけど」

ステファニーが笑った。「そうね、もちろん。どうしてわたし誤解しちゃったのかな。たぶん、あなたが兄貴に見とれてたから、それで間違えたんだ」

「見とれてなんかないって」

「そんなにムキにならないの。向こうだってあなたに見とれてたんだから」

10

ギャビーはタオルの上で、風に運ばれてくる練炭、ホットドッグ、ハンバーガー、チキンの焼ける匂いを吸いこんだ。おだやかな風なのに、しかもローションを塗ったのに、肌がひりひりしてきた。スコットランドとアイスランドから来た先祖が故郷と似た曇りがちな北方の気候を避けて、長く日にさらされると黒色腫(メラノーマ)を発症しかねない土地へ移ってきたことを思うと、彼女はときおり皮肉を感じずにはいられなかった。ともかく強い陽光は小じわや染みの大敵だから、母などは車から家までの短い距離でも欠かさず帽子をかぶっている。太陽からダメージを受けるのはギャビーの考えたくないことのひとつだった。彼女はこんがり肌を灼くことに憧れていて、小麦色の肌になると実際気分がよくなるのだ。それに、もうすぐシャツを着て日陰に入るなら、いまはこうしていたかった。

ステファニーは最後のひと言のあと、打って変わって静かにしていた。ほかの人ならば、不快なのか気後れしているのかと思うところだが、ステファニーがそうしていると一種の自信をたたえているような印象があった。それはギャビーがずっと心ひそかに身につけたいと願っている資質だった。ステファニーは心から快適にくつろいでおり、ギャビーにもそれが伝染していた。正直なところ、最近これほどゆったりできたことはなかった。長いあいだ家にいてもなんだか緊張し、職場でも気が抜けなかった。それにケヴィンとの先行きについても自信をなくしはじめていた。

トラヴィスはどうか。彼にはまず、どぎまぎさせられる。そう、とにかく彼がシャツを着ていないときに。ちらりと彼のいるほうを見てみた。トラヴィスは三人の子どもと波打ち際にいて、べちゃべちゃの砂をしたたらせてはお城を作って遊んでいた。喜びを爆発させた子どもの関心が海に向かうと、彼は立ちあがって彼らを浅瀬に追いこんだ。喜びを爆発させた金切り声が、辺りに響きわたった。トラヴィスも子どもと同じくらい楽しんでいるようで、彼女は思わずほほえみたくなった。それを無理に引っこめたのは、偶然彼に見られて誤解されたくないからだ。

ついに食べ物のおいしそうな匂いに負けて、ギャビーは起きあがった。ボーフォートから一時間足らずでやってきた場所なのに、どこかの南国の島にいるような気分だった。静かな波が一定のリズムで寄せ、後ろにある空っぽの数軒のビーチハウスは、まるで天から降ってきたもののように見えた。ふりむくと、砂丘に一本の小道が通っており、数かぎりない風雨にさらされてきた黒と白の灯台のほうへ曲がりながら向かっていた。

驚いたことに入り江には彼らのほかに人影がなく、おかげでいっそう魅力が増していた。端のほうではレアードがポータブル・グリルにかがみこんでおり、トングを器用に使っていた。メガンは小さな折り畳み式のテーブルにポテトチップスやバンズの袋を並べ、タッパウェアの容器を開けていた。リズは紙皿とプラスティックのナイフにフォーク、香辛料をセッティングしていた。その後ろでジョーとマットはフットボールのキャッチボールをしていた。家族同士がグループで集まり、こんなに美しい場所で週末を、ただ土曜日だというだけで楽しむなんて、ギャビーは子ども時代から思い返しても記憶になかった。ほとんどの人が普通こんなふうに人生を送っているのだろうか。それとも小さな町だからこそできる生活なのか。あるいは、たんにこの仲間たちが長いあいだに作りあげてきた習慣にすぎないのか。いずれにしても、自分はそれに溶けこめるだろうか、と彼女は考えていた。

「食べられるぞ！」レアードが叫んだ。

ギャビーはシャツを着てグリルのほうへ歩いていった。とたんに猛烈な空腹をおぼえ、ふと朝食を食べる暇がなかったことを思い出した。ふりかえると、トラヴィスが懸命にチビちゃんたちを集めて歩かせていた。子どものまわりを走りまわって群れを急がせるさまは牧羊犬そっくりだった。子どもたちは全速力でグリルのそばにやってきたが、そこにはメガンが立ちはだかっていた。

「毛布の上に並びなさい」彼女が命じると、子どもたちはよくしつけられていると見えて、素直に言うことを聞いた。

「メガンは子どもに魔法が使えるんだ」トラヴィスが肩ごしに眺めながら言った。彼は腰に両手をあてがって、荒く息を吐いていた。「ぼくの言うことも、あれくらい聞いてくれたらなあ。こっちは気絶するほど追いかけなくちゃだ」

「あなたはずいぶん自然にやってたわ」

「いっしょに遊ぶのは好きだよ。放牧じゃなく」彼は共謀者めいたしぐさで彼女に身を寄せた。「でも、これは内緒だぞ？　親というものについて知ったんだ。子どもと遊べば遊ぶほど、その親に好かれる。彼らの子どもを大好きだという人には——両親と同じように心から愛していれば——最高（キャッツ・ミャウ）の人間に送るまなざしを送るものだよ」

「ネコの鳴き声（キャッツ・ミャウ）？」

「獣医だからね。動物関係の言いまわしが好きなんだ」

彼女は思わずにっこりした。「子どもと遊ぶのがうまいのね。わたしの大好きな叔母（おば）は、わたしや妹たちと木登りをしてくれたの。ほかの大人たちが居間でおしゃべりをしているあいだに」

「でもなあ……」彼はステファニーを身ぶりで指しながら言った。「きみはあっちで妹と日光浴をしてたね。せっかく子どもがかわいくて仕方がないってところを、親たちに見せるチャンスだったのに」

「わたし……」

「冗談だよ」彼はウィンクした。「じつはいまが子どもと遊べるタイミングだったんだ。もうすぐ彼らは不機嫌になる。そうなれば、ぼくはビーチチェアでひたいの汗をふきながら寝ころがれる。彼らを両親におまかせして」

「言い換えると、状況がきびしくなれば、タフな人が引き継ぐってわけね」

「それで……いざとなったら、きみの手も借りられると言おうかと」

「あら、ご配慮いただいて」

「いえいえ。そうだ、おなかすいてるだろ？」

「ぺこぺこよ」

二人が食べ物のところにやってくると、子どもはみな毛布の上でホットドッグ、ポテトサラダ、賽（さい）の目切りのフルーツなどを食べていた。リズ、メガン、アリスンは子どもたちの監視ができ、同時におしゃべりもできるくらいの距離にすわっていた。全員がチキンをとり、いろいろなおかずといっしょに食べていた。ジョー、マット、レアードはクーラーボックスに腰かけ、膝に皿を置いて、砂にビールを立てていた。

「ハンバーガー？　それともチキン？」とギャビーが訊いた。

「チキンが好きなんだけど、バーガーもすごくうまそうだな。ただ、じつはちょっと赤い肉が苦手で……」

「男の人ってみんなバーガーが好きなのかと思ってた」

「じゃ、ぼくは男の人じゃないな」彼は背筋を伸ばした。「そうなると、うちの両親はびっくりして落胆することになる。だってほら、男らしい名前をつけたり、いろいろしたからね」

ギャビーは笑った。「なるほどね……」グリルのほうにうなずいて、「みんな、あなたのために最後のチキンを残しておいたのね」

「だからステファニーが来る前にやってきたんだ。あいつに先を越されたらあれを食べられちゃう。バーガーのほうが好きでも、ぼくが飢えると知っててやりかねない」

「彼女を好きになった理由がわかったわ」

二人はテーブルに並んだおかずを見て、手をのばした。豆、キャセロール、ポテト、キュウリ、フルーツサラダ——どれもおいしそうな香りがした。ギャビーはバンズをとり、ケチャップ、マスタード、ピクルスを追加して自分の皿を持った。トラヴィスはチキンを皿にとり、グリルの端からバーガーを一枚とって彼女のバンズにのせた。

それから彼はフルーツサラダを皿にとった。ギャビーはおかずを全部味見しようと、少しずつとった。彼女は二人の皿を見くらべて恥ずかしくなったが、ありがたいことにトラヴィスは気づいていないようだった。

「ビールは?」彼が訊いた。

「いいわね」

彼がクーラーボックスに手をのばし、クアーズ・ライトをとりだした。彼は水のペットボトルだった。

「ボートを運転するからね」彼は説明して、紙皿を砂丘のほうへ上げると、「あそこへ行かないか?」と言った。

「仲間の近くじゃなくていいの?」

「あいつらはかまわないよ」

「じゃ、行きましょう」

二人は低い砂丘へ歩いていった。塩分に傷めつけられた木の陰にやってきた。海風のせいで枝がすべて片側になびいていた。ギャビーは足もとの砂がさらさらとすべるのを感じた。トラヴィスは砂丘のそばでさらりとあぐらをかいた。ギャビーは隣に並んだが、彼ほど格好よくはすわれず、ただ体が偶然ふれあわないように距離を置くことを心がけた。木陰にいても砂浜や海がまぶしくて、ずっと目をほそめていなければならなかった。

トラヴィスがチキンを切りわけはじめた。プラスティックのナイフとフォークは力に負けて曲がった。

「ここに来ると、ハイスクール時代を思い出す」と彼が言った。「あのころ、週末を何度ここで過ごしたかわからない」肩をすくめた。「もちろん子どもはいないし、いっしょに来た女の子も違ってた」

「楽しかったんでしょうね」

「うん。ある晩のことを思い出すよ。ジョーとマットとレアードとぼくは、気を惹きたかった女の子をここに連れてきたんだ。焚き火のまわりにすわり、ビールを飲み、冗談を言ったり、笑ったり……これ以上に楽しい人生なんかないと思ったものだ」

「まるでバドワイザーのコマーシャルね。ただ、あなたが未成年で、みんな法律違反だった以外は」

「きみはそういうことを何もしなかったんだね」

「ええ、そうね。しなかったわ」

「ほんとに？　一度も？」

「なぜそんなに驚いてるの？」

「さあ。たぶん……きみがすべての規則を守って育った子には見えないからかな」彼は彼女の表情を見て、言いなおした。「誤解しないでくれ。悪い意味で言ったんじゃないんだ。言いたかったのは、ただ、きみが約束事から解き放たれて、新しい冒険を受けいれるタイプに思えるってことさ」

「わたしのことを何も知らないのに」

そう言ったとたん、ギャビーはステファニーにも同じ言葉を告げたことを思い出した。どういう答えが返ってくるかと、彼女は身がまえるように自分の体を抱いた。トラヴィスはとくに意識もせず、フォークでフルーツを動かした。「きみは親から独立し、家を買って引っ越してきた。生活もすべて自力でしている。ぼくに言わせれば、それが自立だ。冒険についても、きみは知らない人がたくさんいるのにここに来てるじゃないか。そうだろ？　パラセーリングもしたし、サメの恐怖を克服してディッピングもした。みんな新しい試練だった。尊敬するよ」

彼女は頬を赤らめた。妹の返事よりトラヴィスの返事のほうが気に入った。「まあね」彼女は素直に認めた。「でも、それは旅行プランもなく世界中を旅するほどのものじゃないわ」

「惑わされちゃだめだ。出発するとき、ぼくに不安のかけらもなかったと思うか？　足がすくんでたよ。予定していることを人に話すのは簡単だ。でも飛行機に乗り、英語をしゃべる者のいない国に降り立つのは全然違う。旅行したことは？」

「あまりないけど。春休みにバハマに滞在した以外は、外国には行ってない。それに実際のところ、わたしが行ったリゾート施設はアメリカの大学生が大勢いるから、まるでフロリダと同じなのよ」彼女は間を置いた。「これからどこかに行く計画はあるの？　つぎの大きな冒険は？」

「あまり遠くじゃないが、グランド・ティートン山［ワイオミング州の山岳国立公園］に行こうと思ってる。キャンプ、ハイキング、カヌー、いろいろとね。息を呑むほどすばらしいという話を聞いたけど、行ったことがないんだ」

「一人で行くの？」

「いいや、親父とだ。楽しみだよ」

ギャビーは顔をしかめた。「どちらか一方でも、自分の親と行く旅行なんて想像ができないわ」

「どうして？」

「うちの親がなぜだめかって？　人柄を知ればわかると思うけど」

彼は続きを待った。彼女は何も言わずに皿を横にどけると、両手をこすってゴミを払った。

「いいわ」ギャビーはため息をついた。「まず母は、五つ星より低い評価のホテルに泊まるのは貧乏くさいと信じてるタイプなの。父？　父は釣り以外に興味を持ったためしがなく、ほかのことに興奮するなんて想像できない。それに父はどこに行くにも母といっしょ。母は母なりの基準があって、それはアウトドアで過ごすのはパティオでの食事のときだけ、ということなの。もちろん高級ワインのリストがあって、白と黒で装ったウェイターがいるようなね」

「ほんとに愛しあってるご夫婦みたいだ」

「いまの話から推測したの？」

「それと、きみのお母さんがアウトドアの大ファンじゃないこともね」笑いを誘った。

「ご両親は、さぞきみが自慢なんだろうな」

「なぜそんなことが言える？」

「それ以外に考えられないだろ」

どうして、と彼女は疑問に思った。いろいろ説明してみようか。「母はきっと妹たちのほうを気に入ってると思う。それに、実際うちの妹たちはステファニーとはまるで違うタイプよ」

「つまりその場にふさわしいことしか言わないってこと？」

「そうじゃなく、母に似てるという意味」

「それで、お母さんがきみを自慢に思うはずがないと言いたいの？」

ギャビーはハンバーガーをひと口食べ、少し時間を置いてから「複雑なのよ」と、ためらいがちに答えた。

「どうして？」トラヴィスがさらにたずねた。

「まず、わたしは赤毛。妹たちは二人とも母と同じブロンド」

「だから？」

「それに二十六歳で独身」

「それで？」

「わたしは社会で認められる仕事がしたい」

「だから？」

「そのどれも、母の望む娘のイメージには合わない。母は女の役割について確固とした考えを持ってるの。とくにある程度の社会的地位のある南部女性についてね」

「きみはお母さんとそりが合わないのかなと、だんだん思えてきたよ」

「わかってきた？」

彼の肩ごしに、手をつないで灯台へと続く小道を歩いていくアリスンとレアードの姿が見えた。

「たぶんお母さんは嫉妬してるんだ」と彼が言った。「きみは自分なりの目的と夢を持って歩いている。生まれ育った世界とは別にある夢をね。お母さんはきみが同じ世界に住むだろうと期待していた。自分がそうだったからだ。違うことをするには勇気がいる。きみに失望しているなら、深くつきつめて考えると、それはお母さん自身の失望なんだろう」

トラヴィスはチキンをひと口食べて、彼女の反応を待った。ギャビーはまごついていた。これまで考えてもみなかったことだった。

「それはないと思うけど」彼女はようやく返事をしぼりだした。

「かもしれない。お母さんに訊いたことはない？」

「自分に失望してるかどうかを？　ないわよ。あなたが自分の親とそんなふうに正面から疑問をぶつけたことがあるなんて言わないでね。だって……」

「ないさ」彼は首をふった。「ありえない。でも、ぼくはご両親がものすごく、きみを誇りに思っているような気がする。その表し方を知らないとしても」

彼の言葉は思いがけず心に響いた。彼女はほんのわずか彼に身を寄せた。「あなたの意見が当たっているかどうかはわからないけど、でもありがとう。誤解を与えたくないから言っておくと、わたしたちは毎週電話で話してるし、不義理はしていない。ただ、たまにもう少し違った関係であればいいのに、と思うことがあるわ。心から楽しくいっしょに過ごせる関係になりたいのよ」

トラヴィスは何も答えず、ギャビーは彼が解決策とか助言のたぐいを口にしなかったのでホッとした。ケヴィンに同じような気持ちを話したとき、彼はまず知恵をしぼって、状況を変えるための行動計画を編みだそうとしたのだ。ギャビーは両足を引いて、膝を腕で抱えこんだ。「ねえ、獣医になっていちばんよかったことは何？」

「動物たち」と彼は答えた。「それと人々。でも、きっと予想どおりの答えだったんじゃないかな」

彼女はイーヴァ・ブロンソンのことを思い出した。「動物はわかるけど……」

トラヴィスは両手をあげた。「間違えないでくれ。たぶん、ぼくが相手をしている人も、きみが相手をせざるをえない人たちとよく似てると思うよ」

「押しが強く、神経質で、心配しすぎ？　つまり、頭の変な人たちね」

「もちろん。人は人だ。多くの人がペットを家族の一部と考えている。当然ペットに何か異常があると疑えば、あらゆる検査をしてほしがる。決まって週に一度は連れてきたり、場合によってはもっとひんぱんにやってくる。たいていの場合はなんでもない。だが、親父とぼくはそういう人用の対策を立てているんだ」

「どうするの？」

「ペットのファイルの内側に黄色いステッカーを貼っておく。それで〝心配奥さん〟がワンちゃんかネコちゃんを連れてきて、ステッカーが貼ってあれば大ざっぱに検査し、いまはどこも問題はないが、念のため週に一度見せにきてくださいと言う。いずれにしても彼らはペットを連れてくるし、こうすれば彼らもすぐに帰っていける。みんなが喜ぶ。われわれは思いやりある獣医で、飼い主はペットの状態に安心できる。彼らが心配するのは当然だから、われわれもまた喜んで診てあげるというわけだ」

「わたしがファイルに黄色いステッカーを貼りだしたら、うちの医院のドクターがどういう反応を見せるかしら」

「そんなにひどいの？」

「ときにはね。ある特定の症状が出る稀少な病気が確認されたというニュースが『リーダーズ・ダイジェスト』の最新号に出たり、テレビで流れたりすると、まさにそういう症状を持つ子どもで待合室はいっぱいになるの」

「ぼくだってわが子がそれに該当したらそうするだろうな」

　彼女は首をふった。「そうかしら。あなたは〝歩けば治る〟とか〝寝れば治る〟と言いそうな男に見えるけど。親になったら人が変わるとは思えないわ」

「かもしれない」彼は認めた。

「絶対そうよ」

「ぼくのことがわかってるから？」

「待って。妹さんだけでなく、あなたもそう言いたがるのね」

　それから三十分ほど、彼らは驚くほど打ちとけたムードでおしゃべりをした。ギャビーはさらに父と母のことを、二人の対照的な人柄について話した。姉たちのことも少し、そして規則に従うという重圧のもとで育つのがどういうものかも。大学、準医師養成学部のこと。ここに引っ越してくる前にボーフォートで過ごした幾晩かの思い出も。ケヴィンについても少しだけふれた。いまは彼が彼女の生活の大きな部分を占めているにもかかわらず、ずっと前からそうだったわけではないことに気づいて、彼女は意外な気がした。トラヴィスに話していると、なぜかケヴィンと出会うはるか前に自分がなろうとした女になったような気がした。

会話が下火になったとき、ギャビーはいつのまにか職場でときどき感じる不満を並べたてていた。言葉は勝手に口からこぼれでることがあるものだ。メルトン医師の名前は出さなかったが、子どもを診察に連れてきた親たちのエピソードを語った。名前は決して口にしなかったのに、トラヴィスが誰のことかはっきり見抜いていることも笑顔からわかった。

メガンとリズは料理の残りをほとんどクーラーボックスにしまっていた。レアードとアリスンは散歩に行ったまま帰らなかった。マットはと言えば、チビちゃんたちに体を半分砂に埋められており、遠慮なくスコップで砂を目や鼻や口や耳にかけられていた。

そのときギャビーの足もとにフリスビーが落ちた。見るとジョーが近づいてきた。

「そろそろマットを救出したほうがいいぞ」彼が呼びかけ、フリスビーを指さした。

「やらないか?」

「ちょっと遊ばせるか」

ジョーがにやりとした。「ほかに手はないよ」

トラヴィスがギャビーを見た。「いいかい?」

「どうぞ、やってきて」

「言っておくが、あまりカッコよくないぞ」トラヴィスは立ちあがり、子どもたちのほうへ叫んだ。「おーい、みんな! フリスビーの世界チャンピオンの技が見たいかー?」

「オォー!」歓声がコーラスで返ってきた。彼らはスコップを放りだし、水辺へ駆けだした。

「行かなくちゃ。観客が待ってる」トラヴィスが言った。

彼は波打ち際まで走り、勢いよく水に入っていった。ギャビーはその動きを目で追いながら、不思議なことに親近感をおぼえていた。

トラヴィスと過ごす時間は、想像していたものと全然違っていた。飾ることも感心させようとすることもない。いつ黙りいつ答えるべきかを、本能的に感じとっているようだ。最初にケヴィンと恋人同士になったときの、あの結ばれた感覚と同じだと彼女は気づいた。

それはたんに二人で夜を過ごしたときの身体的な興奮だけではなかった。それ以上に彼女が切望する感覚——たとえばディナーに向かうときに、駐車場を歩きながらやさしく彼女の手をとったり話したりする、そうした静かな時間の安らぎにほかならない。そんなとき、ケヴィンこそ伴として人生を歩むのにふさわしい人だと思えた。それが最近ではだんだん少なくなり、間遠になってきている。

　ギャビーは物思いにふけりながら、トラヴィスがフリスビーに飛びつくところを見つめた。キャッチしそこなってフリスビーを胸にあて、わざと派手な水しぶきをあげて波へ飛びこんだ。子どもたちはこんなに笑えるものは初めて見たというように、金切り声をあげて大喜びしていた。「もう一度やってよ、トラヴィスおじちゃん！」と彼らが叫ぶと、同じくらい威勢よくジャンプしてみせた。そしてスローモーションで大きく三歩助走して、フリスビーをジョーに投げ返した。

　こんどは真剣な顔つきで、野球選手が内野で打球を捕ろうとかまえるように前かがみになった。彼はチビちゃんたちにウインクして約束した。「こんどは濡れずに捕るからな！」そのあと彼はみっともなくミスしてずぶ濡れになり、さらに大はしゃぎの歓声を浴びた。子どものために演技するのが楽しくて仕方がないといった様子だった。

　ギャビーはそれを見ながら、彼に対する気持ちがしだいに温かくなるのを抑えられなかった。自分のそういう反応に折り合いをつけようとしていると、彼が海からあがり、首をふって髪の水を切りながら彼女のほうへ歩きだした。やがて隣の砂にどすんとすわると、二人の体が偶然少しふれあった。そのときギャビーはふと、将来二人で並んですわる週末が何度もやってくるイメージを思い浮かべた。

11

午後の残りは午前中のリプレイのようだった。一時間ほどビーチで過ごしてから荷物をボートに積み、帰路についた。途中、それぞれのカップルがもう一度パラセーリングをした。ギャビーの二度目の相手はステファニーだった。午後遅くなると、入海をクルージングし、トラヴィスが地元の漁師からエビを少し買った。彼と漁師とは顔見知りだった。家の桟橋に帰りついたときには、三人のチビちゃんはぐっすり寝入っていた。大人たちは風に吹かれて満足しており、何時間も太陽の下にいたせいで顔はすっかり灼けていた。

ボートから荷物が降ろされると、夫婦がひと組ずつ別れを告げて去っていき、ギャビーとステファニーとトラヴィスの三人が残された。トラヴィスはモビーとともに桟橋にいた。すでにパラシュートは乾かすために桟橋に広げてあり、いまはホースでボートに水をかけて洗っていた。

ステファニーは両腕を高々とあげて伸びをした。「わたしもそろそろ行かなくちゃ。今夜は両親と夕食なのよ。ここに来てるのに、顔も出さないいんじゃ怒られちゃうから。

わかるでしょ？　トラヴィスに挨拶してくるわね」

　ギャビーはうなずきながら、ステファニーがデッキの手すりから身を乗りだすのをぐったりと眺めた。

「ねえ、トラヴ！」ステファニーが叫んだ。「帰るからね。今日はありがとう！」

「来られてよかった」彼が手をふった。

「グリルで何か焼いとくほうがいいわよ。ギャビーが飢え死にしそうだって！」

　ギャビーのぐったり気分は消し飛んだが、それに抗議する間もなくトラヴィスが親指をあげていた。

「すぐにそっちへ行くよ。火をつけよう！」彼は叫んだ。「その前にこっちを片づけさせてくれ」

　ステファニーがしてやったりと言わんばかりに、ギャビーのそばへぶらぶらと戻ってきた。

「なんであんなこと言うのよ」ギャビーが憤慨した。

「だってわたしは両親のところへ行くのよ。かわいそうな兄貴に一人ぼっちで夜を過ごさせるのもなんだから。にぎやかなのが好きな人だもの」

「わたしが家に帰りたくても？」

「彼がここに来たら、気が変わったと言えばいいだけよ。あの人は全然気にしないわ。

わたしはただあなたに考える時間を二、三分あげただけ。どっちにしても兄貴はあなたにどうするか訊いたでしょうからね。断られても、たぶんもう一度訊くと思うけど」ステファニーはバッグを肩にかけた。「でも、あなたと知り合えてよかった。ちゃんと会うチャンスがあってね。ローリーのほうに来ることはある？」

「たまに」ギャビーはまだ動揺がおさまらず、ステファニーに喜んでいいものか怒るべきなのかわからなかった。

「じゃ、ランチでもいっしょに食べましょう。明日はブランチくらいならできるけど、わたしもすぐに戻らなくちゃならないからなあ」彼女はサングラスをはずし、シャツでレンズをふいた。「また会おうね」

「ええ」ギャビーは答えた。

ステファニーはパティオのドアに向かい、引き戸を開けて姿を消した。家のなかを通り抜けて玄関から帰るのだろう。そのときにはトラヴィスが桟橋からゆっくり上りはじめていた。モビーがうれしそうに隣を歩いている。今日初めて彼は半袖のシャツを着ていたが、ボタンはかけていなかった。

「炭が燃えるまでちょっと待ってくれ。エビのカバブを焼くけど、いいよね？」

ギャビーは一瞬、頭のなかで選択肢を考えた。ここにいるか、家に帰って俗悪なテレビ番組を観ながら電子レンジでチンして食べるか。彼女は波打ち際でチビちゃんたちとはしゃぐトラヴィスを見たときの気持ちを思い出していた。

「着替えてくるから、ちょっと待ってて」

トラヴィスが炭に火を熾すあいだに、ギャビーはモリーの様子を見にいった。モリーは子犬たちとぐっすり眠っていた。

急いでシャワーを浴びてから、薄い木綿のスカートとブラウスに着替えた。髪を乾かしたあと化粧をどうするか迷い、少しだけマスカラをつけることにした。顔が日に灼けてくすんでいた。鏡から離れたとき、ケヴィン以外の男の人と夕食をともにするのは何年ぶりだろうと考えた。

昼間の続きという流れでそんなことになったのか、ステファニーの策略で誘いこまれたのか。だが、どちらも完全には真実を言いあてていなかった。

ケヴィンに内緒でトラヴィスと夕食をともにすると決めたことに、罪悪感を持つべきだろうか？　彼女はまず、ケヴィンに隠すことはないと思った。今日のことは何も悪くなかったし、実際トラヴィスよりステファニーといっしょにいる時間のほうが長かった。だったら気に病む必要もないのだ。

〝今夜はもちろん一人で夕食をとるんでしょうね〟と、心のなかで小さな声がささやいた。

でも、それがほんとうに問題だろうか？　ステファニーの言うことはもっともだった。ギャビーはおなかがぺこぺこだし、隣人の彼はすぐにでも食事の用意ができる。人間に必要な基本。彼と寝るわけではない。彼にキスをするつもりもない。ケヴィンがここにいても、トラヴィスはいっしょに食べようと招待するはずだ。

〝でも彼はいないのよ〟と小さな声はゆずらなかった。〝二人きりの夕食の話をケヴィンに話すつもり？〟

「かならず。かならず話すわ」ギャビーは小さな声を黙らせようとしてつぶやいた。小さな声が心から憎らしく思うことがたまにあった。母そっくりの声色だ。

心が決まると、ギャビーはもう一度最後に鏡に映る姿に満足し、パティオのドアから出て芝生を歩きだした。


ギャビーが生け垣のあいだを通り抜けて芝生の端に現れた。トラヴィスはその動きを目の隅でとらえ、近づく姿を照れもせずに見つづけた。彼女がデッキにあがると、雰囲気が急に変わった感じがして、彼は意表をつかれた。

「ねえ、あとどれくらいでできるの？」彼女は何の前置きもなく言った。

「二、三分だ。ちょうどいいタイミングだったよ」

彼女はエビと鮮やかな色のパプリカとオニオンの焼き串を見た。とたんにおなかの虫がグーッと鳴った。「すごい」彼に聞こえていなければいいがと思ってつぶやいた。「おいしそう」

「飲み物はどうする？」彼はデッキの反対端を指さした。「クーラーボックスにビールやソーダが残ってたと思うが」

彼女がデッキをよこぎった。トラヴィスはそのやさしく揺れる腰つきを見まいとしながら、自分はいったいどうしたのかと考えていた。彼女は蓋を開け、クーラーボックスのなかをごそごそ探してビールを二本とりだした。戻ってきて一本を渡したとき、その指が彼の指にかすかにふれた。トラヴィスはキャップをねじって開け、ボトルの先に彼女を見ながらグイッと飲んだ。彼女は黙って水辺を眺めていた。木々の梢(こずえ)の上に太陽が浮かんでいた。まだまぶしかったが、すでに熱気はやわらいで、日射しの影が芝生に長くのびていた。

「だからここを買ったのよ」彼女は言った。「この景色がよくて――」

「すてきだね」彼が見ているのは彼女だったが、言ったあとに無意識に選んだ言葉の含みに気づいて、それを考えないようにした。彼は咳払いした。「モリーはどうしてる？」

「元気そう。さっき見にいったら眠ってたわ」彼女がふりむいた。「モビーはどこ？」

「庭先をぶらついてるんじゃないかな。分け前がもらえないと知ったら、ぼくの料理には興味をなくしたみたいだ」

「エビは食べるの?」

「なんでも食べる」

「犬にはきびしいのね」彼女はウインクをしながら言った。「何か手伝うことない?」

「とくにない。せいぜいキッチンから皿を何枚か持ってくるくらいだ」

「いいわよ」彼女はうなずいた。「どこにあるか教えて、正確に」

「シンクの左の食器戸棚。ああ、そうだ、それとパイナップルも。カウンターにある。あとはナイフ。そこらにあるはずだ」

「すぐに戻るわね」

「手が空いてたらナイフとフォークも頼める? 食洗器のそばの引き出しから」

彼女がふりむいて家のほうに向かうと、トラヴィスはその後ろ姿を眺めた。たしかにギャビーには興味を惹かれるものがあった。ただ魅力的というのではない。きれいな女はどこにでもいる。彼女の素直な知性と無意識に出るユーモアには、正しいことと悪いことを区別するしっかりした良識を感じる。美しさと素朴な良識が両立しているのは珍しい。しかも、本人がそのふたつを持っていることに気づいているかどうか疑わしかった。

ギャビーが戻ってくるまでに、カバブは食べごろになっていた。彼はそれぞれの皿にパイナップルのスライスを盛り、二人は椅子にすわった。向こうに見える川面は鏡のように空を映しだし、静寂を破るものといえば頭上を飛び過ぎていくムクドリの群れくらいのものだった。

「おいしい」彼女が言った。

「ありがとう」

ギャビーはビールを飲み、ボートのほうに顔を向けた。「明日も海に出るの?」

「たぶん行かない。明日はライディングをしようかと」

「馬に乗るの?」

彼は首をふった。「バイクだ。大学のときにオンボロのホンダ・シャドウを買った。修理してきれいに磨けば安上がりだからね。まあ、簡単じゃなかったし、利益が出たかどうかも疑わしい。でも、すべて自力で直したとは言える」

「実りも多かったでしょうね」

「無意味というほうが当たってる。現実には苦労したよ。エンコもするし、純正部品が事実上、入手不可能だった。でも、クラシックなものを持つのは、そこに価値があるわけだ」

ビールがおいしかった。ギャビーはまたひと口飲んだ。「想像がつかないわ。オイルだって自分じゃ換えられないもの」

「ライディングはしたことない？」

「ええ。危険すぎる」

「危険なのはバイクが原因じゃなく、乗り手とコンディションによる場合が多いんだ」

「でも、エンコするって」

「まあね。でも、そういうスリルもたまらない」

「そういう性格なのね。気づいたわ」

「いいと思う？　それともよくない？」

「どちらでもない。でも、そういう人だとは思わなかった。とくに獣医という事実を考えるとね。職業としては安定感があるから。獣医さんと言えば、思い浮かべるのは家庭的な人で、エプロンをした奥さんと歯科矯正に通ってる子どもたちがいるような印象よ」

「言い換えれば、退屈だね。いちばんエキサイティングな趣味がゴルフとか」

彼女はケヴィンを思い浮かべた。「もっと退屈なものはあるわ」

「言っておくけど、ぼくは家庭的な人間だよ」トラヴィスは肩をすくめた。「家族はまだいないけど」

「家族を持つのが必須条件だと思わない？」

「家庭的というのは、家族を持つという現実的な条件よりも、それにふさわしい世界観を持つ人間のことじゃないかな」

「うまく逃げたわね」彼女はビールの影響を感じながら、彼に目をほそめた。「あなたが結婚している姿は想像できないわ。イメージが合わないの。いろんな女の人とデートしてるほうが似合ってる。永遠の独身男みたいな感じね」

「前にもそう言われたことがある。ひょっとしたら、今日きみは仲間の話を聞きすぎたんじゃないのか?」

「みんな、ほめそやしてたわ」

「だからやつらをボートに乗せるんだ」

「ステファニーは?」

「あいつは謎だね。でも、妹でもあるから、ぼくにはどうしようもないだろ? 言ったように、家庭志向の男だから」

「なんだかわたしにいい印象を与えたがってるみたい。気のせい?」

「気のせいじゃないかも。ボーイフレンドの話をしてくれないか。彼も家庭的な人なの?」

「関係ないでしょ」

「わかった、話さないでいい。とにかくいまはね。じゃ、サヴァナでの子ども時代の話を聞かせて」

「もう家族の話はしたわ。ほかに話すことがある？」

「なんでもいい」

彼女はためらった。「暑い夏のこと。ほんとに暑くて、湿度も高くてね」

「きみはいつもそんなふうにボカシた話し方をするの？」

「ちょっと謎めいてるほうが、興味をつなぐと思うけど」

「ボーイフレンドもそう思ってるのか？」

「ボーイフレンドはわたしをわかってるの」

「背は高い？」

「それがどうしたの？」

「べつに。ただ話のついでに」

「じゃ、別の話題がいいわ」

「わかった。サーフィンはしたことある？」

「いいえ」

「スキューバ・ダイビングは？」

「いいえ」

「がっかりだね」

「なぜ？　そういうもののよさがわかってないと言いたいの？」

「そうじゃない。仲間がみんな結婚して子どもをつくったから、ぼくも、いつもしていることに理解ある人を見つけなくちゃと思ってるんだ」

「あなたは自分が楽しむ方法には事欠かないみたい。仕事が終われば、すぐにウェイクボードやジェットスキーをしにいってる」

「そのふたつだけじゃない。もっと楽しいことがあるよ。パラセーリングみたいに」

ギャビーは笑い、それにつられて彼も笑った。彼女はその声に好感を持った。

「獣医学校のことが訊きたいんだけど」彼女は唐突に言いだしたが、もう会話がどこへ向かおうと気にしていなかった。ただリラックスして、トラヴィスとともにいる楽しさに心地よくひたっていた。とてもくつろげた。「バカな質問かもしれないけど、どれくらい解剖をやったのか訊きたかったの。たとえば、何種類の動物の解剖をしたのかとか」

「主だったものだけだ。牛、馬、豚、犬、猫、ニワトリ」

「それぞれについて、あらゆることを知っているのね」

「解剖という点ではそうだ」

彼女は考えた。「すごいのね。人を治療するほうが大変だと思ってたけど」

「まあね。でも、いいかい、ニワトリが死んだからってぼくを訴える人はいない。きみの負う責任のほうがずっと重いよ。子どもの治療だから、なおさらだ」彼は言葉を切った。「それにきみはきっと優秀だろうな」

「なぜそんなことが言える？」

「親切で忍耐強いオーラを感じる」

「へえ。あなた、ちょっと日に当たりすぎたんじゃない？」

「そうかも」彼は立ちあがりながら彼女のボトルを指した。「お代わりは？」

彼女は飲み終えていたことに気づかなかった。「やめとく」

「誰にも言わないけど」

「そういうことじゃないわ。あなたに間違った印象を与えたくないの」

「そんなことにはならないよ」

「ボーイフレンドは喜ばないと思うわ」

「じゃ、彼がここにいなくてよかったな。それにぼくらはまだ知り合ったばかりだ。何も悪いことはないよね？」

「いいわ」彼女はため息をついた。「じゃ、一本だけ」

彼は二本持ってきて、栓を抜いて彼女に渡した。ギャビーはひと口飲んだとたん、喉を下っていくビールを感じると同時に胸騒ぎをおぼえた。小さな声が聞こえた。

〝してはいけないことよ〟

「あなたも好きになると思うわ」彼女はトラヴィスとのあいだに一線を引こうとして言った。「いい人なのよ」

「だろうな」

「それに、あなたのさっきの質問にも答えておく。背は高い」

「彼のことは話したくないんだと思ったけど」

「そうね。ただ、わたしが彼を愛していることを言っておきたかっただけ」

「愛はすばらしいものだよ。人生が豊かになる。愛することは、ぼくも大好きだ」

「経験が豊富な人のセリフみたい。でも、真実の愛は永遠に続くということを頭に刻みこんでおいてね」

「詩人は言ってる、真実の愛はつねに悲劇で終わると」

「あなたは詩人？」

「いいや。ただ、彼らの言葉をきみに伝えただけだ。同じ意見だとは言わない。きみのように、ハッピーエンドのほうが好きだからね。ぼくの両親は、長年幸せな結婚生活を送っている。ぼくもいずれそうしたいと思ってるんだ」

気のあるそぶりを見せてさらりと言う、こういう会話がとてもうまい――とギャビーは思わずにはいられなかった。あらためてずいぶん練習を積んできた男だとも思ったが、関心を持たれたのがうれしくないと言えば嘘だった。ケヴィンはおもしろくないだろうが。

「きみの家を買おうと思ってたのは知ってた？」彼が訊いた。

彼女は驚いて首をふった。

「ここと同じときに売りに出てたんだ。間取りはこっちより気に入ったんだけど、うちにはデッキとボートハウスとエレベーターがついていた。むずかしい選択だったよ」

「それにいまはジャグジーをつけたし」

「いいと思う？」彼は眉をあげた。「あとでいっしょに入ってもいいな、日が沈んだら」

「水着を着てないわ」

「もちろん水着を着る着ないは自由だ」

彼女はあきれたように目をあげ、体に震えが走るのをあからさまに無視した。「そうかしら」

彼は満足したように伸びをした。「じゃ、足湯だけにしようか？」

「それならいいかも」

「手始めにね」

「これが最後よ」

「言うまでもない」

川の向こう側では、夕日が空を金色のパレットに変えて地平線いっぱいに広がっていた。トラヴィスがもうひとつ椅子を引き寄せ、足をひょいとのせた。ギャビーは長いあいだ味わっていなかった充足感とともに川を見渡していた。

「アフリカの話を聞かせて。やっぱり別の世界って感じ？」

「ぼくに合ってたな」と彼が言った。「また行きたいと思った。魂の故郷というか、遺伝子が呼ぶというか、あまり多くは見ていないけど、自分がそこから生まれてきたみたいだったよ」

「ライオンや象を見た？」

「たくさん」

「感動した？」

「忘れられない」

彼女は少し黙った。「いいわね」

「行けばいいじゃないか。行くとしたら、ヴィクトリア瀑布は必見だよ。ぼくがこれまでいちばん驚いた場所だ。虹が出て、霧のような水しぶきが舞って、信じられないほどの轟音が鳴り響いてる。世界の崖っぷちに立っているみたいだ」

彼女は夢見るようにほほえんだ。「どれくらい行ってたの？」

「いつのとき?」

「一度じゃないのね?」

「三回」

ギャビーはそういう自由な暮らしを想像しようとしたが、なぜかできなかった。

「その全部を話して」

二人は静かに長いあいだ話をし、夕暮れは夜へと姿を変えた。現地の人々や風景の話は彩り豊かで細部にわたっており、目に浮かぶほど鮮やかだった。まるで同行していたようだった。そして、彼は何人の女性に何回こういう話を聞かせたのだろうかと考えていた。話の途中で彼は席を立ち、先ほどの彼女の言葉を尊重して水のボトルを二本持ってきた。彼女は気づかいをありがたく思い、トラヴィスに対する好意がさらに強まるのを感じた。よくないとは思ったが、気持ちを止めることはできなかった。


皿を家に運ぶころには、夜空に星がまたたいていた。トラヴィスが皿洗いをするあいだ、ギャビーは居間をぶらついていた。想像したより独身男の部屋らしくないと思った。家具は快適そうでデザインもよく、茶色の革張りソファ、ウォールナットのエンドテーブル、真鍮(しんちゅう)のスタンドが並んでいた。部屋は片づいていたが、几帳面(きちょうめん)すぎるほどではなく、テレビには雑誌が乱雑に積んであり、ステレオにはうっすらと埃(ほこり)が積もっていた。むしろそれも自然な感じがした。壁にあるのは芸術的なものではなく、トラヴィスの幅広い趣味を思わせる映画のポスターだった。あちらには『カサブランカ』、別の壁には『ダイ・ハード』、その隣には『ホーム・アローン』という具合だ。

後ろのほうで水の流れる音がやんだ。しばらくするとトラヴィスが居間に入ってきた。

彼女はにっこりした。「足湯にする?」

「きみがそれ以上肌を見せたくないなら、そうしよう」

二人は外のジャグジーへと歩いていった。トラヴィスがカバーを開け、脇へ片づけるあいだにギャビーはサンダルを脱いだ。二人は並んですわり、湯のなかで足を前後に揺らした。ギャビーは夜空を見つめて、そこにイメージを描こうとした。

「何を考えてるの?」トラヴィスが訊いた。

「星のこと。このあいだ星座の本を買ったのよ。思い出せる形があるかなと思って」

「見つかった?」

「大きいのだけね。すぐにわかるやつ」彼女は家のほうを指さした。「あの煙突からまっすぐこぶしふたつ分くらい上に行くと、オリオン座の三つ星が見える。オリオンの左肩にはベテルギウスがあって、右下には足の星、リゲルがある。オリオンは二匹の猟犬を連れているの。あそこにある明るい星はシリウス。おおいぬ座の星で、プロキオンはこいぬ座の星」

　トラヴィスはオリオン座の三つ星を見つけた。ギャビーの説明についていこうとしたが、ほかの星は見分けられなかった。「ほかのふたつはよくわからない」

「じつは、わたしも。あのへんにあるはずだと思ってるだけ」

　彼は彼女の肩ごしに指さした。「北斗七星が見える、あそこに。いつもあれだけはわかるんだ」

「おおぐま座とも言うわね。あの星座を熊の形に見立てたのは氷河期からだって知ってた？」

「さあ、知らないな」

「わたしはまだ星座をすべて見分けられるわけじゃないけど、名前がすてきだわ。猟犬座、髪の毛座、七姉妹のプレアデス星団、美少年のアンティノウス座、王妃のカシオペア座……音楽みたいな響きね」

「きみの新しい趣味なんだね」

「というか、日々の残骸のなかに埋もれた善意みたいな気がする。でも、この何日間かでくわしくなったんだけど」

　彼は笑った。「とにかくきみは正直者だ」

「わたしは身のほどをわきまえてるのよ。でも、もっと知りたいわ。七年生のとき、天文学の好きな先生に教わってね。星のことを、絶対に忘れないように話してくれたの」

「どういうふうに？」

「星を眺めるのは、時間をさかのぼって眺めるようなものだ。星によっては光が届くまでに何百万年もかかっている。それほど遠いと、いま見ている星はもう消滅しているかもしれない。でも恐竜が地球を歩いていたころには、まだ存在していた。こんな感じかな。こういう話って全体を想像すると……驚きよね」

「いい先生だね」

「そう。たくさん教わったわ。ほとんど忘れてしまったけど、そういうものよね。でも、驚異の感覚はまだ残ってる。夜空を見つめているとき、何千年も前に誰かが同じことをしていたんだと思ったり」

トラヴィスは闇のなかで聞こえる声にうっとりしながら彼女を見つめた。

「奇妙なのは」彼女が続けた。「現代では宇宙のことがあんなにたくさんわかってるのに、わたしたちは空のことを祖先の人よりも知らずに毎日過ごしていること。彼らは望遠鏡もなく、数学も知らず、地球が丸いことさえ知らなかったのに、星を使って航海をし、夜空にある星座を見つけて作物を植える時期を知り、建物を建てるときにも、日食を予知するにも星を使った……そんなに星を信じて送る生活って、どういうものなんだろう。不思議な気がする」彼女はしばらく物思いにふけった。「ごめんなさい。きっと退屈させちゃったわね」

「そんなことないよ。実際、これからは星が違って見えるだろうな」

「またからかってるのね」

「まさか」彼は真剣に答えた。

彼の視線が彼女をとらえた。一瞬、ギャビーは彼がキスをしようとしていると感じ、すばやく顔をそむけた。すると湿地の草からはカエルの鳴き声が、林からはコオロギの歌声が、やけにはっきりと聞こえてきた。月は中天にかかっており、まわりの暈(かさ)が霞(かす)んでいた。彼女は緊張して湯のなかの足を動かしながら、もう帰らなければと思った。

「足がふやけてきちゃった」

「タオルを持ってこようか?」

「ううん、大丈夫。でも、そろそろ帰るわ。時間も遅いし」

彼は立って、手を差しのべた。それにつかまると、彼女は温(ぬく)もりと力強さを感じた。

「送っていくよ」

「一人で行ける」

「じゃ、生け垣まで」

テーブルに戻ってサンダルを拾ったとき、モビーが彼らのほうに向かってくるのが見えた。二人が芝生に下りると、そこへ犬がうれしそうに舌を垂らしながら小走りにやってきた。モビーは二人のまわりをくるくるまわってから、何も潜んでいないことを確かめるように水辺へ駆けていった。犬は前肢をぱたんとついて立ちどまり、いきなり別の方角へ走っていった。

「モビーの好奇心と熱中ぶりには際限がないんだ」トラヴィスが言った。

「あなたに似てる」

「たしかに。魚のはらわたを体にこすりつけはしないけど」

彼女はにっこりした。足の裏にさわる芝生は柔らかく、やがて二人は生け垣のところにやってきた。「今日はすばらしい体験ができたわ。今夜も」

「ぼくもだ。星座のことも教えてくれてありがとう」

「次回はもっとくわしくなってるわよ。キラキラした知識がホシくなるはず」

彼は笑った。「うまいシャレだ。いま思いついたの？」

「いいえ、これもその先生。授業が終わるときの決まり文句ね」

トラヴィスが足を組み替えて、またギャビーに目を向けた。「明日の予定は？」

「とくにないわ。食料品を買いにいかなくちゃならないけど。どうして？」

「いっしょに来る気はないか？」

「あなたのバイクに乗るの？」

「見せたいものがあるんだ。おもしろいのは保証する。ランチもぼくが用意するし」

彼女はためらった。単純な問題であり、どう返事をすべきかもわかっていた。とくに人生をもつれさせたくないならば。〝あまりいいことだと思わない〟と言うだけのことだ。それでケリがつく。

ケヴィンと、ついさっき頭をよぎった罪悪感について考えた。それと、ここに引っ越してきた選択のことを。だが、それにもかかわらず、いやたぶん、だからこそ彼女はほほえんでいた。

「いいわ。何時？」

その返事に驚いたとしても、彼は表情を変えなかった。「十一時でどう？　寝坊させてあげるよ」

彼女は手をあげて髪にふれた。「それじゃ、ほんとに今日はありがとう……」

「ああ、こちらこそ。また明日」

一瞬、彼女はただ背を向けて立ち去ろうと思った。だが二人は目を合わせ、それが思ったより少し長すぎた。彼女がわけもわからないうちに、トラヴィスは手をギャビーの腰にあてて体を引き寄せた。キスだった。彼の唇は柔らかくもなく、固くもなかった。彼女の脳が起きたことを認識するのに少し手間どり、彼を押し戻していた。

「何をしてるの？」彼女は息を切らした。

「我慢できなかった」彼は肩をすくめたが、少しも弁解がましくしなかった。「そうするのが自然だと思えて」

「わたしにボーイフレンドがいると知っていながら……」彼女はまたそんなことを口にしたが、心の奥ではキスをとがめる気はなく、自己嫌悪に駆られた。

「きみに気まずい思いをさせたならあやまる」

「いいわ」彼女は彼と距離を置くために両手をあげた。「このことはもう忘れて。二度としないで、いい？」

「わかった」

「わかった？」彼女はおうむ返しに言うと、突然家に帰りたくなった。こんな立場に自分を置くべきではなかった。何が起きるか予測していたし、心のなかでも警告を発していたのに。やっぱり判断は間違っていなかった。

彼女は背を向けると、息を荒らげながら生け垣のあいだに入った。キスするなんて！　まだ信じられなかった。一直線に家に帰るつもりだったが、本気でやめてほしいと思ったことを彼が気づいたかどうか確かめようと、こっそり後ろをのぞき見た。トラヴィスが堂々と見送っていたので悔しくなった。彼はのんびりと手をあげた。

「じゃあ、明日だね」と呼びかけてきた。

彼女は返事もしなかった。する理由などなかった。明日何が起きるかと思うと恐怖に身がすくんだ。なぜあの人は、これまでのことを台なしにしたのだろう？　なぜただの近所同士や友だちでいられなかったのだろう？　なぜこんな別れ方をしたのだろう？

ギャビーは引き戸を開けて家に入り、まっすぐ寝室に向かった。こういう状況なら当然感じていい怒りをかきたてようとした。だが、うまくいかなかった。なぜなら膝が震え、心臓がどくどく脈打って、トラヴィス・パーカーがキスをしたいと思うほど彼女に興奮したことが、いつまでも頭に残っていたからだ。

12

ギャビーが帰ったあと、トラヴィスはクーラーボックスを空にした。少しモビーと遊びたくなってテニスボールをつかんだが、ボールを投げはじめても、心はついギャビーに戻っていった。モビーが庭を跳躍してボールを追いかけていったが、目前に浮かぶのはギャビーの笑顔にきらめく瞳であり、星の名前を口にするときの畏怖をたたえた声だった。トラヴィスは彼女とボーイフレンドの関係がどういうものなのか気になった。彼女があまり彼のことを話さないのが変だと思った。理由はなんであれ、トラヴィスにとって推測を続けるいい口実になった。

たしかに彼はギャビーに興味を持っていた。だが、考えてみると妙だった。過去を参考にするなら、彼女はトラヴィスの好むタイプではなかった。ギャビーはとくに繊細でも、扱いにくくも、温室の花でもない。彼はどちらかと言えば、そういう群れで行動する女たちに惹かれてきた。トラヴィスがからかうと、彼女はやり返してきた。彼がきわどく迫ると、遠慮なく彼を本来の場所へ押し戻した。トラヴィスは彼女の思い切った性格、自分自身をコントロールする力、自信といったものが気に入った。とくに好感を持ったのは、彼女自身そうした資質を自覚していないところだ。今日一日は、まるでじれったいダンスのようだった。それぞれが交代でたがいに相手をリードし、一人が押すかと思えば、相手が引き、つぎはそれが逆転するという具合に。そういうダンスは永遠に続くのだろうか。

過去の恋人関係がうまくいかなかったのは、そのへんに問題があった。付き合いはじめの段階から、トラヴィスとガールフレンドの関係はいつも一方的なのだ。何をするか、何を食べるか、誰の家に行くのか、どういう映画を観にいくのか、決めるのはたいてい彼の役目だった。それはそれでかまわない。気になるのは、時がたつにつれて一方的な意思決定が、恋人関係のすべてを支配するようになることだ。するとだんだんパートナーではなく、雇い人とデートしているような気分にならざるをえない。正直な話、それにはうんざりした。

彼は意外にも、これまでの恋人関係をそういう切り口で考えたことがなかった。そもそも彼女たちを思い出しもしなかった。ギャビーといっしょにいると、自分が求めてきたものが何だったのかと考えさせられた。頭のなかで彼女との会話をリプレイすると、もっと話したくなり、もっと彼女がほしくなった。キスなどすべきではなかったと、彼は柄にもなく激しい不安に駆られた。やりすぎだった。いまはもう見まもるしかない。明日彼女が心変わりをせずにやってくるのを待つしか。彼に何ができるだろう? 何もない、と彼は意識した。何もできない。

「どうなった?」とステファニーがたずねた。

翌朝、まだ頭がぼんやりしていたトラヴィスは、ほとんど目が開けられなかった。

「いま何時?」

「さあ。まだ早いけど」

「なんで電話してきた?」

「ギャビーとの夕食がどうだったか知りたくて」

「日は昇ってる?」

「話をそらさないで。言っちゃいなさいよ」

「おまえ、今回はやけに知りたがるな」

「おせっかいな女なんだもん。でも、安心して。もう答えは聞いたから」

「何も言ってないぞ」

「そうね。今日も彼女と会うことになったんでしょ?」

トラヴィスは受話器を離してまじまじと見た。どうして妹はいつも全部知っているのだろう?

「ステフ――」

「わたしからよろしく、と言っといて。そろそろ行かなくちゃ。じゃ、情報をありがと」

　妹は彼に答えるすきを与えずに電話を切った。

　ギャビーが翌朝目覚めてまず思ったのは、自分をいい人だと思いたいということだった。子どものころ、彼女はいつもそのルールを守っていた。部屋をきれいにし、試験のために勉強をし、両親の前では礼儀正しくするように心がけた。

　昨夜のキスはその誠実さにクエスチョンマークをつけるものではなかった。彼女には何の落ち度もなかったのだから。すべてはトラヴィスのせいだ。昼間の行動にも罪はなかった。喜んでケヴィンに話せることばかりだ。いや、彼女が心をはずませてトラヴィスとの夕食に戻っていったことは罪になる。自分に正直でいたら、トラヴィスの隠れた意図を予測し、こうなることを食いとめられたはずだ。とくに最後の場面は。自分は何を考えていたのだろう？

　ケヴィンについて言えば……彼と話しても、トラヴィスとのことを記憶から消せなかった。

　昨夜家に戻ったあと、ギャビーは彼に電話をかけた。携帯電話の呼び出し音が鳴るあいだ、自分の声にやましさが混ざらなければよいがと祈った。すぐに大丈夫だと気づいた。彼のいる場所が騒がしいナイトクラブだったので、たがいに相手の声を聞きとるのがやっとだったのだ。

「ああ、ケヴィン。ちょっと電話したくなっちゃって――」

「おお、ギャビー！」彼がさえぎった。「まわりの音がすごいんだ。大きな声でしゃべってくれ」

彼は怒鳴るような勢いだったので、電話を耳から遠ざけなければならなかった。

「ほんとね」

「えっ？」

「うるさいのね、って言ったの！」彼女は叫び返した。「楽しそうじゃない？」

「よく聞こえないんだ！　なんだって？」

ケヴィンの後ろのほうで、ウォッカ・トニックのお代わりは？　と訊く女の声がした。ケヴィンの返事は騒ぎにまぎれて聞こえなかった。

「なんという店？」

「わからん。どこかのクラブだ！」

「どういうクラブ？」

「男がみんな行きたがるような店さ！　たいした場所じゃない！」

「楽しそうでよかったわ」

「聞こえない！」

彼女は鼻筋を指でつまんだ。「ただあなたの声が聞きたかったの。寂しくて」

「ああ、おれも寂しい。でもあと何日かで帰れるよ！　なあ、いまは……」

「ええ、わかってる。話してられないのね」

「明日またかけてくれ、いいかい？」

「ええ」

「愛してる！」

「わたしも」

ギャビーはむしゃくしゃして電話を切った。ただ話がしたかったのに。そうは言っても、理解してあげなければならない。業界団体の大会は大人の男たちを青春時代に戻すための場みたいなものだ。彼女はそれを、数カ月前にバーミンガムで参加した医療団体の大会で目撃していた。昼間は医師たちによる真剣な会議がひっきりなしにおこなわれるが、夜になりホテルの窓から見ていると、彼らはグループで出かけていき、相当に酔っぱらい、バカなまねをしでかしていた。それ自体は罪もない気晴らしだった。彼がトラブルに巻きこまれたり、後悔したりするとは全然思わなかった。

〝誰かにキスするようなこととか？〟

彼女はカバーをはねのけた。なんとか頭から追い払いたかった。トラヴィスが彼女を引き寄せるときに、手で腰を押さえたことを考えたくなかった。彼の唇がふれたとき、そこから電気が走ったように感じたことも絶対に考えたくなかった。それでもシャワーに向かうとき、言葉にならないものが頭にひっかかっていた。何か気になるものが頭を悩ませていた。蛇口をひねったとき、ハッとひらめいた。あのときキスを返していたら、と考えている自分に気づいたのだ。

ステファニーの電話のあと眠れなくなって、トラヴィスはジョギングに出かけた。そのあと、サーフボードをピックアップ・トラックの荷台に載せると、ボーグ砂州(バンクス)へ渡る橋を越えていった。シェラトン・ホテルの駐車場に停め、重いボードを持ちあげて海に向かった。一人ではなかった。同じことを考えた仲間が十人ほど浜に出ており、彼は顔見知りに手をふった。トラヴィスもそうだが、ほとんどが長くはいなかった。いちばんいい波は朝早くやってきて、潮が変わるとすぐに去ってしまうからだ。それでも一日を始めるのに、これ以上のものはなかった。

水はやや冷たいが心地よく、彼はパドリングをして波を越えていった。一カ月後には最適な水温になるだろう。彼は熱心なサーファーではなかった。バリ島で怪物のように巨大な波を観察したが、首をふってあきらめた。あれに挑戦したら、溺れ死ぬはめになると思ったからだ。とりあえず自分で楽しむくらいは上手にできた。

トラヴィスは一人でやるのに慣れていた。ほかにサーフィンをするのはレアードだったが、彼とはもう何年もいっしょに乗っていない。前の恋人たち、アシュリーとメリンダとは何度かいっしょにサーフィンをしたが、声をかけてもどちらもすぐに来ためしがなく、いつも彼が終わるころにようやくやってくるので、せっかくの朝が台なしになるのだった。それでいて行動を提案するのは、いつも彼の役目とされていた。

彼は何度も同じタイプの女を選んでしまう自分に少し失望していた。わかってはいるのだ。アリスンとメガンは彼がフラれるのを間違いなく喜んでいた。はたで見ていれば、女優が変わるだけの同じ芝居だったに違いない。結末はいつも同じだった。サーフボードに腹這いになり、大波が寄せてくるのを見まもるうちに、彼は自分が最初に女たちに魅力をおぼえるもの——面倒を見てやりたくなる部分——が、まさに関係の終わりを告げる要素なのだと気づいた。そういう昔ながらの言いまわしがなかっただろうか。一度離婚したら連れあいに問題があると考えてもいいが、三度離婚したら？　そのとおり、問題は本人にある。たしかに彼は離婚していないが、要はいっしょだ。

こうした自己分析がギャビーと過ごした休日に刺激されて生まれたのかと思うと、彼には驚きだった。ギャビー。見当違いの非難を浴びせかけた女。一貫して彼を避け、あからさまに彼と敵対し、あえてほかの人を愛していると何度も言う女。なんだか不自然だ。

後方から、乗りたくなるような波が近づいてきた。トラヴィスは力強くパドリングを始め、タイミングよく板の上に乗った。すばらしい天気といい波に恵まれたにもかかわらず、真実からは逃れられなかった。ほんとにほしいものはほかにある。できるだけ長く、できるだけ多くの時間をギャビーとともに過ごしたかった。

「おはよう」ケヴィンが電話で言った。ギャビーはちょうど出かけるところだった。彼女は受話器を反対側の肩に置き変えた。

「うん、おはよう。調子はどう?」

「いいよ。昨夜の電話のこと、悪かったと思ってさ。あやまりたかったんだ。部屋に帰ってから電話しようと思ったんだけど、時間がかなり遅かったから」

「いいのよ、楽しんでるようだったし」

「きみが思うほどおもしろくはないんだ。音楽の音が大きすぎて、いまだに耳が痛いよ。なぜ連中といっしょにあんなところに行ったのか、わからない。夕食のあとバーで一杯ひっかけはじめたときに面倒なことになったと気づくべきだったが、連中の世話をするのも仕事のうちだしな」

「あなたがしらふで模範的だったのはわかってる」

「もちろん。ぼくがあまり飲まないのは知ってるだろ？　つまり今日は連中をゴルフ・トーナメントでボロボロに負かしてやるってわけだ。たぶんやつらはボールも打てないほど二日酔いになってるぞ」

「連中って誰？」

「シャーロットとコロンビアからやってきた同業仲間だ。やつらのはしゃぎぶりときたら、何年ぶりかで夜遊びしたみたいだったよ」

「きっとそうなんでしょ」

「ああ、そのとおり……」

彼は着替えているらしく、衣ずれの音が聞こえてきた。

「きみはどうしてる？　結局何をしてたの？」

彼女はためらった。「たいしたことないわ」

「きみもいっしょに来てればと思うよ。きみがいれば、ずっと楽しいのに」

「わたしは仕事を休めないもの」

「そうだけどさ、つい言いたくなる。あとでまた電話するよ、いいね？」

「わかった。ちょっと出かけるかもしれないけど」

「そうだ、モリーはどうした？」

「元気よ」

「子犬を一匹、もらおうかな。かわいかった」

「わたしのご機嫌取りをしてるみたい」

「きみにしかそんなことはしない。考えてたんだが、秋になったら週末に休みを付け足してマイアミに行かないか？　昨日話した一人にサウスビーチから来たやつがいて、近くにすごくいいゴルフ場があると言うんだ」

彼女は少し黙った。「アフリカに行こうなんて考えたことない？」

「アフリカ？」

「ええ。ちょっと休暇をとって、狩りに行ったり、ビクトリア瀑布を見に行ったりするのは？　アフリカじゃなくても、ヨーロッパのどこかとか。ギリシャあたりは？」

「無理だろう。そうしたくても、そこまで長い休暇はとれないよ。どこから思いついたんだ？」

「べつに」と彼女は言った。


ギャビーが電話で話しているとき、トラヴィスが玄関ポーチにあがってノックした。少しすると、彼女が電話を耳にあてたままドアを開けた。身ぶりで電話を指しながら、彼女は彼をなかへ招きいれた。トラヴィスは居間に入った。ギャビーが電話を切りあげるかと思っていたが、ソファを指さされただけだった。彼女はキッチンに姿を消し、あとにはスイングドアが揺れていた。

トラヴィスはすわって待った。さらに待った。またしばらく待った。子ども扱いされたようで、バカバカしくなってきた。声をひそめて話すのが聞こえたが、相手が誰かはわからなかった。立って出ていこうかとも考えたが、なぜ彼女がこんなに支配的なことをするのかと思いながらソファにすわっていた。

ついにスイングドアが開いて、彼女が居間に戻ってきた。

「ごめんなさい、お待たせして。今朝はなんだか電話が多いの」

トラヴィスは立ちあがった。ひと晩のうちにギャビーがさらにきれいになったと思ったが、それは意味のない妄想にすぎなかった。「かまわないよ」

ケヴィンとの電話のあと、彼女はまた自分が何をしているのかと考えたが、意を決してそれについては考えないことにした。「ちょっと支度をさせて。すぐにすむから」

一歩ドアのほうに踏みだした。「そうだ、モリーの様子を見ておかないと。今朝も元気そうだったけど、水がたっぷり入れてあったかどうか心配だわ」

やがてギャビーが中身の詰まったバッグを肩にかけて出てくると、二人はガレージに行き、ボウルの縁まで水を入れた。

「それでどこに行くの？」彼女が外に出ながら訊いた。「できれば田舎のバイク野郎が集まるバーには行きたくないわ」

「そういうバーのどこが悪いの?」

「性(しょう)に合わないのよ。刺青(タトゥー)がちょっと」

「一般論で言ってないか?」

「たぶんね。でもまだ質問に答えてないわよ」

「ただ乗るだけだ」と彼は言った。「橋で入海(いりうみ)を渡り、ボーグ砂州からエメラルド・アイルへ。入海を渡り返して戻ってくる途中で、きみに見せたい場所に着く」

「どういうところ?」

「秘密」

「きれいな場所?」

「それほどでもない」

「そこで食事ができるの?」

彼は考えた。「できないこともない」

「外なの? 中なの?」

「サプライズにしておくよ。がっかりさせたくないんだ」

「なんだかわくわくする」

「あまり期待しないでくれ。ただぼくが好きな場所だというだけだから。特別すばらしいというわけでもない」

二人は私道にやってきた。トラヴィスがバイクに手をあげた。「これだ」

バイクの光るクロームメッキにギャビーは目をほそめ、サングラスをかけた。

「自慢と歓喜の一品ね？」

「不安と挫折の一品だよ」

「まさかまた部品を手に入れるまでの苦労話を、いちいちしゃべる気じゃないでしょうね」

彼は顔をしかめてから小声で笑った。「肚のなかにしまっておこう」

彼女はバイクの後ろに太いゴム紐でくくりつけられたバスケットを指した。「ランチは何？」

「いつものやつ」

「ヒレ・ステーキ、ベイクド・アラスカ〔アイスクリームのフランベ〕、子羊のロースト、ドーバーの舌平目？」

「それほどでも」

「ポップ・ターツ〔タルトの一種〕は？」

彼は彼女のからかいを無視した。「そろそろ行こう。ヘルメットはそれで合うと思うが、合わなければガレージにまだいくつかある」

ギャビーは皮肉そうに眉をあげた。「その特別な場所って、いろんな女の人を連れてったんでしょうね」

「いいや。じつはきみが初めてだ」

彼が何か言い足すかと待っていたが、真剣な様子だった。彼女はかすかにうなずくと、バイクに近づいた。ヘルメットをかぶり、あごの下でストラップを締め、後ろの座席にまたがった。「足はどこに置くの？」

トラヴィスは後ろのフットペグを開いた。「両側に付いてる。マフラーに足がふれないように注意してくれ。ものすごく熱くなるから、ひどい火傷をするかもしれない」

「教えてくれてありがとう。手はどうするの？」

「もちろんぼくに抱きつくんだ」

「色男ってわけね。そんなにすべすべに口が上手だと、手がすべってつかめないんじゃない？」

彼はヘルメットをかぶり、カッコよくバイクにまたがるとエンジンをかけて、アイドリングさせた。エンジン音はギャビーが思ったより静かだったが、座面を通じて細かい振動が体に伝わってきた。彼女はジェットコースターに乗りこんで出発するときのようなスリルを感じた。しかも今日はシートベルトなしだ。

トラヴィスはゆっくりバイクを動かし、私道から道路へと走りだした。ギャビーは彼の腰をつかんだが、さわった瞬間そこの筋肉を想像してうろたえた。つかめないなら体に抱きつくしかないが、そうする心の準備はできていなかった。バイクがスピードを上げると、彼女は彼の体につかまらずに両手を押しつけるだけにしようと自分に言い聞かせた。彫刻のように手を動かさないでいようと。

「なんだって?」トラヴィスが首をねじって訊いた。

「え?」

「手とか、彫刻とか言った?」

声に出して言ったことに気づかず、思わず彼の腰をつかんでいた。取りつくろおうとしただけだ、と心に言いわけをした。「手をしっかり握って、彫刻みたいにって、あなたに言ったのよ。事故は嫌だから」

「事故にはならない。ぼくも事故は嫌いだ」

「事故を起こしたことあるの?」

首をねじったまま彼はうなずいた。いっこうに前を見ないので、彼女は不安になった。「二回ね。一度は二日間病院にいた」

「わたしを誘う前に、そういうことを言っておかなくちゃと思わなかったの?」

「怖がらせたくなくて」

「道を見てよ、わかった? カッコつけるような乗り方はしないで」

「カッコいい乗り方をしてほしいんじゃない？」

「やめて！」

「わかった。ぼくも普通にバイクに乗るほうが好きだ」トラヴィスはまた首をねじった。ヘルメットをかぶっていても、彼がウインクするのが見えた。「いちばん大事なのは、きみの安全だ。だから手を彫刻みたいにじっと動かさないでくれ」

ギャビーは後ろのシートで身が縮む思いだった。初めて動物クリニックを訪ねたときみたいだった。自分はそんなに大声でしゃべっていたのかとあきれていた。顔に当たる風の音やエンジンの轟音にもかかわらず、トラヴィスにははっきり聞こえていたのだ。ほんとうに世界が自分に陰謀をたくらんでいると思えるときがあるものだ。

それから数分間はそのことを蒸し返されなかったので、彼女はいくらか気分がよくなった。バイクがぐんぐんスピードを上げるにつれて、二人の家のある静かな地域は後方に置いていかれた。トラヴィスが体をかたむけると、ギャビーもだんだんそれに合わせるようになった。何回か角を曲がり、ボーフォートの町を通り抜けて、モアヘッド・シティとの境界にある小さな橋を越えた。道は片側二車線に広がり、週末のビーチを行き来する車で混んできた。巨大なダンプカーの隣を走っていると、自分たちが無力な存在に思えたが、ギャビーはなるべく考えまいとした。

バイクは内陸大水路を横断する橋へと向かった。道路は渋滞しており、小刻みにしか進まなかった。やがて橋を渡り終わってボーグ砂州を走る一本道にやってきた。アトランティック・ビーチに向かう車が少なくなり、トラヴィスはふたたびスピードを上げはじめた。前後二台のミニバンにはさまれて走っていると、ギャビーはリラックスしてきた。海岸林に隠れたリゾートマンションや一戸建てが、後方へと流れていった。服を着ているのに太陽の熱が肌を灼いている感じがする。

トラヴィスにつかまっていると、シャツの背中の薄い生地を通して彼の筋肉を意識しないわけにはいかなかった。いけないとは思っても、心が惹かれていく現実を受けいれはじめていた。自分とは全然違うタイプの人だったが、彼がいると新しい別の人生の可能性が感じとれた。自分が送るとは想像もしなかった人生の。ほかの人がいつも彼女に課していた厳しいルールがない人生の――。

夢のような沈黙のなか、ひとつ、またひとつと、町が後ろへ流れ去った。アトランティック・ビーチ、パイン・ノール・ショアーズ、ソルター・パス。左側には、永遠に吹く風にさらされて曲がったオークの林に大部分が隠された、州でいちばん人気のある海沿いの土地が続いていた。何分か前にはアイアン・スティーマー・ピアを通り過ぎていた。この埠頭(ピア)は長年にわたる嵐のせいで形がひずんでいるとはいえ、いまも大勢の釣り人でにぎわっていた。

エメラルド・アイルは、ボーグ砂州の西端に位置している。そこでトラヴィスが曲がる車に注意してブレーキをかけたため、ギャビーはつんのめって彼に抱きつく格好になった。手が腰から前へすべり、彼のおなかにまわった。二人の体が密着したことに彼は気づいただろうかとギャビーは考えた。体を引き離そうと強く思ったが、そのままでいた。

何かが起きた瞬間だった。彼女にはまったく理解できない何かが。彼女はケヴィンを愛し、結婚したいと思っていた。この二日間だってその気持ちは変わっていない。それでも……トラヴィスとともに過ごす時間が、なぜか間違っていないと思えることを否定できなかった。自然で、くつろげて、そうあるはずだという姿があった。ありえない矛盾のようだった。砂州の端でまた内陸大水路を橋で横断して帰路につくうちに、彼女は心の迷いを解決するのをあきらめた。

幹線道路を走っていたトラヴィスが前ぶれもなくスピードをゆるめたので、ギャビーは驚いた。バイクが曲がって停まったのは、幹線から直角に折れる目立たない一車線の道で、その先は森へと続いていた。ギャビーは左右を見て、まごついた。

「なぜ停まったの？　ここが見せたい場所なの？」

トラヴィスはバイクから降りてヘルメットを脱ぎ、首をふった。「いや、それはボーフォートに戻ってからだ。きみもちょっと運転してみないか？　それを訊いてみたかったんだ」

「バイクは運転したこともないし」ギャビーは腕組みをした。まだ降りていなかった。

「わかってる。だから訊いたのさ」

「気がすすまないわ」彼女はヘルメットのバイザーを上げた。

「でも、おもしろいぞ。ぼくがすぐ後ろに乗るから、絶対に事故らないようにするよ。きみの手の隣でぼくがハンドルを握っている。ギヤチェンジもぼくがする。きみはただ慣れるまでハンドルを動かすだけでいい」

「でも違法行為よ」

「いや、法律的にもＯＫだ。この細い道は私道だし、叔父の家に通じてるんだ。もう少し先へ行くとダートロードに変わる。ここを使ってるのは叔父しかいない。ぼくがバイクの運転をおぼえたのもこの道でね」

ギャビーはためらった。興奮もしたが恐怖心もあった。何より、自分が真剣に考えていることに驚いていた。

トラヴィスは両手をあげた。「信じてくれ。この道には絶対に車は通らないし、誰もぼくらを止めはしない。それにぼくがついている」

「むずかしくない？」

「そんなことはないが、ちょっと慣れが必要だ」

「自転車に乗るみたいに？」

「バランスという点ではそうだ。でも、心配ないよ。ぼくがいるかぎり何も間違いは起こらない」彼はにっこりした。「やる気になった？」

「それほどじゃないけど……」

「よし！」彼が言った。「最初が肝心だ。前のシートにずれて。右手で握るのはスロットル、それと前輪のブレーキだ。左手はクラッチ。スロットルでスピードを調節する。わかった？」

彼女はうなずいた。

「右足で後輪のブレーキをコントロールする。左足でギヤチェンジ」

「簡単ね」

「ほんとに？」

「いいえ。調子が出るように、教え方がうまいとあなたに思わせただけ」

なんだかステファニーに似てきた、と彼は思った。「走りだしたら、ギヤチェンジはマニュアルの車を運転するような感覚だ。スロットルを止めて、クラッチを切り、ギヤチェンジをし、またスロットルをまわす。まず、ぼくがやってみせよう。でもそのためには、体をサンドイッチ状態にしなければ。ぼくは腕も脚も長いからバックシートから届くけどね」

「都合のいい言いわけね」

「ほんとのことだから仕方ない。いいかい？」

「ドキドキしてもう大変よ」

「それはイエスということだね。じゃ、もう少し前へ行って」

彼女は前へずれ、トラヴィスが後ろに乗った。トラヴィスはヘルメットをかぶると、彼女にぴったりと体をくっつけてハンドルに腕を伸ばした。前もって言われていたが、ギャビーは体のなかで何かが跳ねる感じがした。おなかに軽いショックがあり、体が熱くなりはじめた。

「とりあえずぼくの手に手を重ねて」彼が指示した。「足もそうしてみて。どういう動きをするか体感してほしいんだ、リズムのようなものを。いったんコツがわかれば絶対に忘れない」

「あなたもこうやって習ったの？」

「いや、友だちが横に立って、怒鳴りながら教えてくれた。初めて乗ったとき、ブレーキを踏むつもりでクラッチをつなげてしまって、木にぶつけたよ。それできみには、こうして初乗りをさせようとしてるんだ」

彼はスタンドを上げてエンジンを始動させた。アイドリングを始めたとたん、パラセーリングでボートから空へ浮きあがった瞬間のそわそわした感覚に襲われた。手を彼の手に置いて、彼の体が密着している感触を味わった。

「いいかい？」

「いつでもいいわ」

「ぼくの手を軽く握る感じで。いいね？」

トラヴィスがスロットルをまわし、ゆっくりクラッチをつなげた。バイクが動きだした瞬間、彼は地面から足を離し、ギャビーがその上に足を軽く置いた。

最初は徐行程度のスピードだった。トラヴィスはだんだんスピードを上げ、いったんゆるめ、またアクセルを吹かした。最後にギヤチェンジをしてからスピードを落としてバイクを停めた。二度目がスタートした。トラヴィスは自分のしていることを説明した。ブレーキの使い方やギヤチェンジの準備の仕方、そして、あわてて前輪ブレーキをかけると体がハンドルを飛び越えて前へ放りだされることも教えた。少しずつ段階を踏むうちに、ギャビーはコツがつかめてきた。演出された彼の手足の動きは、ピアノを弾くのに似ていた。数分後には彼がつぎにする動作の予想がついてきた。それでも、彼は動作が習性のように感じられるまで教えつづけた。

そのあと二人は役割を入れ替えた。彼女がハンドルを握り、彼が上から軽く手を添えて、最初から同じプロセスをくりかえした。いざ自分でやってみると簡単にはできなかった。ときどきバイクがいきなり飛びだしたり、ブレーキを強くかけすぎたりしたが、彼は辛抱強く励ました。決して声を荒らげないので、彼女はビーチでチビちゃんたちと遊んでいた彼の姿を思い出した。最初に意識したよりもトラヴィスに気持ちがかたむいていた。

　それからさらに十五分たった。練習を続けるにつれて彼の補助は少なくなり、ついに彼女にまかせきりになった。彼女はまだ完全には自信がなかったが、だんだんスピードが出せるようになり、前よりぎこちなさがとれ、ブレーキのかけ方も自然になった。初めてバイクを運転する力強さと解放感を感じた。

「すごくうまくなったよ」トラヴィスが言った。

「最高ね！」彼女はめくるめく思いで叫んだ。

「一人で運転してみる？」

「冗談でしょ」

「まさか」

　一瞬迷っただけだった。「いいわ」その声ははずんでいた。「やってみる」

　彼女はバイクを停めた。トラヴィスが飛び降りて後ろへ離れると、ギャビーは深呼吸をし、胸の動悸を無視してエンジンをかけた。瞬間的にバイクは前へ飛びだした。彼女は自力で十回以上、スタートとストップをくりかえし、しだいにその間隔を短くしていった。そしてトラヴィスの驚きをよそに、ゆっくりバイクをUターンさせて、彼のほうへ戻ってきた。一瞬彼女がコントロールできなくなったのかと思ったが、彼の数歩手前できれいに停まってみせた。ギャビーは満面の笑みを抑えきれず、体を動かしてエネルギーが発散されたように言った。

「一人でできたなんて信じられない！」

「きみはすごいな！」

「Uターンしたところを見た？　ものすごくゆっくりだったけど」

「見たよ」

「いい気分！　なぜバイクが好きかわかるわ。最高ね！」

「それはよかった」

「もう一度やっていい？」

彼女はしばらくその道を行ったり来たりした。トラヴィスが見るところ、ストップしてスタートするたびに彼女は自信をつけていった。Uターンもだんだんスムーズになり、やがて円を描くこともできるようになった。彼の前まで戻ってバイクを停めたとき、ギャビーの顔は輝いていた。トラヴィスはヘルメットを脱いだ彼女ほど、生きいきとして美しい女性を見たことがなかった。

「もう終わり」と彼女は言った。「あとはあなたよ」

「いいの？」

「勝ってるときがやめどきって、ずっと前におぼえたの。事故でも起こして、この気分を台なしにしたくないわ」

ギャビーがバックシートにお尻をずらし、トラヴィスは前に乗った。彼女の腕が体に巻きつくのを感じた。またバイクを幹線道路に走らせながら、彼は気力がみなぎるのを感じた。五感にオーバードライブのギヤを入れたようだ。彼女の体の曲線をまざまざと感じた。バイクはまっすぐ東に走り、七〇号線へ曲がると、やがてモアヘッド・シティを抜けてアトランティック・ビーチに渡る橋の横を通過した。ボーフォートを出発してから、付近の海岸線をひとめぐりして戻ってきたことになる。

ほどなくボーフォートの歴史地区を抜け、フロント・ストリートのレストランやマリーナを横目に見ながら過ぎていった。トラヴィスがバイクのスピードを落としたのは、その区画の端に近い草のはえた広い空き地だった。隣地には少なくとも築百年はたつと思われるジョージア朝風の家があり、反対側には同じくらい古いヴィクトリア朝風の家が建っていた。彼はエンジンを切り、ヘルメットを脱いだ。

「ここだ」彼女に降りるようにうながした。「見せたかった場所は」

その声には、ただの空き地にすぎないと思えるものを軽視させない響きがあった。黙って歩きだしたトラヴィスを、ギャビーはただ見まもるだけだった。彼はポケットに手をつっこんで道の向こうを眺めていた。その先には遠くシャックルフォード砂州が望めた。彼女はヘルメットを脱ぎ、ぺしゃんこになった髪をほぐすと、彼のほうへ歩いていった。隣に立ったとき、彼がここに連れてきたわけを聞かせるつもりなのだと感じた。その前に心の準備をととのえているのだと。

「ぼくの意見では、この辺りの海岸でいちばん眺めのいい場所だ」おもむろにトラヴィスが言った。「オーシャン・ビューじゃないけどね。波や水平線がすべて見える景色もすばらしいが、しばらくすると飽きてくる。いつ見てもあまり変化がないからだ。でもここはそうじゃない。帆船やヨットがマリーナへ列になって帰ってくる。夜にここへ来れば、海岸通りにやってきた人々が見えるし、音楽も伝わってくる。海峡を通り過ぎるネズミイルカやエイも見えるが、とくにいいのはシャックルフォード砂州にいる野生馬だ。何度見たかわからない。そのたびに驚きをおぼえる」

「ここによく来るの？」

「週二回くらいかな。考えごとをする場所なんだ」

「近所の人が気味悪がってると思うけど」

「だからってどうしようもないと思うよ。所有者はぼくだから」

「ほんと？」

「驚いてるみたいだけど、どうして？」

「そうね。だって、なんだか……家庭的に聞こえるから」

「ぼくはもう家も持ってるけど……」

「お隣がすばらしいって噂だし」

「なるほど……」

「わたしはただ、空き地を買ったなんて聞くと、長期的なプランを持ってる男みたいだと言ったのよ」

「じゃ、きみはぼくをそうは見ていないと？」

「まあね……」

「いまのがお世辞のつもりなら、めちゃくちゃ失敗してるぞ」

彼女は笑った。「それじゃ、こう言ったら？　あなたにはずっと驚かされっぱなし」

「いい意味で？」

「いつでも」

「クリニックにモリーを連れてきて、ぼくが獣医だと知ったときとか？」

「その話はしたくないわ」

彼が笑った。「じゃ、お昼にしようか」

彼女はトラヴィスのあとからバイクに向かった。彼はバスケットと毛布を下ろした。敷地の奥のゆるやかな斜面まで彼女を連れていき、そこに毛布を広げた。二人がすわる場所を決めて落ち着くと、彼がタッパウェアをとりだした。

「タッパウェアなの？」

彼はウインクした。「仲間はぼくを〝ミスター家庭的〟と呼ぶ」トラヴィスは冷えたストロベリー・フレーバーのアイスティーの缶もとりだし、栓を開けて彼女に手渡した。

「メニューは？」とギャビーが訊いた。

彼はいろいろな容器を指さしながら答えた。「三種類のチーズ、クラッカー、カラマタ・オリーブ、果物はグレープ。ランチというよりはスナックだけど」

「とてもいい感じ」彼女はクラッカーをとり、チーズをスライスした。「ここには家があったんでしょ？」彼の驚く顔を見て、ギャビーは両側の家に手をふった。「だって、ここだけ百五十年も空き地だったなんて想像できないもの」

「そのとおり。ぼくが子どものころ火事で燃え落ちた。きみはボーフォートが小さいなりに町だと思ってるだろうけど、少年時代、ここは地図で見ても小さな集落にすぎなかった。こうした古い時代物の家は、大部分が手入れもされないまま野ざらしになって朽ち果てた。ここにあった家も、ずっとほったらかしだったんだ。屋根に大きな穴が開いたやたらとだだっ広い家で、お化けが出るって噂があったせいか、子どものぼくらにはけっこう魅力的だった。夜になると、こっそりここに忍びこんだ。砦にしたり、いくつも部屋を使って何時間もかくれんぼをしたりね。隠れる場所は山ほどあった」

彼は記憶をたぐるように、ぼんやりと草を引っぱった。「ある冬の晩、たぶん何人かの宿無しが暖をとろうと家のなかで焚き火をしたんだろう。家はあっというまに燃えあがり、翌朝には焼けぼっくいの燻る残骸になっていた。ところが、所有者と連絡のとれる者が誰もいなかった。もともとの持ち主は死んでおり、息子が相続したが、息子も死んで誰かに遺贈され、そのまた誰かに所有権が移り、という具合で、一年以上残骸はそのままになっていた。結局、町役場が乗りだしてブルドーザーで片づけ、そのあとこの土地は忘れられた存在になった。ぼくは所有者がニューメキシコに住んでいることをつきとめ、だめもとで安値の買い取りを申し出たんだ。相手はすぐに承諾した。ここに来たこともなかったんだと思うよ。自分が手放すものを知らなかったんだろう」

「ここに家を建てるつもりなの？」

「それはぼくの長期的プランの一部だね。ともかく、ぼくはものすごく家庭的な男だから」トラヴィスはオリーブをつまんで、ひょいと口に放りこんだ。「きみはまだボーイフレンドのことを話す気にならないの？」

彼女は今朝のケヴィンとの会話をちらりと思い浮かべた。「何に興味があるの？」

「ただの話のつなぎさ」

ギャビーもオリーブをつまんだ。「じゃ、誰でもいいけどあなたの元の彼女について話さない?」

「誰にする?」

「誰でも」

「わかった。ある子は映画のポスターをくれた」

「きれいな人?」

彼は考えた。「たいていの人はそう言う」

「あなたは?」

「ぼくは……たぶんきみの言うとおりだ。こういう話はしないほうがいい」

彼女は笑い声をあげ、オリーブを指さした。「これ、おいしいわ。あなたが持ってきたものはどれも最高よ」

トラヴィスはクラッカーにチーズをのせた。「ボーイフレンドはいつ戻ってくるんだ?」

「また話を戻すの?」

「きみのことを考えてるだけさ。きみを悩ませたくないから」

「心配してくれてありがとう。でも、もう大人の女よ。関係ないけど一応言っておくと、戻ってくるのは水曜日。どうして?」

「この二日間、きみと知り合えて楽しかったから」

「わたしもあなたと知り合えて楽しかったわ」

「でも、これで終わりになると思うとがっかりしない？」

「べつに終わるわけじゃないでしょ。お隣同士は変わりないし」

「じゃ、またきみをバイク・ライドに連れだしたり、きみとピクニックをしたり、ぼくとジャグジーで足湯をしたりしても、ボーイフレンドは気にしないんだね？」

　答えはわかりきっていた。彼女の表情がさらに真剣になった。「それは彼もおもしろくないと思うわ」

「じゃ、やっぱり終わりだ」

「友だちでいればいいんじゃない？」

　一瞬彼は彼女を見つめ、突然撃たれたように胸をおさえた。「きみは男の心をぐさっと刺すのがほんとにうまい」

「何を言ってるのよ」

　彼は首をふった。「友だちなんてありえない、ぼくらの歳の独身同士では。そんなわけにはいかない。昔からずっと知ってる人なら別だけど、初めて出会った同士なら、まず無理だ」

　ギャビーは言い返そうとしたが、言えることは何もなかった。

「それに」と彼は続けた。「ぼく自身、友だちにはなりたくないのかもしれない」

「なぜ？」

「きっとそれ以上のことを求めそうだから」

ふたたび彼女は黙りこんだ。トラヴィスはその様子を観察したが、表情を読みとることはできなかった。結局、彼は肩をすくめた。

「きみがぼくと友だちになりたい、というのも疑問だ。きみたちの関係にとってよくない。だって、そうしたら結局、きみはぼくに恋することになるよ。それできみは何か後悔するまねをするんだ。そのあと、そのことでぼくを責め、しばらくしてたぶんどこかへ引っ越してしまう。すべてが嫌になってね」

「そうなっちゃうの？」

「このあふれんばかりの魅力が、ぼくの人生の呪いのひとつだから」

「あなたって、すべてを想像して見通してるみたい」

「たしかに」

「ただ、わたしがあなたに恋するところは違うけど」

「そうなるのがわからない？」

「だって彼がいるのよ」

「結婚するつもり？」

「プロポーズされたらね。だからここに引っ越してきたんだもの」

「じゃ、なぜまだ申し込まれないの？」

「関係ないでしょ」

「どういう人？」

「なぜそんなに知りたがるの？」

「それはね」彼はじっと彼女の目を見た。「もしぼくが彼で、きみがぼくと暮らすつもりでここに引っ越してきたなら、とっくに申し込んでるからだ」

その口調のなかに真摯(しんし)な響きを聞きとって、ギャビーは目をそむけた。答えた彼女の声は小さかった。「めちゃめちゃにしないで。ね？」

「めちゃめちゃって何を？」

「これよ。今日のこと。昨日のこと。昨夜のこと。全部を。こわさないで」

「何を言ってるのかわからない」

彼女は深く息を吸った。「わたし、この週末はものすごくうれしかったの。たとえそれが、やっと友だちができたと感じただけでも。しかも、あんなに何人も。自分がここでどんなに友だちを持ちたいと思っていたか、気づかなかった。あなたや妹さんといっしょにいたおかげで、自分が捨ててきたものの大きさを思い出した。たしかに、わたしは自分のしていることがわかっていたし、決断を後悔してもいない。信じてもらわなくてもいいけど、ケヴィンのことも愛してる」

彼女は懸命に考えを整理しようとして間をあけた。「でも、ときにはつらいこともあったわ。こんな週末は二度とやってこないかもしれない。ケヴィンがいるから、わたしもある部分あきらめられる。でも、これが一度だけだとしたら受けいれたくないという気持ちも少しはあるの。おたがいに一度だけだと承知はしていても」彼女はためらった。「いまみたいなことを言われると――本気じゃないのもわかってるし――いままでのことがすべて色褪せてしまうのよ」

トラヴィスはじっと聞いていた。彼女の口調がこれまでになく真剣だと気づいていた。ただうなずいて、あやまればいいのはわかっていたが、言い返さずにはいられなかった。

「なんでぼくの言葉が本気じゃないと思うんだ?」彼は反撃した。「どの言葉も真剣だった。でも、きみが耳をふさぎたい気持ちも理解できる。こう言わせてくれ。きみのボーイフレンドには、きみのような人を恋人にしたことが、どれだけ幸運か気づいてほしい。気づいてなければバカだ。不愉快にさせたならすまない。二度とこんなことは言わないよ」彼はにやりとした。「でも、一度は言っておかなければ」

彼女は横を向いた。心ならずも彼の言葉に胸がときめいた。トラヴィスは海のほうに目を向け、しばらく沈黙する時間を彼女に与えてくれた。ケヴィンと違って、彼はいつもどう反応すればいいかわかっているみたいだ。

「そろそろ戻ろうか？」彼がバイクを指した。「モリーの様子も見ておくほうがいい」

「ええ」彼女も賛成だった。「いい考えね」

二人は食べ物の残りをしまい、容器をバスケットに入れて毛布をたたむと、バイクへ戻っていった。ギャビーはふりむいて、遅いランチをとる人たちでにぎわう海岸通りのレストランを眺めた。彼らの選択が簡単なのがうらやましかった。

トラヴィスは毛布とバスケットを荷台にくくりつけ、ヘルメットをかぶった。ギャビーもそうした。少しして二人が乗ったバイクは空き地から出ていった。ギャビーはトラヴィスの腰につかまりながら、彼はこれまでも十人以上の女の人に似たようなことを言ったのだと思おうとしたが、うまくいかなかった。

彼女の家の私道に入ったところで、トラヴィスがバイクを停めた。ギャビーは彼のあとからバイクを降りてヘルメットを脱いだ。彼の前に立つと、ハイスクール以来と思えるような気まずさに襲われた。それに気づいてバカげていると思ったが、また彼にキスされそうな予感がした。

「今日はありがとう」彼女は二人のあいだに距離を置きたかった。「バイクの運転も教えてくれて」

「たいしたことじゃない。きみは才能があるよ。自分のバイクを手に入れるべきだ」

「いずれね」

二人が黙ると、ギャビーの耳に熱したエンジンの冷える音が聞こえた。トラヴィスにヘルメットを返し、彼がそれをシートに置くのを見つめた。

「それじゃ」と彼が言った。「またどこかで会うだろうね」

「会わないわけがない。お隣なんだから」

「モリーを見てあげようか?」

「いいえ、大丈夫。元気にしてると思うわ」

彼はうなずいた。「ひとつ、あやまっておくよ。さっき言ったこと。あんなふうに首をつっこむなんて出すぎてた。きみを不愉快にさせるなんて」

「いいのよ。全然気にしてない」

「それならよかった」

彼女は肩をすくめた。「だってあなたが勝手な想像をするから、こっちも適当に答えておこうと思ったのよ」

張りつめたやりとりだったが、彼は笑った。「頼みを聞いてくれない? もしボーイフレンドとうまくいかなくなったら、電話をしてくれ」

「そうするわ」

「じゃ、そろそろ行くよ」彼はハンドルをまわし、バイクをバックさせて向きを変えた。エンジンをかけようとして、また彼女を見た。「明日の晩、ぼくと夕食をしないか？」

彼女は腕組みをした。「そんなことを訊かれるとは思わなかった」

「男はチャンスをつかまなくちゃ。それが座右の銘でね」

「なるほどね」

「それはイエス？　それともノー？」

彼女は一歩下がった。抑えようと思ったが、彼の粘り強さに笑みがこぼれた。「そうじゃなく、今夜わたしが夕食をごちそうするのはどう？　わたしの家で七時に」

「もちろん」と彼は言った。

トラヴィスが去ったあと、彼女は私道に立ったまま考えていた。もしかしたら一時的に理性を失っていたのではないだろうかと。

13

太陽は容赦なく照りつけていたが、ホースからの水は氷のように冷たかった。トラヴィスはモビーをじっとさせるのに苦労していた。モビーは水浴びが大嫌いだった。短い引き綱にしても効き目はなかった。海に投げこまれたテニスボールをあんなに喜んで拾いにいくのにと、トラヴィスは皮肉な気持ちになった。そういうときのモビーは波にもめげずに跳ねまわり、猛然と犬かきをしたり、テニスボールが浜辺から離れていっても迷わず頭から潜ったりする。ところが、トラヴィスが引き綱を入れておく引き出しを開けるのに気づいたとたん、モビーはピンチとばかりに何時間も近所をうろついて、とっぷり日が暮れてからでないと戻ってこない。

トラヴィスはそういうモビーの戦術に慣れていたので、最後の最後まで引き綱を隠しておき、犬が反応する前に首輪につけてしまう。モビーはいつものように裏に連れていかれるあいだ〝どうしてこんな仕打ちができるんだ〟という表情をありったけ見せたが、トラヴィスは首をふって言った。「ぼくを恨むなよ。死んだ魚の上でごろごろ転がれなんて言ったことはないぞ」

モビーは死んだ魚の臭いをつけるのが大好きだった。とにかく鼻が曲がるほどの臭いなのだ。ガレージにバイクを停めていると、モビーがうれしそうに自慢げに舌を垂らして小走りでやってきた。トラヴィスはにっこりしたが、とたんに異臭に見舞われた。モビーの毛にはおぞましい塊が点々とくっついていた。ためらいがちに頭を軽くたたいてやったあと、家に入ってショートパンツに着替え、引き綱を後ろのポケットにしのばせた。

いまモビーは裏のデッキの手すりに引き綱を結びつけられて、左右にうろうろ動きまわっている。とっくにずぶ濡れだったが、それ以上濡れるのを避けたいらしい。

「ただの水じゃないか。でかい赤ん坊だな」

トラヴィスは五分近くシャワーを浴びせながら、本心から叱りつけた。動物は大好きだが、この気色悪い……残骸をきれいに取り去るまではシャンプーも始めたくなかった。腐った魚の肉片なんて鳥肌ものだ。

モビーは鼻をヒンヒン鳴らし、引き綱を引っぱってダンスを踊りつづけた。ようやく汚れを取り去ると、トラヴィスはシャンプー・ボトルの中身を三分の一ほどたっぷりとモビーの背中にかけた。二、三分ごしごしこすり、水で流したが、犬に鼻を近づけて顔をしかめた。さらに二回それをくりかえすと、ついにモビーも元気をなくした。犬は〝魚のはらわたの上で転げまわるのはきみへの特別なプレゼントなのに、それがわからないのかい?〟とでも言うように、哀しげな表情でトラヴィスを見つめた。

トラヴィスはようやく満足して、モビーをデッキの他の場所に移した。引き綱はつけたままだ。水浴びさせたあとすぐに放すと、モビーが一目散に犯行現場へ戻ることがわかっていたからだ。とりあえず、犬がそれを忘れるくらい長くつないでおきたかった。モビーはまだ自由でないことがわかっていて、ブルブルッと身を震わせて余分な水気を飛ばすと、不満そうにデッキに寝そべった。

そのあとトラヴィスは芝生を刈った。近所の大半の家と違って自動式の芝刈り機ではなく、いまだに手押しの芝刈り機を使っていた。少し時間はかかるが、適度の運動にもなるし、行ったり来たりをくりかえすとリラクセーション効果もある。芝刈りをしながら、彼はついギャビーの家のほうを見ていた。

数分前、彼女がガレージを出て、車にすばやく乗りこんだ。彼に気づいたとしても、そのそぶりは見せなかった。彼女はそのままバックで車を出し、町のほうへ走り去った。彼女のような人と出会ったことはなかった。そして今晩は夕食に招かれていた。

それをどう解釈していいかわからなかった。彼女を家に送りとどけたあと、ずっとそのことを考えていた。粘り強く説き伏せた成果だとは言えそうだ。たしかに出会ってからずっと彼は事がうまく運ぶように、いわば車輪にオイルを差してきた。だが芝刈りをしていると、もっとおだやかにやればよかったと思った。そうであれば、今晩の夕食の招待も強要したものではないと気持ちよく待っていられたはずだ。

この出会いは、すべてが新鮮だった。女の人と付き合って、こんなに心底楽しんだことがあっただろうか。以前の恋人たち、モニカでもジョスリンでもサラでも誰でもいいが、ギャビーを相手にしているときほど笑ったことはなかった。ユーモアのセンスのある女を見つけろとは、彼が本気で女の子と付き合いはじめたときに父親から受けたアドバイスのひとつだ。なぜ父がそれを重要視したのか、彼はようやくわかった。会話が詩だとすれば、笑いはメロディであり、ふたつがそろえば二人で過ごす時間は何回くりかえしても空気の澱まない音楽になるからだ。

キッチンに戻り、トラヴィスはグラスについだアイスティーをひと息で飲みほした。バカらしいとは思いながら、ギャビーのボーイフレンドについてとりとめもなく考えた。ケヴィンは自分の知っている男だろうか？　彼女がほとんど彼のことを話さないのは奇妙だと思った。そもそも名前を言うまでだって時間がかかりすぎた。罪悪感のせいにするのは簡単だが、彼女が最初からその話題を避けているのは別問題だ。彼はどう考えていいかわからなかった。ケヴィンはどういう男で、何をしてギャビーの心を射止めたのだろう。脳裡に浮かぶイメージはさまざまだった。スポーツマン、学者タイプ、あるいはその中間——どれもイメージに合わない。

時間を見て、パラセーリング用のボートをマリーナへ戻してから、シャワーを浴びて着替えようと思った。ボートのキーをとり、裏の引き戸を開けて、デッキからモビーを解放してやった。階段を下りるそばを犬が駆け抜けていった。栈橋の端で立ちどまると、モビーがボートに乗りたそうにしていた。

「ああいいよ、乗れ」

モビーがジャンプしてボートに飛び乗り、しっぽを激しくふった。トラヴィスが続いて乗り、やがて犬とともに川を進みはじめた。ボートの後ろには正しい方角を示す航跡が道のように残っていた。ギャビーの家を通り過ぎたとき、このあとの夕食と、そこで何が起きるかを考えながら窓をちらりと見た。デートには慣れている。なのにヘマをしなければいいがと、トラヴィスはデート前に初めて緊張をおぼえた。

ギャビーは近くの食料品店に行き、混んでいる駐車場に車を乗りいれた。いちばん隅に空きスペースを見つけたが、日曜日にはいつも駐車場はいっぱいになるのに、なぜ車で来たのかと不思議に思った。

ハンドバッグを肩から下げて車を降りると、カートを確保して店に入った。

先ほどトラヴィスが芝刈りをしているところを見かけたが、自分をコントロールしなければと感じて無視した。彼女が築きあげた快適で整然とした小さな世界は、放りだされてばらばらに壊れてしまった。冷静さを取り戻すにはどうしても少し時間がほしかった。

ギャビーは生鮮食料品コーナーに行き、生のエンドウマメとサラダの材料を集めた。移動してパスタの箱とクルトンを見つけ、店の奥へ向かった。トラヴィスはチキンが好みだとわかったので、胸肉のパックをカートに入れ、それにはシャルドネが合うのではないかと考えた。ワインを飲むかどうかは自信がなかった。あやしい気がしたけれども、彼女はワインの気分だった。自分にわかるワイナリーがあるかと、限られた種類を眺めた。ナパ・バレー産のカリフォルニア・ワインが二種類あったが、結局オーストラリア・ワインを選んだ。ちょっぴりエキゾチックな気がしたから。

レジの列は長く、進みものろかった。ようやく車に戻ってバックミラーをのぞくと、他人の目を通すように自分の顔を見つめた。

ケヴィン以外の人にキスされたのは、どれくらい前のことだったろう。あの小さな出来事を忘れようとしたが、いけない秘密のように何度も何度も心によみがえってきた。

心がトラヴィスにかたむいている。それは否定できない。彼がハンサムだからでも、うっとりするほどすてきだからでもない。飾らない人柄と根っから行動的なところ、彼女をそのなかに引っぱりこんでくれるところ。その辺が影響しているのかもしれない。同じ英語をしゃべっている同士なのに、彼の送っている人生は彼女のものとかなり違っている。しかも二人のあいだに生まれた親密さは、知り合ってから間もないことを感じさせない。ギャビーは彼のような人と出会ったことがなかった。知り合いの多く、そして準医師養成学部のクラス仲間はみんな、成績表だけを人生の目標としている生活を送っているようだ。一生懸命勉強し、結婚して、家を買い、子どもをつくる。この週末までは彼女もそうだった。彼が選択したことと旅した場所にくらべれば、これまでの人生はあまりに……平凡だった。

違う人生を選べただろうか？　そうは思えない。彼女はいまのような女になるべく成長し、彼もあのような男になるべく経験を積んだのだ。そしてギャビーはそのことを後悔してはいなかった。それでも車のキーをまわしてエンジンをスタートさせたとき、問題はそこにはないことがわかった。アイドリングの音を聞いていると、彼女は前途で道が分かれているのだと気づいた。自分はここからどちらに行くのか？

〝決して物事を変えるのに遅すぎることはない〟そう思うと興奮もしたが、同じくらい怖くもあった。数分後、彼女はモアヘッド・シティに向かっていた。もう一度やりなおすチャンスを与えられたように感じながら。

ギャビーが家に戻ったとき、日はすでにかたむいていた。モリーは水辺の草むらに寝そべっており、耳をピンと立ててしっぽをふった。ギャビーが後部ドアを開けると犬は小走りでやってきて、よだれたっぷりに二回舐めて歓迎した。

「すっかり元どおりになったみたいね。子犬たちは元気？」

合図を出されたように、モリーはそちらのほうへ歩きだした。

ギャビーはバッグを家に運び、キッチンのカウンターに食品を並べた。予想したより遅くなったが、支度する時間はまだたっぷりあった。パスタを茹(ゆ)でる鍋に水を入れてコンロに置くと、火力を最大にした。つぎにサラダ用にトマトとキュウリをスライスし、レタスを切って、チーズとトラヴィスが今日教えてくれたオリーブといっしょに、香辛料、調味料を入れて混ぜあわせた。

沸騰したお湯にパスタと塩を入れ、チキンのパックを開けた。もう少し気の利いた料理ができればいいのにと思いながらオリーブオイルでソテーしはじめた。焼きながら胡椒(こしょう)といくつかの香辛料を加えたが、たいして変わりばえがしなかった。まあいい、なるようになれだ。彼女はオーヴンに火をつけて温め、ボウルにチキンを入れて肉汁(ブロス)をかけると、肉が乾いてパサパサにならないようにと願いながら中に入れた。茹であがったパスタはお湯を切り、ひとまずボウルに入れて冷蔵庫にしまった。あとで少し風味づけをするつもりだった。

寝室に服を並べておいてから、シャワーを浴びた。温かいお湯は贅沢(ぜいたく)な感じがした。すねの毛を剃(そ)るときは、傷つけないように注意しながらゆっくり手を動かした。髪を洗い、トリートメントをし、バスタブから出てタオルで体をふいた。

ベッドには新しいジーンズとビーズの飾りがついたローカットのシャツを並べておいた。フォーマルにもカジュアルにもなりすぎないように注意深く選んだ服だ。これならちょうどいいと思えた。それらを身につけて新しいサンダルをはき、揺れるタイプのイヤリングをつけた。フロアミラーの前に立つと、体をひねって左右を確認した。見たところはこれでいい。

時間が迫っていた。家のなかに何本か立てたロウソクに火をともし、最後にテーブルのロウソクをつけたときトラヴィスがドアをノックした。彼女は背筋を伸ばし、落ち着くのよと心に言い聞かせてドアへ歩いていった。

トラヴィスのそばにはモリーが来ていた。ドアが開いたとき、彼は犬の耳の後ろを掻いてやっていたが、思わず目がそらせなくなった。声も出せなくなった。言葉もなくギャビーを見つめて、胸に湧きあがるさまざまな感情を選り分けようとしていた。

ギャビーは焦っている彼にほほえんだ。「どうぞ。ちょうど支度が終わったところよ」

トラヴィスは彼女のあとから家に入った。前を歩く彼女の姿をなるべく見つめないようにした。

「ワインを開けようとしていたの。好みじゃなかった？」

「いや、そんなことは」

キッチンで彼女がオープナーとボトルに手をのばすと、彼が近づいた。

「ぼくがやるよ」

「よかった。わたしはコルクをぼろぼろにしちゃうの。グラスに破片が浮いてるのって嫌よね」

トラヴィスは栓を抜きながら、食器戸棚からグラスをとりだす彼女を見ていた。彼女がそれをカウンターに置くと、トラヴィスはラベルに目をやったが、気持ちの高ぶりを抑えるために興味のあるふりをしただけだった。

「これは初めてだ。おいしいの？」

「さあ、どうかしら」

「じゃ、二人とも初めてということかな」彼はワインを注いで、彼女の表情を読もうとしながらグラスを手渡した。

「あなたがディナーに何を食べたいかわからなかったけど」彼女は軽い調子で言った。「チキンは好きみたいだから。でも警告しておくわ。家族のなかでも料理上手なほうじゃないの」

「きみが作るものならなんでもおいしいよ。あまり選り好みはしないんだ」

「シンプルならば、でしょ？」

「言うまでもない」

「おなかはすいてる？」彼女はにっこり笑った。「温めるのに二、三分かかるんだけど……」

彼はどうしようかと考えてカウンターにもたれた。「できれば、ちょっとあとにしたいね。まずワインを楽しみたい」

彼女はうなずいた。黙って彼の前に立ち、つぎは何をしたらいいだろうと考えた。

「外に出てすわりましょうか」

「いいね」

二人はドアの近くに置いてある二脚のロッキングチェアにすわった。ギャビーはワインをひと口飲み、緊張をほぐすものがあってよかったと思った。

「ここから見る景色はいいな」トラヴィスがロッキングチェアを前後に揺すりながら冗談めかして言った。「ぼくのうちと似てる」

ギャビーは少しホッとして笑った。「残念ながら、わたしはあなたがしてるみたいな楽しみ方を知らなかったわ」

「ほとんどの人がそうだ。最近では、南部でもすっかり忘れられてるよ。そばを流れる川を眺めるのは、花の香りを嗅ぐのと少し似ている」

「きっと小さな町ならではなのね」彼女は考えをのべた。

トラヴィスは興味をそそられたようにギャビーを見た。「本音を言えばどうなの？ボーフォートでの生活は楽しい？」

「いいところはあるわね」

「近所の人がすばらしいと聞いてる」

「一人しか知らないんだけど」

「それで？」

「やたらと質問をしたがる人なの」

トラヴィスはにやりとした。彼女の遊び心が好きだった。

「さっきの質問に答えると、そうね、わたしはこの町が好き。どこへ行くにも何分かあればすむのがいいわね。きれいだし、わたしもここのゆっくりした生活のリズムが好きになってきたみたい」

「きみの言い方だと、サヴァナがニューヨークやパリみたいな国際都市に聞こえる」

「そんなつもりはないわ」彼女はグラスの縁ごしに彼を見た。「でも、サヴァナは絶対にボーフォートよりもニューヨーク的よ。サヴァナに行ったことは？」

「ひと晩で一週間過ごした」

「アハハ。ジョークを言うなら、オリジナルを考えたほうがいいわよ」

「それは大変だよ」

「あなたは大変なのが嫌いなのね」

「見ればわかるだろ?」彼はロッキングチェアにもたれた。見るからにくつろいだ様子だった。「でも、まじめな話、きみはいずれサヴァナに戻るんじゃないか?」

彼女はワインをまたひと口飲んでから答えた。「そのつもりはないわ。誤解されると困るんだけど、あそこはすてきなところだし、南部でも指折りの美しい街だと思う。街並みも好き。きれいな広場があって、数ブロックも行けばかわいい公園が現れる。そこに面した邸宅にも驚かされるわ。少女のころ自分が住んでいるところを想像したような家なのよ。長いあいだ、それがわたしの夢だった」

トラヴィスは彼女が話を続けるまで待った。ギャビーは肩をすくめた。「でも、成長するにつれて、それは自分のではなく母の夢だと気づきはじめた。母はずっとああいう邸宅に住みたかったのよ。ああいう家が売りに出されると、よく父に交渉しろと言ってせっついていたわ。父はけっこう収入があったけど、大邸宅を買うほど裕福じゃなかったし、そのことがずっと悩みの種になってたと思う。しばらくすると、わたしは逆に嫌でたまらなくなった」彼女はいったん間をおいた。「とにかく別のことを求めるようになっていたのね。それで大学にも行ったし、準医師になる道も選んだ。ケヴィンとも付き合った。それでここにいるの」

遠くのほうでモビーが激しく吠えはじめた。それに続いてカサカサと樹皮に爪を立てる小さな音が聞こえた。一匹のリスが木の幹を駆けあがっていくのがトラヴィスの目に入った。モビーの姿は見えないが、オークのまわりをうろうろと回っている様子が目に浮かんだ。あの小動物がうっかり肢をすべらせないかと考えているのだろう。ギャビーが音のほうに首を向けたのに気づいて、トラヴィスは木へグラスを掲げた。

「ぼくの犬はリスを追うのが大好きでね。生きる目的だと思ってるみたいだ」

「犬はたいていそうよ」

「モリーも？」

「モリーはしない。飼い主がよくしつけてるから。手に負えなくなる前にちょっとしたトラブルの種を摘みとったわけ」

「なるほど」トラヴィスはふざける口調で真面目に答えた。

川面には日没の輝きが映りはじめていた。もう少したてば川は金色に変わるだろうが、いまはその潮まじりの水が暗く神秘的な色調をたたえていた。一羽のミサゴが上昇気流に乗って滑空し、トスギの向こうにトラヴィスは目をやった。エンジン音を響かせて過ぎていく釣り道具を積んだ小さなモーターボートを見おろしていた。ボートのキャプテンはトラヴィスの祖父くらいの歳の男だった。紳士が手をふると、トラヴィスは手をふりかえして挨拶し、またワインをひと口飲んだ。

「話を聞いていて、ボーフォートに住みつく姿をきみ自身が想像できるのかどうか、知りたくなったよ」

彼女は言外に別の意味があるのを感じながら返事を考えた。

「それは時と場合によるわ」とりあえず防御線を張った。「刺激は少ないけど、子どもを育てるには悪くない場所ね」

「それが大事だと？」

彼女はかすかに挑むように彼のほうを向いた。「それより大切なことはないんじゃない？」

「たしかにない」彼は淡々とうなずいた。「ここで育ったからぼく自身が証拠だ。ボーフォートはスーパーボウルよりもリトルリーグの話題のほうが盛りあがるような町でね。ぼくは子どもを、自分の住む小さな世界が隅々までわかるような場所で育てたい。子どものころは世界一退屈な町だと思っていたが、ふりかえれば、だから刺激的なものを何よりも求めるようになったんだ。ぼくは疲れを知らなかった。その点は都会の子どもと同じさ」彼は少し黙った。「毎週土曜の朝に親父と釣りにいったのを思い出すよ。親父はこれより下手な釣り人はいないくらいの腕前だったけど、ぼくはわくわくした。あれは親父にとって、ぼくといっしょの時間を過ごす口実だったんだ。いまはわかる。しみじみありがたいと思ってる。いずれ自分の子どもにも同じような体験をさせてやりたい」

「そういう話を聞くのはいいわね」ギャビーが言った。「そんなふうに思ってる人は多くないもの」

「この町が好きだからね」

「そうじゃなくて」彼女はほほえんだ。「子どもをどんなふうに育てるかという話よ。そういうことをよく考えてるみたい」

「そうだね」彼は素直だった。

「あなたはいつもわたしを驚かせてくれるわ。でしょ？」

「どうかな。そうなの？」

「まあね。あなたを知れば知るほど、信じられないほど精神的にバランスがとれてると思うわ」

「それはきみにも言える」彼は言った。「たぶん、それでぼくらはうまくやれるんだろう」

彼女は彼とのあいだに張りつめた空気が生まれたのを感じた。「そろそろディナーを始めない？」

彼は気持ちを悟られないように願い、唾を飲んで、「そうしよう」と言葉をしぼりだした。

二人はワイングラスを手にキッチンへ戻った。彼女はトラヴィスをテーブルにうながして、食事の準備にとりかかった。キッチンを動きまわる彼女を眺めていると、彼は充足感が満ちてくる気がした。

夕食が始まると、彼はチキンをふた切れ食べ、エンドウマメとパスタを楽しみ、料理が上手だとギャビーをほめちぎった。あんまり大げさなので、ギャビーはくすくす笑い、もうやめてと彼に頼んだ。彼は何度も彼女に、サヴァナで過ごした子ども時代の話を聞かせてくれと言った。最後にはギャビーも折れて、少女らしいエピソードをいくつか話して楽しませ、二人でくすくす笑った。そのあいだに空は灰色から青、青から黒へと変わった。ロウソクの炎が低くなり、最後のワインがグラスに注がれた。二人はともに気づいていた。注意深くしていなければ、たがいの人生の道筋を永遠に変えてしまいそうな人と向かいあっているのだと。

夕食が終わったあと、トラヴィスはギャビーを手伝ってあと片づけをし、二人でソファにすわった。ワインをゆっくり飲みながら、それぞれの昔話を出しあった。ギャビーは少年時代のトラヴィスを想像して、ハイスクールや大学のときに出会っていたらどう思っただろうかと考えた。

時間がたつにつれて、トラヴィスは少しずつ身を寄せ、さりげなく腕を彼女の体にまわした。ギャビーは彼にもたれ、居心地のよさを感じながら、雲を透かして踊るように射してくる銀色の月光を眺めていた。

「何を考えてる？」トラヴィスが、ひとしきり続いた気持ちのよい沈黙を破ってたずねた。

「この週末がすごく自然だったように感じる」ギャビーはトラヴィスを見た。「わたしたち、ずっと前からの知り合いみたい」

「それはぼくの昔話が少し退屈だったってことだろ？」

「ずいぶん自分を買いかぶってない？」彼女はふざけた。「退屈な話は山のようにあったわよ」

彼は彼女を引き寄せながら笑った。「きみを知れば知るほど驚かされる。いい意味で」

「隣人がいるのは何のため？」

「まだぼくはそんなものなのか？　たんなる隣の家の人？」

彼女は答えずに視線をそらした。トラヴィスが続けた。「そんなことを言えばきみが困るのはわかってる。でも今夜、たんなる隣人同士では我慢できないと言わずに帰ることはできないんだ」

「トラヴィス……」

「最後まで言わせてくれ。いいだろ？　今日の昼間話したとき、きみはこう言った。〝ここでどんなに友だちがほしいと思っていたか〟と。ぼくはそのことをずっと考えていた。たぶんきみが想像するのとは違うと思う。ぼくには友だちがいるが、みんなが持っているものを、自分もほしかったのだと気づかされた。ジョーとメガン、マットとリズ。みんな、いっしょに暮らす人がいる。レアードとアリスン、はいない。きみと出会うまでは、そういう人をほんとにほしいのか自信が持てなかった。でも、いまは……」

彼女はシャツのビーズの飾りをいじりながら、彼の言葉に抵抗を感じると同時にうれしくも思っていた。

「ぼくはきみを失いたくない、ギャビー。朝になったら車に歩いていくきみを見て、何事もなかったふりをするなんて想像もできない。こんなふうにきみとソファにすわっていないなんて」彼は唾を飲みくだした。「ほかの女の人と愛しあうなんて、もう想像がつかないんだ」

ギャビーは彼の言葉をちゃんと聞きとったのかどうか、自信がなかった。だが真剣なまなざしを見て本気だとわかった。ここでついに最後の防御線は崩れ去り、彼女も彼を愛しているのだと悟っていた。

大時計のチャイムが鳴った。ロウソクの炎がまたたいて部屋に影を投げかけた。トラヴィスは彼女が息をするたびに胸が静かに上下するのを感じた。二人はそのまま見つめあい、口をきくことができなかった。

と、そのとき電話が鳴り、ギャビーのさまざまな想いは消し飛んだ。トラヴィスが横を向いた。彼女は身を伸ばして、子機を手にとった。電話に出た声はいつものようではなかった。

「ああ、調子はどう？……それほどでも……ええ、そう……ちょっと用足しに出てたから……そっちはどうなの？」

ケヴィンの声を聞いていると彼女は罪悪感に襲われたが、その手は無意識のうちにトラヴィスの脚に置かれていた。彼は身じろぎもせず、音も立てなかった。彼女は太腿に置いた手を動かすにつれてジーンズの下で筋肉が硬くなるのを感じとった。

「そう、すごいわ。おめでとう。勝ってうれしいわよ……だって楽しそうなんですもの……え、わたし？　べつになんでもないわ」

トラヴィスがすぐ近くにいるのにケヴィンの声を聞いていると、彼女は左右から強く引っぱられているようだった。トラヴィスの気持ちの動きを感じながら、ケヴィンに集中しようとした。とても現実とは思えない状況だった。

「悪いわね、そんな印象を与えて……ええ、ちょっと日に灼けて……ええ、そう……うん、うん……マイアミに行くことは考えてみたけど、年末まで休暇はとれないわ……たぶん、わからない……」

彼女はトラヴィスの脚から手を離し、声を抑えようとしてソファにもたれた。電話をとらなければよかった、彼がかけてこなければよかったのに、と思った。心が乱れるばかりだと。「じゃ、またね。その話はあなたが戻ってから……いえ、べつに、どこも変じゃないわ。疲れてるのよ、きっと……ううん、何も心配ないわ。いろいろあった週末だから……」

嘘ではなかったが、真実でもないことはわかっていた。そう思うと心の状態はいっそう悪くなった。トラヴィスは視線を落として、聞かないふりをしていた。

「そうする」彼女は続けた。「ええ、あなたも……そうね……じゃ、また……わかった……わたしもするから。明日も楽しんでね。それじゃ」電話を切り、うわの空でテーブルに受話器を戻した。

トラヴィスは何も言わないほうがいいとわかっていた。

「ケヴィンよ」ギャビーがぽつりと言った。

「だと思った」

「ゴルフのトーナメントで優勝したんですって」トラヴィスは彼女の表情が読めなかった。

「それはよかった」

二人のあいだにまた沈黙が落ちた。

「ちょっと外の空気を吸ってくる」彼女はソファから立ちあがると、ガラスの引き戸のほうに歩いて外に出た。

　トラヴィスは後を追っていくべきか、一人にしておくべきか考えながら見送った。ソファから見ると、手すりにもたれる彼女はシルエットになっていた。彼女のそばに行けば、帰ったほうがいいと言われるだけのような気がした。そう思うと恐ろしくなったが、これまで以上にそばにいなければと思った。

　彼は引き戸を開けて、彼女と並んでデッキの手すりに寄りかかった。月光のもとで彼女の肌は真珠のように光り、黒い瞳はキラキラしていた。

「すまない」彼が言った。

「あやまらないで。あなたがすまなく思うことは何もないんだから」彼女は強いてほほえんだ。「あなたのではなく、わたしの過ちよ。どうなるかわかっていたのに」

　ギャビーは彼が手をふれたがっているのを感じたが、自分がそうしてほしいのかどうか心は揺れていた。ここで終わらせるべきだとはわかっていた。この夜をこれ以上進ませてはならないと。しかし、トラヴィスのはっきりとした意思表明が投げかけた魔法を破ることもできなかった。恋をするには時間が必要だ。たった一度の週末では足りない。だが、ケヴィンへの想いを残したままで彼女は恋に落ちた。そばにいるトラヴィスが気もそぞろなのを感じ、彼が無理にワインを飲みほすのを見まもった。

「さっき言ったこと、本気よね？」彼女は訊いた。「家族を持ちたいというのは」

「うん、本気だ」

「よかった。あなたはいいお父さんになると思うわ。言わなかったけど、昨日子どもたちと遊んでるあなたを見て、そんなことを思っていたのよ。すごく自然に相手をしてたもの」

「子犬は扱いなれてるんだ」

張りつめた空気にもかかわらず、彼女は笑った。そして小さく一歩そばに寄り、彼がそちらを向くと両腕をその首にまわした。頭のなかで小さな声がやめろと言っていた。終わりにするならまだ間に合うと。だが、すでに別の衝動に駆られていたギャビーは、後戻りができないとわかっていた。

「そうかもしれないけど、わたしはそれがセクシーだと思ったの」彼女がささやいた。

トラヴィスはぎゅっと彼女を引き寄せ、なんて自分の体とぴったり合うのだろうと思った。かすかにジャスミンの香水が漂った。抱きあって立っていると、彼は力が湧いてくる気がした。長い旅の終わりに到達したようだった。最終目的地がギャビーだったとはこの瞬間まで気づかなかった。「愛してる、ギャビー・ホランド」と耳にささやきかけた。これほど確信を持って口にした言葉はなかった。

ギャビーが彼に身をゆだねた。

「わたしも愛してる、トラヴィス・パーカー」彼女もささやいた。たがいの腕に抱かれて二人が立っていると、彼女はいま起きていること以上にしたいことは思い浮かばなかった。あらゆる後悔も逡巡も横へはねのけられていた。

彼がキスをした。それから何度も何度もキスをした。彼女は自分の体を支える腕の力強さを味わいながら、彼の胸から肩へ手をすべらせた。彼の指が髪に差しこまれたとき、この週末がさまざまなことを積みあげてここに至ったのだと気づいて、体に震えが走った。

二人はデッキの上で長いあいだキスをかわした。ついに彼女が身を離して彼の手を引き、家のなかへ戻ると、居間を通り抜けて寝室へ向かった。彼女はベッドへうながして、トラヴィスが横になると引き出しからライターをとりだし、夕方に立てておいたロウソクに火をともした。最初は暗かった寝室にほのかな光がまたたき、彼女を黄金色に染めあげた。

影が彼女のあらゆる動きを強調するなかで、トラヴィスはギャビーが腕を交差させてシャツの裾に手をかけるのを見まもった。彼女はすばやくシャツを首から抜き去った。胸はサテンのブラから出たがっており、手はゆっくりと下りてジーンズのボタンにかかった。一瞬のうちに、彼女は床に落ちた服の山から足を踏みだしていた。

トラヴィスはベッドに近づいてくる彼女にうっとりしていた。彼女はいたずらっぽく彼を仰向けに押し倒し、彼のシャツのボタンをはずして上へ引っぱった。彼が腕から袖を抜くと、彼女はジーンズのボタンをはずした。やがて彼はおなかに彼女のおなかの熱が伝わってくるのを感じた。

彼は冷静に、しかし情熱的に唇を合わせた。彼女はこれまでに知った誰よりも、体と体がよく合っていると感じた。失われていたパズルのピースが、ついにぴったり埋まるように。

あとになって、彼は彼女の隣に横たわり、その夜ずっと頭のなかで響いていた言葉を口にした。

「愛してる、ギャビー」彼はささやいた。「きみとの出会いはぼくにとってかけがえのないものだ」

彼女が手をのばしてきた。

「わたしも愛してる、トラヴィス」彼女もささやいた。その言葉を聞いたとき、彼が何年も続けてきた孤独な旅は終わっていた。

夜空の月はまだ高く、銀色の光が寝室にさしこんでいた。寝返りを打ったトラヴィスはギャビーがいないことに気づいた。午前四時になろうとしていた。バスルームにいる気配もないので、彼はベッドから出てジーンズをはいた。廊下を歩き、予備の寝室を見てから、キッチンをのぞいた。家の明かりはすべて消えていた。一瞬とまどったが、ガラスの引き戸がわずかに開いているのが目にとまった。

　家の横手にある小さなデッキの手すりにもたれる人影があった。彼は外に出て、ためらいがちに一歩踏みだした。もしかしたら一人でいたいのかもしれない。

「来たの？」闇から呼びかける声がした。

　彼女はバスルームにかかっていたバスローブを着ていた。

「ああ」彼は静かに答えた。「どうかした？」

「べつに。目が覚めて、しばらく眠ろうとしたんだけど眠れないから。あなたを起こしたくなかったし」

　彼女と少し離れたところに並んで手すりに寄りかかった。二人とも無言だった。ただ夜空を眺めていた。辺りはひっそりとして、コオロギもカエルも黙っていた。

「外はとてもきれいね」彼女がぽつりと言った。

「そうだね」

「こういう夜は大好き」

　彼女がそれきり黙ったので、彼は近づいて手をとった。「こうなったことを怒ってる？」

「ぜんぜん」彼女の声は澄んでいた。「何ひとつ後悔してないわ」

彼の顔がほころんだ。「何を考えてるの?」

「父のこと」彼女は彼にもたれて、考えるように言った。「あなたのいろんなところが父を思い出させるの。きっとあなたも父を好きになるわ」

「そう思うよ」話の行き先がわからなかった。

「父が初めて母と出会ったとき、何を感じたんだろうって考えてたのよ。母を見たとき何が頭をよぎったのか。緊張してたのかな、母に近づいて何を言ったのかなって」

トラヴィスは彼女を見つめた。「それで?」

「想像がつかない」

彼は笑った。彼女が彼の腕に腕を通した。「ジャグジーのお湯ってまだ温かいの?」

「たぶん。調べてはないけど、入れると思う」

「ちょっと入りたくない?」

「水着に着替えなくちゃならないけど、いい考えだ」

彼女は彼に体を押しつけて耳に口を寄せた。「水着なんていらないわ」

二人で庭をよこぎるあいだ、トラヴィスは無言だった。蓋を持ちあげると、彼女がバスローブを肩からすべり落とした。彼はその裸身を見ながら、どんなに深く彼女を愛しても足りないと悟った。この二日間が人生を永遠に運命づけるということも。

14

　二人は月曜日に仕事へ戻ったが、それから二日間、自由時間をずっといっしょに過ごした。月曜の朝は仕事に出かける前に愛をかわし、ランチはモアヘッド・シティにある家族経営の小さなカフェでとり、夕べはモリーの気分もよさそうなので、フォート・メイコンの近くのビーチへ二匹の犬を散歩に連れていった。トラヴィスとギャビーは手をつないで歩き、モビーとモリーはその先を、まるで性格の違いに慣れた昔なじみの友人同士のようにぶらついていた。モビーはアジサシを追いかけたり、カモメの群れに突進したりしているのに、モリーはそんなことはしたくないとマイペースで歩いていた。少しするとモリーがそばにいないのにモビーが気づき、彼女のほうに駆け戻って、二匹はうれしそうに仲よく小走りになった。やがてまたモビーが鳥に興奮し、同じことがくりかえされた。

「わたしたちみたいじゃない?」ギャビーがトラヴィスの手をぎゅっと握った。「一人はいつも刺激を追い求め、もう一人は引きとめるの」

「どっちがぼく?」

ギャビーは笑い声をあげると、彼に寄りかかって、頭をその肩にもたせかけた。トラヴィスは立ちどまって両腕で彼女を抱きしめた。彼は自分の感情の強さに驚いて怖くなった。だが彼女がキスをしようと顔をあげたとき、もう心配ないという感覚が大きくなって、恐怖が溶けていった。愛とは人にこんな感覚をもたらすものなのだろうか。

そのあと二人は食料品店に立ち寄った。あまりおなかがすいていなかったので、トラヴィスはチキンのシーザーサラダの材料を買った。家に帰ると彼はキッチンでチキンを焼きながら、レタスを洗うギャビーを眺めた。ギャビーは夕食のあとソファで身を丸め、トラヴィスにまた家族の話をした。彼はギャビーに同情し、こんなにすばらしい女性に成長したことを認めない母親に怒りをおぼえた。その夜、真夜中をとっくに過ぎても、二人はたがいの腕をからみあわせて横になっていた。

火曜日の朝、ギャビーが目覚めたとき、トラヴィスは隣にいた。彼女はまぶしげに薄目を開けた。

「起きる時間？」

「まあね」彼はつぶやいた。

二人はじっと見つめあい、それからトラヴィスが続けた。「あればいいものは？淹れたてのコーヒーとシナモンロール」

「おいしそう。時間がなくて残念だわ。八時に出勤しなきゃならないから。夜はもっと早く眠らせてくれなくちゃ」

「目をつぶって一生懸命祈れば、たぶん願いが叶うよ」彼女はあと二分ベッドにいられたらと、言われたとおりにした。疲れが残っていたので何もする気になれなかった。

「あったぞ！」彼の声がした。

「何が？」彼女はつぶやいた。

「コーヒー。それとシナモンロール」

「からかわないで。ああ、おなかがすいた」

「だってあそこに。寝返りを打って、自分の目で確かめたら？」

ギャビーはもがくようにして起きあがった。湯気の立つコーヒーカップと、おいしそうなシナモンロールをのせた皿がサイドテーブルに置いてあった。

「いつのまに……どうしてこれが……？」

「ちょっと前さ」彼はにやりとした。「目が覚めちゃったんでね。ひとっ走り、町へ行ってきた」

彼女はコーヒーに手をのばし、笑顔でカップをひとつ彼に渡した。「キスしたいけど、こんなにいい香りだし飢えてるから、あとまわし」

「シャワーを浴びながら、かな？」

「いつも何か下心がない？」

「やさしくしてくれよ。朝食をベッドに用意したんだから」

「そうね」彼女はウインクしながら言い、シナモンロールをとった。「ありがたくい

ただくわ」

火曜日の日暮れ時、トラヴィスはギャビーをボートに乗せて、ボーフォート沖の海から沈む夕日を眺めた。ギャビーは仕事から帰ったあとずっと黙っていた。そこでトラヴィスが海に出ようと言ったのだが、それはいずれ避けられない会話を乗り切ろうとする彼なりの方法だった。

一時間後、二人はトラヴィスの家のデッキにすわっていた。足もとにはモリーとモビーが寝ころんでいた。彼はついにその話題を持ちだした。

「これからどうする？」

ギャビーは両手で持った水のグラスをまわした。「わからない」低い声だった。

「ぼくから彼に話そうか？」

「そんな単純にはいかないわ」彼女は首をふった。「一日中、そのことを考えてたけど、まだどうしようか決められない。彼に何を言うかも」

「ぼくらのことを話すんだろ？」

「わからないの。ほんとに」彼女は目をうるませてトラヴィスを見た。「怒らないで、お願いだから。あなたがどういう気持ちかわかってる。信じて、わたしだって同じ気持ちよ。この何日か、あなたはわたしを……生きていると感じさせてくれた。あなたのおかげで、自分が美しく、知的で、魅力があると思えた。自分にとってそれがどれほど大事なことだったか、とても言葉では言いつくせない。でも、それを強く感じただけに、あなたを大切に思うからこそ、わたしたちは立場が違うし、あなたはわたしみたいな決断を下すことはないのだとも思う。あなたにとっては単純なことよね。愛しあってるから、いっしょになればいい。でも、ケヴィンもわたしにとっては大事な人なの」

「それはどういうこと?」トラヴィスは恐れが声に表れないようにした。

「彼は欠点のある人よ、トラヴィス。それはわかってる。彼との関係は、いまのわたしたちみたいに、すごくいいというわけでもない。でも、わたしにも悪い部分があるとつい考えてしまう。どういうことかわかる?　彼の行動には予測がつけられる。でも、あなたには……全然予測がつけられない。もしあなたがそうじゃなければ、こんなことが起きたかしら?　最初からあなたの目的が結婚だとわかっていたら、彼のいるわたしが誘いに乗ったと思う?　あなたはそんなわたしに時間など割かなかったはずだし、わたしだってそうしてほしいとは思わなかったはずよ」

「やめてくれ」

「でも、真実だわ」彼女は痛々しいほほえみを浮かべた。「口にするのはつらいけど、今日考えていたのはそういうこと。愛してるわ、トラヴィス、心から。このことを週末だけの浮気だと考えていたら、いまはもうケリをつけて、ケヴィンとの将来をまた想像してる。でも、そんなふうにも割り切れない。わたしはあなたとケヴィンのどちらかを選ばなければならない。ケヴィンとの将来は予測がつく。少なくともあなたが現れるまではそう思ってた。でも、いまは……」

彼女は黙りこみ、トラヴィスが見つめているとその髪がそよ風でかすかに揺れた。ギャビーは自分の体をきつく抱いた。

「わたしたちは、知り合ってまだ何日かだわ。ボートに乗っているあいだ、あなたがいったい何人の女の人とこうしたんだろうと思ってた。嫉妬してるんじゃない。ずっと疑問に思ってるのよ。なぜこれまでの彼女たちとの仲が終わりになったのか。それから考えた。あなたが将来もいまみたいにわたしを思ってくれるのか、それとも、これもいままでの関係みたいにただ終わりになってしまうのか。わたしたちがおたがいを理解していれば、そうはならない。少なくともわたしはそう。わかっているのは、あなたに恋をしたことよ。何かがこんなに怖くなったのは初めて」

彼女は口をつぐんだ。トラヴィスも黙っていた。これから何を話すのであっても、まず彼女の言葉を心に染みこませたかった。

「きみの言うとおりだ」彼は認めた。「きみの選択はぼくのとは違う。でも、これがぼくにとってただの遊びだったと思うなら間違いだ。そういうことから話しはじめてもよかったが……」彼は彼女の手をとった。「これはそんなふうに終わる出会いじゃない。きみと過ごした時間は、ぼくの人生にないものを教えてくれた。いっしょにいればいるほど、将来もずっと恋が続くところが想像できた。こんなことは初めてだし、二度とないだろう。きみと出会う前に愛した人は誰もいない――ほんとうに愛した人という意味で。こんな恋ではなかった。闘いもせずにきみをこの手から逃したら、ぼくは大バカ者だ」

彼は疲れ果てて片手で髪を梳きあげた。

「ほかにはもう何も言えない。ただ、これからの一生を、きみとともに暮らすところが想像できるとだけは言える。頭が変だと思われるだろう、まだ知り合ったばかりなのに。それでも、たったいま頭が変だと思われたとしても、こんなに自信を持って言えることはほかにない。きみがぼくにチャンスをくれるなら、いや、ぼくたちにチャンスをくれるなら、きみが正しい道を選んだことを一生かけて証明してみせる。愛してる、ギャビー。きみの人となりだけじゃない。そういう人生を送れると思わせてくれるからだ」

二人は長いあいだ何も言わなかった。暗闇のなかで、ギャビーは繁みから呼びかけるコオロギの声を聞いていた。感情が渦巻いていた。走って逃げだしたかったし、永遠にここにいたかった。そのせめぎあう本能は、彼女がみずから招いた手に負えないジレンマの反映だった。

「あなたが好きよ、トラヴィス」彼女は熱をこめて言った。それから、どう聞こえたか気づいたようにゆっくり話した。「もちろん愛してもいる。でも、それはもうわかってるわね。言いたかったのは、あなたの話し方が好きだということよ。あなたが何か話すとき、本気で言ってることがわかる。そこが好き。からかっても、ほんとうのことを言っても、まじめな話でも、嘘をついても、それがわかるのが好き。それがあなたに魅力を感じる部分だわ」彼女は彼の膝を軽くたたいた。「してほしいことがあるんだけど」

「もちろん」彼が言った。

「どんな頼みでも聞いてくれる?」

彼はためらった。「うん……たぶん」

「わたしを愛してくれない? これが最後になるかもしれないと考えずに」

「頼みはふたつだね」

彼女はその返事に答えなかった。代わりに手を差しのべた。二人で寝室に向かいながら彼女はあるかなしかの笑みを浮かべ、ついに自分のとるべき道を選んでいた。

第二部

15

二〇〇七年二月

トラヴィスは思い出を振り払おうとした。あれから十一年近くたつ。なぜいま、こんなに記憶が鮮明に浮かんできたのか不思議だった。あんなに急に燃えた恋心がめったにない貴重なものだと気づく歳になったからだろうか。それとも、ただ当時の熱い日々が懐かしいからなのか。

最近は、自分があまりに無知だった気がしている。たとえば、人生の答えはみんなわかっているとか、少なくとも人生の大きな疑問の答えはわかっていると言う人がいるが、トラヴィスはそういう言葉を一度も信じなかった。彼らが話したり書いたりするときの自信たっぷりな態度に、自己弁護の匂いがするからだ。しかし、どんな疑問にも答えられる人がいるなら、トラヴィスの訊きたいことはこうだった。人は真実の愛のためにどこまでできるのか？

その疑問を百人に投げかけたら、百通りの答えが返ってくるかもしれない。答えはだいたい予想がつく。犠牲になれ、受けいれろ、赦(ゆる)せ、必要ならば闘え……答えのリストは延々と続くだろう。そういう答えがすべて有効だとわかっていても、いまはどれも助けにはならなかった。この世には理解を超えたものがあった。いまにしてみれば変えたい出来事があり、流したくなかった涙があり、もっとよい過ごし方のできた時間があり、処理すべきだった不満があった。人生は後悔することばかりのように思えた。また人生をやりなおせるように、もう一度時計の針を巻き戻したかった。ひとつ確かなことは、もっとよい夫になれたはずだということだ。そして、〝人は真実の愛のためにどこまでできるのか？〟という問いへの彼自身の答えが決まった。それは、人は嘘(うそ)をつかざるをえない場合があるということだ。

もうすぐ、彼は道を選ばなければならなかった。

蛍光灯の光と白いタイルのせいで、病院は無機質な印象が際だっていた。トラヴィスはゆっくり廊下を進んだ。先ほどギャビーを見たが、彼女が見ていなかったのは確かだ。彼はためらい、彼女のところに行って話しかけようと心に鞭(むち)打った。そのためにやってきたのだから。だが、つぎつぎに鮮明な思い出がよみがえったせいで、気持ちはくたびれていた。彼は立ちどまり、あと何分か心を整理しても大きな違いはないと考えた。

小さな待合室に入り、椅子にすわった。規則的なリズムで廊下を行きから人の動きを眺めていると、ひっきりなしに緊急事態が発生しているにもかかわらず、スタッフは彼が家で雑用を片づけるときのように、決まった手順で仕事をしているのがわかった。何ひとつ正常でない場所では、正常な感覚を生みだす仕組みが欠かせないのだろう。そうすれば、本来的に予測のつかない人生に予測がつけられて、その日をやりすごせるからだ。彼の毎朝がその好例であり、誰にとってもそれは同じことなのだ。

六時十五分に鳴る目覚まし時計。一分後にはベッドから起きだし、九分間シャワーを浴び、四分で髭剃(ひげそ)りと歯みがき。七分で着替えをすませる。その動きを他人が窓の外から追っていれば時計の針を合わせられるだろう。そのあと彼は駆け足で一階に下り、シリアルを皿に盛り、眠そうな目をした娘たちが朝食をとるあいだに、バックパックに宿題が入っているのを調べ、ランチ用にピーナッツバターとジャムのサンドイッチを作る。

七時十五分過ぎ、娘たちはそろって玄関を出て、彼といっしょに私道でスクールバスが来るのを待っている。バスの運転手のスコットランドなまりは『シュレック』を思わせる。娘たちが乗りこんで座席にすわると、彼は期待されたとおりに笑顔で手をふる。リサとクリスティーンは六歳と八歳で、一年生と三年生にしては少し幼い。二人が意を決したように学校へ出発するのを見送ると、彼はそのたびに心配で胸が締めつけられる。たぶん子どもなんて誰でもこんなものなのだろう。人はみな、親業と心配は同義語だと言う。

　だが、最近その心配が前にもましてはっきりしてきた。以前は考えてもみなかったことをあれこれ思っている。ささいなこと。バカバカしいことだ。リサは昔みたいに漫画を見て笑っているだろうか。クリスティーンは普通の子より沈んでいるのではないだろうか。

　スクールバスが去っていくと、いつのまにか朝の様子を心で再現して、娘たちが健康的に過ごしている手がかりを探すことがあった。昨日リサが彼に靴紐を結ばせたのは、父親を試したからなのか、ただ怠け心を起こしただけなのかと、半日ほど考えた。ノイローゼすれすれだとは思いながらも、昨夜娘たちの寝室に入りこみ、投げだされた毛布を直してやったときも、子どもが夜中に落ち着かないのは初めてなのか、これまでに気づかなかっただけなのかと考えていた。

　こんなはずじゃなかった。そこにはギャビーがいたはずなのに。靴紐を結んだり、毛布を直したりするのはギャビーの役目だったのに。最初から彼女にはそういう才能があると思っていた。初めていっしょに過ごした週末のあと、ギャビーのすることを観察した日々が思い出された。そのとき彼は、一生かかって探しても、これ以上よい母になり、彼を完璧に補う素質を持ちあわせた女性は見つからないと心底思った。

似たようなことは、その後もさまざまな折に意外な場所で実感した。たとえば彼女がフルーツ売り場の通路でカートを押しているときとか、映画のチケットを買うために列に並んでいるときとか。そういう場面に出くわすと、そのたびに彼女の手をとるといったごく単純なことが、有意義で満足のいく強い喜びになったものだ。

二人の交際期間はギャビーにとってかならずしも簡単なものではなかった。彼女の愛を張りあう二人の男のあいだで板ばさみになったからだ。パーティーなどでは彼の言う〝ちょっと不便なこと〟があったが、彼女の気持ちがケヴィンから彼に決定的にかたむいたのはいつだったのだろうか。隣りあってすわり、彼女が夜の空を見つめて星座の名前を言いはじめたとき？　それともその翌日、ピクニックをしにバイクで遠乗りをして、彼女がバックシートから抱きついたとき？　それともその夜、彼が腕に抱えこんだとき？

確信はない。その瞬間をとらえるのは、広い海で一滴の水を探しあてるのと似たようなものだろう。だが、とにかくギャビーはケヴィンに状況を説明するしかなくなった。トラヴィスはケヴィンが町に戻ってくる日の朝のギャビーをよく憶えている。それまで二人を導いてきた確信はなくなり、代わりに待ち受けている現実が表情に浮かんでいた。彼女は朝食にはほとんど手をつけず、彼が出がけにキスをしても、ちらりと笑みを浮かべただけだった。

　そのまま何時間かが過ぎた。トラヴィスは仕事で忙しかったが、彼女のためを思って子犬の里親探しの電話をいくつもかけた。仕事が終わるとモリーの様子を見にいった。モリーはあとで自分が求められるのを感じてでもいるように、彼がガレージから外に出してやるとギャビーの敷地の表に行き、湿地性の細い草のあいだに伏せて太陽が夕空低く沈むあいだもずっと道を見つめていた。

　ギャビーの車が私道に入ってきたのは、すっかり日が落ちたあとだった。車から降りながら彼に向けた視線が落ち着いていたのを思い出す。彼女は何もしゃべらず、階段にいた彼の隣に腰かけた。モリーがとことことやってきてギャビーに鼻をこすりつけた。彼女はモリーの体をリズミカルに掻(か)いてやった。

「おかえり」彼が沈黙を破った。

「ただいま」感情の涸(か)れた声だった。

「子犬はみんな里親が見つかったよ」

「ほんと？」

　彼はうなずいた。話すことが尽きたように二人はすわっていた。

「きみはぼくの命だ」なぐさめる言葉を探しあぐねて言った言葉だった。

「信じるわ」彼女は小声で告げ、腕を彼の腕に通して、その肩に頭をもたせかけた。

「だからここにいるのよ」

トラヴィスはどうしても病院という場所が好きになれなかった。夕食時にはドアを閉める動物病院と違って、カータレット総合病院は、毎日、毎時間、ひっきりなしに患者と医療スタッフが飛び乗ったり飛び降りたりする止まらない観覧車のようだった。彼のすわるところからも、ナースが勢いよく部屋に出入りし、廊下の端のステーションに集まっているのが見えた。ある者はくたくたに疲れ、ある者はうんざりしていた。それは医者も同じだった。別の階では母親が赤ん坊を産み、年寄りが息をひきとっていた。ここは世界の縮図だ。ギャビーはこうした現場の、つねに騒がしい雰囲気から活力をもらって元気よく働いていたのだ。そう思うと彼はいたたまれなかった。

数カ月前、郵便箱に手紙が届いた。ギャビーの勤続十年を表彰するという病院の総務部からの通知だった。ギャビーの具体的な功績についてはとくにふれていない。同じころに就職した十人以上の人々に発送される事務的な手紙にすぎなかった。ギャビーを表彰する小さな飾り板が、ほかの表彰者のものと並べて廊下にかけられることになっていた。まだ実現してはいないのだが。

ギャビーはたぶん気にしないだろう。勤めたのはほかに選択肢がなかったからで、飾り板をもらうためではなかったから。初めてともに過ごした週末、彼女は勤めている小児科医院に問題があることをほのめかしていたが、くわしい話をせず、彼も無理強いはしなかった。ただ、自然に消えていく問題ではないとわかっていた。

　彼女がついに悩みを打ち明けたのは、ある長い一日の終わりだった。前の晩トラヴィスは乗馬センターから急診の呼び出しを受けた。行ってみるとアラブ馬が汗をかき、前肢(まえあし)で地面を掻いており、そっと腹部にふれるだけで敏感になっていた。典型的な馬の疝痛(せんつう)だが、幸い外科手術の必要はなさそうだった。それでも所有者たちが七十代という歳なので、トラヴィスは馬がまた苦しんだり、病状が悪化した場合に備えて、毎時間十五分の歩行をさせるように頼むのは気が引け、夜中も馬に付き添うことにした。一日がかりで世話をするあいだに馬の症状はだんだん改善して、また日暮れがやってきた。というわけで、帰るときには疲労困憊(こんぱい)していた。

　汗をかいて汚れた体で帰宅すると、ギャビーが自宅のキッチン・テーブルで泣いていた。事情を話しだすまでに数分かかったが、要約すればこういうことだった。彼女は盲腸炎と診断した患者を診療時間後まで救急車を待って送りださなければならなかった。帰り支度をしたときには、他のスタッフはほとんど帰ってしまっていたが、指導医のエイドリアン・メルトン医師はまだ医院にいた。二人はいっしょに出て車に向かったが、メルトンはいつのまにか彼女についてきていて、気づいたときには手遅れだった。医師は彼女の肩に手をかけ、「わたしはこれから病院に向かうから、入院した盲腸炎の患者の状態をきみに知らせてあげよう」などと言いながら、無理して笑顔を浮かべた彼女の唇を奪おうとした。

行為がハイスクールの生徒なみに不器用だったので、彼女はとっさに身を引き、途中で食いとめた。医師は気を悪くしたように見つめながら言った。「きみに誘われたとばかり思ったよ」

ギャビーはテーブルで身ぶるいした。「あいつはわたしの落ち度みたいに言ったのよ」

「前にもあったのか?」

「いいえ、こんなのは初めて。だけど……」

彼女が言いよどんだので、トラヴィスは手をのばして彼女の手をとった。「ねえ、聞くのはぼくだよ。話してごらん」

ギャビーはまだ視線をテーブルの上に置いていたが、メルトンのふるまいを話したときよりはしっかりしていた。彼女が話し終えたとき、彼の顔は抑えこんだ怒りでこわばっていた。

「後始末をしてくる」トラヴィスは返事を待たなかった。

二本電話をしてエイドリアン・メルトンの住所を調べた彼は、数分後にはメルトンの自宅の前に車のタイヤをスリップさせて急停車していた。ドアベルをしつこく鳴らしたせいで、医師が玄関に出てきた。メルトンがとまどいの表情を浮かべる間もなく、トラヴィスはその顎にこぶしを一発お見舞いしてやった。メルトンが床に倒れた瞬間、妻とおぼしき女性が現れ、玄関ホールに悲鳴が響きわたった。

警察が駆けつけて、トラヴィスは生まれて初めて逮捕された。警察署へ連行されると、そこではほとんどの警察官から愉快そうな敬意をもって扱われた。そこにいた全員がクリニックにペットを連れていったことがあり、メルトン夫人の「頭の変な男が主人に襲いかかった」という主張をまるで信じていなかった。

トラヴィスから電話を受けたステファニーが、心配した様子もなく楽しげにやってきた。独房にすわっている兄は保安官と何やら話しこんでいた。彼女が近づくと、保安官の飼い猫にまつわる話題だとわかった。猫には発疹があって、しょっちゅう体を掻いているのだという。

「がっかり」とステファニーが言った。

「え？」

「容疑者らしくオレンジ色のジャンパーを着せられてると思ったのに」

「がっかりさせて悪かった」

「まだ着る時間はあるんじゃない？　どうです、保安官？」

保安官はどう応対すべきかわからなかったので、その場に二人を残して席をはずした。

「うれしいね」トラヴィスは保安官が立ち去ってから言った。「きっとおまえの提案を真剣に考えてるところだと思うよ」

「わたしを責めないで。玄関で医者を襲ったのはそっちなんだから」

「当然の報いだ」

「それは確かかね」

トラヴィスはにっこりした。「来てくれてありがとう」

「めったにないチャンスだもの、ロッキーくん。それともアポロ・クリード〔映画『ロッキー』の主人公のライバル〕と呼んでほしい？」

「あだ名を考えるより、ここから出す手続きを始めてくれないか？」

「あだ名を考えるほうがおもしろいんだもん」

「やっぱり親父（おやじ）を呼ぶべきだったか……」

「でも呼ばずにわたしを選んだのよ。信じて、その選択は正しかったんだから。じゃあ、保安官と話してきていいのね？」

ステファニーが保安官と話しているあいだに、エイドリアン・メルトンがトラヴィスに面会にやってきた。地元の獣医とは面識がなく、暴行された理由が知りたいということだった。トラヴィスは医師に告げたことをギャビーには話さなかった。エイドリアン・メルトンは結局、夫人の反対にもかかわらず即座に告発を取り下げた。数日後、小さな町ならではの情報ルートから、トラヴィスはメルトン夫妻がカウンセリングを受けているという噂話を耳にした。とはいえギャビーにとって職場にはまだ緊張が残っていた。二、三週間たったある日、ファーマン医師がギャビーを彼のオフィスに呼びいれ、どこか別の勤め先に移らないかと提案した。

「理不尽だということはわかっている」と医師は言った。「きみが残っても、どうにかしてうまくやってはいけるだろう。だが、わたしは六十四歳だ。来年、引退するつもりでいる。メルトン医師がわたしの持ち分を買い取ることに同意してくれた。彼はきみを雇っておきたくはないだろうし、きみだって彼のもとで働きたいとは思わんだろう。そこでわたしは、ちょっと手間はかかるだろうが、きみが今回の不愉快な一件を忘れられる快適な職場を探すほうが、よりよい解決策ではないかと思ったわけだ」

医師は肩をすくめた。「彼の行為が非難されるべきでないなどと言うつもりはない。その逆だ。しかしムカつく男だとしても小児科医としては優秀だ。わたしが面接した男だし、こういう小さな町で小児科をやる気のある医者はほかにいない。きみがすすんで転職してくれるなら、これ以上ない推薦状を書いてあげよう。どこでも就職できると思う。それは保証するよ」

彼女はもみ消しをはかっているのだと気づいた。感情的には、彼女も含めて至るところにいるセクハラの被害者のために懲罰を求めていたが、現実的な側面が首をもたげた。結局、ギャビーはカータレット総合病院の救急病棟に勤務することになった。

ひとつだけ問題があった。彼女はトラヴィスがしたことを知って激しく怒ったのだ。恋人同士になって初めての喧嘩だった。トラヴィスはいまでも、ギャビーが頭に血がのぼったように詰め寄ってきたのを思い出す。彼女は〝自分自身の問題を一人で処理できる大人の女〟だと彼がほんとうに思っているのか、なぜ彼女が〝悲嘆に暮れるバカな乙女〟のように行動したのかとトラヴィスに問いただしたのだ。トラヴィスは自分を弁護しようとはしなかった。同じことがあれば、また同じことをするとわかっていたが、口を閉ざしている分別はあった。

ギャビーがあれだけ激怒したにもかかわらず、彼はどこかであの行為が立派だと思われているのではないかと思っていた。どんなに怒ってみせても、〝彼にいじめられただと？　よーし、おれがやっつけてやる〟という単純な論理は彼女にアピールしたにちがいない。なぜならその夜かわした愛の行為は、いつもより情熱的だと思えたから。

ともかく、トラヴィスはそう記憶していた。だがあの夜は実際にそうだったのだろうか。確信はなかった。最近確かに思えるのは、ギャビーと過ごした年月は何物にも代えられないことだけだ。彼女がいなければ、人生など何の意味もなかった。彼は小さな町で仕事をする小さな町の夫であり、抱える心配事もごくありふれたものだった。

指導者でもなく、人に従うだけの男でもなく、死後長く人の記憶にとどまるような人間でもない。どこにでもいる普通の男だ。ただひとつ例外があるとすれば、それはギャビーという名の女と恋に落ちたことであり、結婚してからも愛は深まるばかりだった。だが、運命はすべてを粉砕しようとたくらんでいた。いまの彼は、二人のあいだに横たわる問題を人の力で解決できるのかどうか、毎日ひたすら考えて過ごしていた。

16

「こんにちは、トラヴィス」待合室のドアのほうから声がかかった。「ここにいるんじゃないかと思ったよ」

スターリングスは三十代の医師で、毎朝患者を回診していた。何年も前からスターリングス夫妻はトラヴィスとギャビーのよき友だちだった。去年の夏、四人は子連れでオーランドへいっしょに旅行へ出かけた。「新しい花束？」

トラヴィスは背中に筋肉のこわばりを感じながらうなずいた。

スターリングスはドアのところでためらった。「これから見舞いだね？」

「というか、さっき一度来たんだが……」

彼が口をにごすと、スターリングスが後を引きとった。「しばらく一人になりたかったんだな」医師は部屋に入ってきてトラヴィスの隣にすわった。「気持ちが落ち着くように」

「落ち着くわけがない。全然ありえない」

「そうだな。わかるよ」

トラヴィスは花束に手をのばした。口にできないことがあるのだ。だから、いろいろな思いを寄せつけまいとした。

「どうしたらいいのか、わからないんだ」それしか言えなかった。

スターリングスはトラヴィスの肩に手を置いた。「かける言葉が見つかればいいが」

トラヴィスが医師に顔を向けた。「きみならどうする？」

スターリングスは長いあいだ黙っていた。「こういう立場だったらか？」医師は唇を引き結んで考えた。歳のわりには老けて見えた。「嘘いつわりなく言うが、わからない」

トラヴィスはうなずいた。スターリングスに答えを求めてはいなかった。「ぼくはただ正しい道を選びたい」

医師は両手を組んで答えた。「みんなそうだ」


スターリングスが出ていくと、トラヴィスはポケットに入っている書類を意識して腰をずらした。以前は机にしまっていたが、いまではそれなしに日常生活を送ることができなくなっていた。たとえそれが、大切にしているものをすべて終わらせる前ぶれだとしても。

書類を作成した年配の弁護士は、彼らの依頼をとりたてて異例でもないと思ったようだ。弁護士はモアヘッド・シティで小さな個人相手の事務所を営んでおり、そのオフィスはパネルで仕切られた会議室の窓からギャビーの働く病院が見えるほど近かった。打ち合わせはそれほど長くかからなかった。弁護士は関連する法律を説明し、これまでに見聞きしたいくつかの実例を挙げたが、のちにトラヴィスは、事務所を出るときに弁護士とかわした、ゆるく弱々しい握手の仕方しか思い出せなかった。

この書類が二人の結婚生活の正式な終わりを告げるのかと思うと、奇妙な感じがした。ただの法律用語からなる文章にすぎないのに、その言葉に付与された力に悪意があるような気がしてならなかった。この言いまわしのどこに人間味があるのだろう？この法律のどこに感情があるのだろう？すべてが終わりになるまで彼らがともに送った人生への感謝は？　そして、なぜギャビーは真っ先にそれを書いてほしがったのか？

こんなふうに終わるなんて認められない。ギャビーにプロポーズしたとき思い描いた結末は、決してこうではなかった。彼は二人で秋にニューヨークへ旅行したときのことを思い出した。ギャビーがホテルのスパでマッサージを受け、ペディキュアをしてもらっているあいだに、こっそり西一四七丁目へ出て婚約指輪を買ってきた。〈タバーン・オン・ザ・グリーン〉でディナーをしたあと、セントラル・パークの馬車ツアーを満喫した。そして雲の多い満月の空の下で、彼は結婚を申しこんだ。彼女が両腕で抱きつきながら、「うれしい」と何度も何度もささやいた情熱的なしぐさに感きわまったものだった。

そのあとは？　人生が始まった、と彼は思った。病院でのシフト勤務のあいまに彼女はウエディングのプランを考えた。友人たちはただ流れに身をまかせればいいと忠告したが、トラヴィスは準備にかかわることを楽しんだ。彼女といっしょに招待客、花、ケーキなどを選び、町の写真スタジオでアルバムをめくって、その日を記録するのにふさわしいカメラマンを探した。

二人は一九九七年春、ジョージア州のカンバーランド島にある時経(ときへ)た小さなチャペルに八十人を招待して結婚式を挙げた。ハネムーンの行き先はメキシコのカンクンだったが、その牧歌的なリゾートは二人にとって最高の選択だったことがわかった。ギャビーの希望はのんびりできる場所だった。彼らは太陽の下で何時間もくつろぎ、よく食べた。彼はもう少し冒険がしたかったので、ギャビーもスキューバ・ダイビングを習ったり、近くにあるアステカ帝国の遺跡へ一日がかりの小旅行に出かけたりした。

ハネムーンで双方がゆずりあい、それぞれのしたいことを半分ずつしたことが、二人の新生活の基本になった。彼らの夢の家はほとんど悩みもなく建てられ、最初の結婚記念日に完成した。そのときギャビーはシャンパンのグラスの縁を指でなぞって、家族づくりをしようかと言った。トラヴィスにとってもそれは理にかなっているばかりでなく、心から望むことだった。二カ月後に彼女は妊娠した。妊娠中はとくに問題もなく、特有の悩みも軽くてすんだ。クリスティーンが生まれたあと、ギャビーは勤務を短縮し、二人はタイムテーブルを組みなおして、かならずどちらかが赤ん坊と家にいるようにした。二年後リサが生まれても二人の生活に変化はなく、むしろ家庭に喜びと興奮が追加されたと言ってよかった。

クリスマスと誕生日がやってきては去り、子どもたちは服が着られなくなると新調して成長していった。休暇は家族で過ごしたが、トラヴィスとギャビーは二人だけの時間も大切にし、恋心の炎は絶えることなく燃えつづけた。父のマックスがついに引退し、トラヴィスは動物クリニックを引き継いだ。ギャビーはさらに勤務時間を短くして、小学校でのボランティア活動により多くの時間を割くようになった。二人は四回目の結婚記念日にイタリアとギリシャへ旅行し、六回目には一週間アフリカで狩りをした。七回目、トラヴィスは裏庭に東屋を建てて、ギャビーが休んだり読書をしたり、水に映る光を眺めたりできるようにした。彼は娘たちが五歳になると、それぞれにウェイクボードとスキーを教え、秋には娘の所属するサッカーチームのコーチを務めた。ごくたまに人生の歩みをふりかえるとき、彼はこんなに恵まれた男が世界中のどこにいるだろうと思った。

もちろん物事がすべてうまくいったわけではない。何年か前、彼とギャビーはつらい時期をしのいだ。理由はもうはっきりしない。時の流れのなかで忘れ去られてしまったが、そのときでさえ彼は結婚生活が危機に瀕(ひん)しているとは思わなかった。彼女もそうだったと思う。二人とも結婚とは譲歩と寛容だと本能的にわかっていた。つまりバランスであり、それぞれが補いあう関係だ。彼とギャビーは何年もそういう関係にあった。だから、またそういう関係を取り戻したかった。だが、いまは無理だ。それを思うと、二人のあいだにあったあの微妙なバランスを回復させる手段が、ほんとうに何かないものかと願わずにいられなかった。

　面会をいつまでも引き延ばすわけにはいかない。トラヴィスは椅子から立ちあがった。花束を持って、魂の脱け殻のようになりながら廊下を進んだ。数人のナースがちらりと見た。彼女たちは何を考えているのだろうと思ったが、足を止めて訊きはしなかった。彼は気力を奮い起こした。足は震えており、後頭部は鈍くズキズキしていた。頭痛が始まる前兆だ。目をつぶっていいなら何時間でも眠れそうだった。どこもかしこも力が入らなかった。四角いゴルフボールのようにありえない状態だ。まだ四十三歳だというのに……。最近は食欲が落ちてはいたが、わが身に鞭打ってジムに行くようにしていた。「運動は続けたほうがいいぞ」と父からも励まされていた。「おまえが精神を安定させるだけのためでも」この三カ月で体重は約八キロ減っており、鏡を見ると頬がげっそりこけていた。ドアに手をのばし、押しあけ、彼女を見てなんとか笑顔を浮かべた。

「やあ、ギャビー」

彼女が少しでも元どおりになる兆しが見えないかと待った。だが何も起こらず、長くむなしい沈黙が続いた。トラヴィスは胸がきりきりと痛んだ。いつものことだった。病室に入りながら、顔の特徴をすべて記憶に刻みこむようにギャビーを見つめたが、それが無意味なことはわかっていた。

窓のブラインドを開けて日射しを室内にとりこんだ。たいした景色ではなかった。病室から見えるのは町を二分する細い幹線道路だ。ゆっくりと走る車がファーストフード店の前を通り過ぎていく。彼はさまざまなドライバーたちを想像した。ラジオで音楽を聴き、携帯電話でしゃべり、勤め先に向かい、荷物を配送し、用事を命じられて出かけ、あるいは友だちを訪ねていくところだ。それぞれがそれぞれの日常生活を送り、自分たちのこと以外何も考えていない。病院で起きていることなど誰一人知らない。彼も以前はそういう世界の住人だった。失われた暮らしがずっしりと重く感じられた。

花瓶を持ってくるのを忘れたと思いながら、花束を窓台に置いた。冬の花束を選んできたが、濃いオレンジと紫の色彩が悲しむように色褪せて見えた。生花店の店主はアーティストを自任する男だった。トラヴィスは長年そこを使ってきたが、一度も失望することがなかった。店主は人がよく親切だった。ときおりトラヴィスは店主が自分たち夫婦のことをどれくらい知っているのかと考えた。毎年誕生日や記念日には花束を作ってもらい、ときには謝罪のしるしに、あるいは出来心で買うこともあった。そのたびに彼は店主にカードへ書いてほしい言葉を口で伝えた。あるときは本から見つけ、あるときは自分で書いた詩を伝えた。さもなければ、心に浮かんだことをありのままに言葉に換えた。ギャビーは添えられたカードを束にして輪ゴムで止めて保管していた。それはトラヴィスとギャビーが積み重ねた生活の、ほんの小さな断片に書かれた歴史とも言えた。

彼はベッドサイドの椅子にすわり、彼女の手をとった。肌は白く、臘細工（ろうざいく）のようで、体がまた小さくなったような気がした。目の端にはクモの巣のように細い皺（しわ）があった。それでも、初めて出会ったときのように美しかった。知り合って十一年になるのだと思うと、あらためて驚かないわけにはいかない。時間の長さにではなく、その間に送った人生に……。彼女のいなかったそれまでの三十二年間より多くのものが詰まっていることに驚かされた。だからこうして病院に来ている。だから毎日会いにやってくる。ほかに選ぶ道はない。期待されているからではなく――期待されているとしても――自分のいる場所がほかに考えられないからだ。彼らはいま何時間もいっしょに過ごしているが、夜のあいだは離ればなれだ。皮肉なことに、それについても選ぶ道はなかった。娘たちを放っておけないから。このところ彼の下す決断は、すべて運命が代わりにしていた。

ただひとつを除いて。

事故から八十四日が過ぎ、彼はある選択を迫られていた。その結論が、まだ出せずにいるのだ。答えを探して、最近は聖書や、トマス・アクィナス［中世の神学者・哲学者］とアウレリウス・アウグスティヌス［古代キリスト教の神学者・哲学者］の著作を読むこともあった。印象的な文章にも出会いはしたが、それ以上のものではなく、いつのまにか本の表紙を閉じて、空のどこかに解決策があると期待するかのように頭をからっぽにして窓の外を眺めていた。

彼が病院からまっすぐ帰宅することはめったになく、車で橋を渡り、アトランティック・ビーチの砂浜を歩いた。浜辺に波が打ち寄せる音を聞きながら靴を脱ぎ捨てた。娘たちも同じように落ち着かない気持ちでいたから、彼も病院に面会に行ったあとは冷静になる時間が必要だった。自分の不安を子どもに押しつけるのはかわいそうだった。彼には慰めを与えてくれる娘たちが必要であり、子どものことを考えていれば自分を忘れていられた。娘たちの喜びにはまだ純粋さが残っていた。遊んでいれば自分を忘れられる能力を持っていた。そのくすくす笑う声を聞くと、彼は泣き笑いをしたくなった。子どもを眺めていると、ときどき驚くほど母親に似ているところが浮かびあがった。

二人はしょっちゅう母親のことをたずねた。だが、たいてい彼はどう答えていいかわからなかった。二人とも、ママが具合が悪いため病院にいなければならないことは理解できた。面会に行くとママが眠っていることもわかっていた。だが、彼は妻のありのままの状態を話すことはできなかった。代わりに娘たちとソファで寄り添って話すのは、二人を妊娠したときギャビーがどれほど喜んだかとか、ある日の午後ずっと家族四人でスプリンクラーの水で遊んだ、などという話題だった。三人は、ギャビーがきれいにまとめていたフォトアルバムをめくって過ごすことが多かった。ギャビーが昔ながらのやり方を好んで整理してくれたおかげで、彼らは写真を見るとかならず笑顔になれた。トラヴィスはそれぞれに関するエピソードを聞かせ、写真のなかのギャビーの晴れやかな顔を見ながら、これほど美しい人はほかにいないと思って涙をこらえた。

襲ってくる悲しみから逃れるため、彼はときおりアルバムから目をあげ、去年の夏にビーチで撮影した額入りの大きな写真に視線を移した。家族四人が全員、下はベージュがかったカーキ色でそろえ、上は白いボタンダウンのオックスフォードシャツを着て、砂丘の草のあいだにすわっている。ボーフォートではよく見かける家族写真だが、彼の目にはふたつとない写真に映った。自分の家族だからではなく、見ず知らずの人でもこれを見ると希望が湧き、世界が明るくなると思ったからだ。写真のなかにいる彼らはそれほど幸せな家族そのものだった。

娘たちが寝ると、トラヴィスはアルバムを片づけた。これを子どもと見て、話を聞かせるのは、娘たちを元気づけるためだ。一人だとそういうわけにはいかない。とても見ることはできない。彼はカウチにすわり、心に重くのしかかる悲しみに打ちひしがれた。

たまにステファニーが電話をかけてきた。妹との会話はいつもながら冗談の飛ばしあいになるが、やはり少しぎこちなさも混ざった。自分を責めすぎないようにと願う妹の気くばりがわかるからだ。妹はときにバカまるだしに応じたり、からかったりするが、言いたいのは彼女も周囲も心配していて、誰もトラヴィスを責めておらず、これが彼の落ち度ではないということだった。彼は妹の励ましを止めようと、元気でないときでも決まって元気にやっていると言った。本音をさらけだせば、妹が耳をふさぎたくなるとわかっていた。彼は内心、自分はもう気力を取り戻せないだろうし、そうなりたくもないと思っていた。

17

暖かな日射しの帯が二人のほうにのびつづけていた。静けさのなかで、トラヴィスはギャビーの手を握り、手首の痛みに顔をしかめた。そこにはひと月前までギプスがはめられ、医師から鎮痛剤が処方されていた。腕を骨折し、靭帯も切れていたが、最初の投薬のあとトラヴィスは頭がもうろうとするのが嫌で痛み止めを飲むのを拒んだ。

彼女の手はいつものように柔らかかった。ほぼ毎日、彼は握り返してくるのを想像しながら何時間も手を握りつづけた。椅子にすわり、彼女を見まもって、何を考えているのか、それとも何も考えていないのか、などと思いめぐらしていた。ギャビーの頭のなかはどこまでも謎だった。

「娘たちは元気だ」彼は話しはじめた。「朝、クリスティーンはシリアルの〈ラッキー・チャームス〉をちゃんと食べたよ。リサはもう少しで食べきるところだった。きみがあの子たちの食欲を心配しているのはわかってる。体が小さめだからね。でも学校から帰ってくると、ぼくが用意するおやつはよく食べてるよ」

窓の外にハトがとまった。ハトはちょんちょんと何歩か歩くと、こんどは逆方向へ何歩か戻って休む場所を決めた。ハトはたいていやってきて、同じような動きをした。まるでトラヴィスが面会に来る時刻を知っているかのようだった。何かわからないが、ある種の予兆かもしれないと彼は思っていた。

「夕飯のあとでいっしょに宿題をやった。きみが学校から帰ったらすぐにやってほしいと思っているのはわかってるけど、こっちのほうがうまくいくような気がする。クリスティーンは算数がよくできる。きみもきっと興奮するよ。今年の初めはまったく理解してなかったのを憶えてるだろ？　いまは正反対だ。きみが買ってきたフラッシュ・カード［カード式の学習アイテム］を毎晩よくやってる。最近のテストは満点ばかりだ。宿題だって、ぼくの助けを借りずに自力でできてる。きみも鼻が高くなるよ」

クークーというハトの鳴き声が、ガラス越しにかすかに聞きとれた。

「リサもいい子だ。ぼくらは毎晩、『ドーラといっしょに大冒険』と『バービー』を観(み)てる。同じDVDをあんなに何度も観られるなんてすごいけど、あの子はすっかり夢中なんだ。誕生日プレゼントには王女様系のものがほしいんだって。アイスクリーム・ケーキを買おうと思ってたら、公園でパーティーがしたいそうだ。食べる前に溶けちゃうから、何か別のものにしなくちゃ」

彼は咳払(せきばら)いをした。

「ああそうだ、ジョーとメガンがまた子どもをつくろうとしてるって、きみに話したっけ？　いや、そうなんだ――メガンは前回妊娠したときもたくさん問題があったし、四十代という歳を考えればどうかと思う。でも、ジョーから聞いたんだけど、メガンはどうしても男の子がほしいそうだ。ぼく？　ぼくは息子をほしがってるのはジョーで、メガンは協力しようとしてるんだと思うね。でも、あの二人のことだから、実際のところはなんとも言えない」

トラヴィスは会話をかわしているように話した。彼女がここに来てから、ベッドサイドではなるべく自然にふるまおうと努めてきた。事故の前は絶えず子どもたちのことを話し、友だちにまつわる出来事を議論していたから、面会のときにもそういう話題を持ちだしていた。彼女に聞こえているかどうかはわからない。医療の世界でも意見が分かれているようだ。昏睡（こんすい）状態の患者でも音は聞けるし、場合によっては会話も記憶しているという意見がある一方で、それを全部否定する意見もある。トラヴィスはどちらを信じていいかわからなかったが、毎日を気力で乗り切るために楽観的な側の意見を選んでいた。

彼が腕時計に目をやってリモコンを手にとったのも同じ理由からだった。彼女は休みの日にこっそりテレビドラマの『判事ジュディ』を観て、やましい喜びにひたっていた。ギャビーがジュディ判事の法廷に出てくる不幸なおどけ者を観て憂さ晴らしをしているので、トラヴィスはいつもその屈折した楽しみをからかっていた。

「じゃ、テレビをつけようか？　きみの好きな番組をやってる。少しだけど最後のところが観られるよ」

画面ではジュディ判事が被告と原告の双方を、とにかく黙らせるためにしゃべっていた。毎回くりかえされるお決まりのクライマックスだ。

「今日の彼女はいつもと違うね。そうじゃない？」

番組が終わると、テレビを消した。彼女が花の香りを嗅げるように、花束を近くに持っていこうかと思った。感覚を刺激しつづけたかった。昨日はひとしきり髪をブラッシングしてあげた。おとといは愛用の香水を持ってきて、両方の手首にちょっとつけてみた。しかし、今日はそうしたことをする力が湧かなかった。

「ほかには、たいしたニュースがない」トラヴィスはため息まじりに言った。彼女にもそうだったろうが、その言葉は無意味に聞こえた。「クリニックのほうはまだ親父がぼくの穴を埋めてくれてる。引退してからずいぶん年月がたってるけど、動物を扱う腕は全然衰えてない。きみも見れば驚くと思うよ。引退してなかったみたいだ。いまだに誰もが敬意を払ってるし、親父も復帰を楽しんでる。ぼくに言わせれば、やめるべきじゃなかったんだ」

ドアをノックする音が聞こえ、目をやるとグレッチェンが入ってきた。先月から彼は彼女に頼るようになっていた。ほかのナースと違って、彼女はギャビーがこの状態から回復するという希望を決して捨てず、意識のある患者と同じように扱ってくれたのだ。

「こんにちは、トラヴィス」グレッチェンは明るい声で言った。「お邪魔してごめんなさい。点滴を取り替えますね」

トラヴィスがうなずくと、ナースはギャビーに近づいた。「おなかがすいたでしょう？　ちょっと待ってて、すぐ終わるから。そうすればまたトラヴィスと二人きりになれるわ。アツアツの二人に割って入るのを、わたしがどう思ってるか知ってるわよね」

グレッチェンはてきぱきと作業した。点滴のバッグを新しいものに交換するあいだもずっと、会話を続けていた。「今朝のワークアウトで筋肉が痛いんじゃないかしら。わたしたち、ほんとに頑張った。TVショッピングのワークアウトのビデオに出てくる人たちみたいに。あれをやって、こっちを動かしてって。あなた偉いわ、よくやったわ」

毎朝夕にナースが一人やってきて、ギャビーの手足の曲げ伸ばしとストレッチをしてくれるのだ。膝を曲げ、伸ばし、足を曲げて上げ、元に戻す。ナースたちはギャビーのすべての関節と筋肉を動かしてくれた。

グレッチェンは点滴バッグを吊りさげると、流れていることを確認した。そしてシーツを直してトラヴィスに話しかけた。

「今日の調子はいかがです？」

「どうかな」彼は答えた。

彼女は訊いて悪かったと思ったようだ。「お花を持ってきてくれてうれしいわ」彼女は窓台のほうへうなずいた。「ギャビーも喜んでるわね」

「そうだといいね」

「お嬢さんたちを連れてくるの？」

トラヴィスは喉につっかえた塊を飲みくだした。「今日は来ない」

グレッチェンは唇をすぼめてうなずいた。少しして、彼女は部屋を後にした。


三カ月前、ギャビーは救急救命室へストレッチャーに乗せられて運びこまれた。意識はなく、肩に負った深い傷から大量に出血していた。外科医たちはまず失血死を防ぐために外科手術に集中した。だが、ふりかえると、別の救急処置をしていれば、もしかしたら結果は違ったのではないかとトラヴィスは思った。

もちろん、いまさら言っても仕方がないし、当時の彼は知りようがなかった。彼もギャビーのように救命室に運びこまれ、ギャビーのように意識不明のまま一夜を越えた。だが、同じなのはそこまでだった。翌日彼の意識は損傷した腕の痛みとともに回復したが、ギャビーはその後も目覚めることがなかった。

　医師たちは親身になってくれたものの、脳の損傷はつねに深刻なものだとの懸念を隠さなかった。とはいえ、傷が治癒し、いつかすべてが好転する希望はあるとも言った。

　いつか――。

　トラヴィスはときどき、医者が時間の苛酷さに気づいているのだろうかと思った。あるいは彼が経験していることと、時間が果てしないことに。疑わしかった。彼が経験していることや、いつかしなければならない選択を理解している者はいないのだ。手続き上は簡単だった。ギャビーが望んだことをすればいい。彼女が彼に約束したとおり、そのままを。

　だが、もしも……。

　それが問題だった。トラヴィスはこの状況について延々と考えつづけてきた。どうしようかと夜も眠らずに考えたことさえあった。ほんとうの愛とは何だろうと、あらためて思わずにはいられなかった。闇のなかで悶々と何度も寝返りを打ち、誰かが代わりに道を選んでくれたらと願いながら、ひとり悩みと格闘した。朝になると涙で湿った枕に顔を押しつけ、ギャビーがいたはずの場所で目覚めることもよくあった。そんなとき最初に口にするのは、決まって同じ言葉だった。

「ほんとにすまない、ギャビー」

いまトラヴィスが直面している選択は、ふたつのはっきりした出来事から生じたものだった。第一の出来事はケネスとエレナーのベイカー夫妻に関係がある。第二の出来事は事故そのものだ。それは約三ヵ月前、吹き降りの雨の夜に起きた。

事故自体はたやすく説明できた。多くの事故がそうであるように、それぞれ別の一見脈絡のないミスがいくつも重なり、一点に集中してとんでもなく恐ろしい爆発に至ったのだ。

十一月半ばのこと、二人はローリーにあるRBCセンターへデイヴィッド・カッパーフィールドのマジック・ショーを観に出かけた。二人きりで夜を過ごす口実だとしても、彼らは毎年一、二回、こういったショーに出かけることにしていた。いつもは夕食をすませてから出発するのだが、その夜はそうではなかった。トラヴィスのクリニックの仕事が長引いたため、ボーフォートを出発するのが遅くなり、到着したときには開演があと数分後に迫っていた。風が吹きはじめ不吉な雲行きだったにもかかわらず、急いだせいでトラヴィスは傘を忘れた。これが第一のミスだった。

二人はショーを観て楽しんだが、劇場を後にするころには天候が悪化していた。雨は土砂降りのようなありさまで、トラヴィスはギャビーと並んで立ちながら、車までどうやって行こうかと考えた。たまたまショーを観にきた友人のジェフと出くわし、彼が濡れないように車まで傘に入れていこうかと申し出てくれたのだが、それでは回り道になって悪いからとトラヴィスは断った。彼は水たまりに足首まで浸かりながら、雨水を跳ね散らして車まで走った。ようやく車内にもぐりこんだときには下着までびしょ濡れになっていた。それが第二のミスだ。

夜遅いし二人とも翌朝は仕事があるので、風雨が強かったのにトラヴィスは車を飛ばした。普通でも二時間半かかる距離を、数分でも縮めようとした。前方の視界が悪いのに追い越し車線を走り、制限速度をオーバーして、慎重に運転している車をつぎつぎに追い越していった。それが第三のミスだった。

ギャビーはくりかえしスピードを落としてと頼んだ。彼は再三その願いを聞いてスローダウンしたが、気がつくとスピードは上がっていた。車はゴールズボロにさしかかった。家まではまだ一時間半の道のりが残っていた。そのころにはギャビーはトラヴィスに腹を立てて口をきかなくなっていた。彼女は首をヘッドレストにあずけて目を閉ざし、彼が耳を貸さないことに憤慨していた。それが第四のミスだ。

事故はそのあと起きた。これまでに犯したミスを避けていたなら起きなかったはずだった。彼が傘を忘れなければ、あるいは友だちの申し出を断って雨中を駆けていったりしなければ、トラヴィスの足はびしょ濡れにならなかっただろう。スピードを落としていれば、車をコントロールできたはずだ。ギャビーの願いを尊重していれば、口喧嘩にもならず、彼女は彼のしていることを手遅れになる前に制止できただろう。

ニューポートの近くのカーブした道に信号のある広い交差点があった。そこまで来ると、あと二十分足らずで家に着く。トラヴィスは足のむずがゆさに苦しみながら運転していた。濡れたせいで靴紐の結び目が固く締まっていた。どんなに左右の靴をこすり合わせても脱げなかった。片方の靴でもう一方の靴のかかとを押さえつけようとしても、すべってしまう。彼は前かがみになり、靴に手をのばした。目はかろうじてダッシュボードの上に出していた。だが結び目をいじったとき、視線を靴に落として、交差点の信号が黄色に変わったのに気づかなかった。

結び目はなかなかほどけない。ようやくゆるめて目をあげたときには、もう間に合わなかった。すでに信号は赤になり、交差点には銀色のトラックが入ってきていた。とっさにブレーキを踏んだが、雨で路面がすべってテールがスピンしはじめた。車体がかたむいてコントロールできなくなった。車のホイールが地面にこすれ、トラヴィスの車は交差点のなかでトラックを避けたものの、カーブした道路から飛びだして松林へつっこんだ。

ぬかるんだ泥の地面はさらにすべり、もう彼に打つ手はなくなった。ハンドルをまわしても、方向転換できなかった。あっというまに世界はスローモーション・フィルムのように動いていた。意識をなくす前、最後に憶えているのは、割れるガラスとつぶれる鋼板のおぞましい音だった。

ギャビーは悲鳴をあげる暇もなかった。


トラヴィスはギャビーの顔にかかったほつれ毛を、そっと耳の後ろにかけた。そのとき腹の虫が鳴った。空腹は感じたが、思っただけで食べることに耐えられなかった。胃は絶えまなく締めつけられており、まれにそうでないときがあっても、ギャビーへの想いが空洞を埋めようとあふれだした。

それは皮肉な罰の形だった。というのも、結婚二年目になるとギャビーは、トラヴィスが長年好んできた変化のとぼしい食生活を積極的に変えようとしたからだ。習慣に縛られた食事にギャビーが飽きあきして、そうなったのだと彼は思った。土曜日の朝のベルギー風ワッフルとか、寒い日の手作りのビーフシチューほど心を満たすものはないなどと、彼女がときおり口走るようになったときに、彼は変化が訪れることに気づいているべきだった。

それまではトラヴィスが家のシェフだった。しかし、ギャビーがじわじわとキッチンに進出しはじめた。彼女はまず料理の本を二、三冊買ってきた。それから夜にソファで横になり、ときどきページの角を折るようになった。また折にふれて彼に、あるものをおいしそうだと思うかと訊くようになった。ケイジャン料理のジャンバラヤや子牛のマルサラソースに使う香辛料を読みあげたりもした。トラヴィスはおいしそうだと言ったが、声の調子から、彼女がそれを作ってもたぶん食べないのは明らかだった。

しかし、ギャビーには頑固なところがあり、小さな変化を仕掛けてきた。バター、生クリーム、ワインソースなどを用意して、彼がほぼ毎晩料理するチキンに、自分の分だけそれらの風味をつけたのだった。彼にはその香りを嗅いでほしいとだけ頼んだ。たいていの場合、彼もおいしそうだと認めざるをえなかった。ギャビーはソースを自分の皿にかけたあと少量を食卓の容器に残しておき、試すかどうかたずねて、答えしだいでそれを彼のチキンにかけた。彼は、自分でも驚いたが、少しずつ新しいものを試すようになった。

三回目の結婚記念日、ギャビーはモッツァレラ・チーズをはさんだイタリア風のミートローフを作った。彼女はプレゼントの代わりにそれをいっしょに食べてほしいとトラヴィスに頼んだ。四回目の結婚記念日が来るまでに、二人はときどきいっしょに料理を作るようになった。彼の朝食とランチはあいかわらずワンパターンで、ほとんどの夕食もやはり変化がなかったが、彼も夫婦いっしょに料理の支度をすることが愛しあう時間でもあるのだと認めないわけにはいかなかった。月日がたつにつれて、週二回はかならずそうするようになった。

ギャビーはよくグラス一杯だけワインを飲んだ。二人が料理をするあいだ、娘たちにはエメラルド色のベルベル・カーペット〔オフィスなどで使われる四角くカットされたものを並べる方式の床材〕を敷いたサンルームに行っているように言いつけた。二人はそれを〝グリーン・カーペットの時間〟と名づけた。夫婦で材料を切ったり、かきまぜたり、その日の出来事を話したりしながら、彼はギャビーのおかげで手にした充実感を大いに楽しんだ。

あんなふうに二人でまた料理ができるのだろうか。事故のあと、最初の何週間かは夜勤のナースに彼の携帯電話の番号を何度も念押しして伝えたものだった。一ヵ月後、ギャビーは自力で呼吸をしていたので、集中治療室から一般病棟に移された。彼はその変化によって意識が戻るだろうと信じた。だが、いたずらに日が過ぎるだけで変化は起きなかった。興奮しがちだった心に恐怖が静かに忍び寄り、しだいにじわじわと浸食していった。ギャビーは以前彼に言ったことがあった――六週間が分岐点で、それを越えれば昏睡から覚める確率は劇的に低下すると。

しかし彼はまだ希望を持っていた。彼は自分に言い聞かせた。ギャビーは母親であり、戦士であり、どんな人とも違う特別な人間だ。やがて六週目がやってきて過ぎ去った。さらに二週間がそれに続いた。三ヵ月が経過すると、昏睡から覚めないほとんどの患者が長期療養施設へ移されることはわかっていた。今日がその日だった。彼は院長に自分の望みを伝えることになっていた。

だが、直面する選択はそれではなかった。ケネスとエレナーのベイカー夫妻に関することだ。自分たちの人生にベイカー夫妻の話を引きいれたギャビーは責められないが、彼らのことを考える心の準備はなかなかできなかった。

18

トラヴィスは二人が建てた家で一生を送ろうと思っていた。新築にもかかわらず、引っ越したときからすでに人が住んでいるような仕上がりだった。それはドアを開けたとたんに心安らぐような〝わが家〟を作りだそうと、ギャビーが心をくだいた成果だった。

彼女は家を生きいきと見せるよう細部に目配りをした。トラヴィスが平方フィートで表される構造や、潮風や夏の湿気をしのげる建材といったことを考えているあいだに、ギャビーは彼には想像もつかないさまざまな要素を持ちこんだ。

建築中のあるとき、長年放置されているオンボロの農家を車で通りかかると、ギャビーは停(と)めてと言いはった。そのころには彼も、彼女がときおり思いつく空想の世界に慣れていた。トラヴィスはギャビーに調子を合わせ、二人はドアがなくなった入口から屋内に足を踏みいれた。泥を敷きつめたような床を歩き、壊れた壁や、ぽっかりと空いた窓から入りこむクズの蔓(つる)を見ないようにして進んだ。奥の壁に、埃(ほこり)だらけの暖炉があった。トラヴィスは彼女がその存在を予想していたのだと思った。ギャビーは暖炉のそばにしゃがみ、側壁やマントルピースの下側に手を這わせた。
「これを見た？　手描きのタイルだと思うわ。百枚か、それ以上あるかもしれない。新品だったときは、ものすごくきれいだったんじゃない？」彼女はトラヴィスの手をとった。「こういうことを、わたしたちもしましょうよ」

家は少しずつ、彼が想像もしなかったような特徴を備えていった。その暖炉も、スタイルを真似るのではなく、ギャビーが持ち主を捜しあてて訪ね、クリーニング代より安い金額でまるごとゆずってもらった。彼女は居間を、大きなオークの梁と、軟らかい松材でできたアーチ形の天井のある造りにしたがった。それらは破風のある屋根のラインと合いそうだった。壁は漆喰やレンガなど、さまざまな材質と色の建材で覆われた。ある壁紙は革そっくりで、そのどれもが工芸品とでも呼びたくなるものだった。

またギャビーは週末に時間をかけてアンティークの家具や装飾小物を物色し、ときには家そのものが彼女の目ざすものを知っているように思えることもあった。堅木張りの床にきしむ場所を見つけたとき、ギャビーは空耳ではなかったことを確かめるために行ったり来たりして、満面の笑みを浮かべたものだ。敷物も大好きだった。彩り豊かできれいな模様の敷物が、家中にふんだんに置かれることになった。
ギャビーは実用主義でもあった。キッチン、バスルーム、寝室は、いずれも明るく風通しのよい清潔でモダンな仕様にして、眺めが贅沢に楽しめるように窓を大きくとった。主寝室には鉤爪肢のバスタブが置かれ、ガラス張りの広いシャワールームを備え付けた。ガレージはトラヴィスがゆったり使える広いものにしたがった。家全体を取り囲むポーチで長い時間を過ごすことを想定して、ハンモックを吊り、それと似合いのロッキングチェアを置いたのも彼女だった。デッキにはバーベキュー用のグリルと、嵐のときでも濡れずにすわれる席も作った。

要するに全体として見れば、屋内でも屋外でも男女を問わず快適に過ごせるような家だった。たとえば、誰かが泥だらけの靴で入ってきても面倒なことにはならなかった。新築の家に引っ越した日の夜、二人で天蓋付きのベッドに寝そべったとき、ギャビーは満足しきった表情で猫が甘えるような声をあげた。「あなたがそばにいるこの家が、これからずっといたい場所」

ギャビーの前では話さなかったが、子どもたちには問題が現れていた。もちろん意外なことではない。だが、ほとんどの場合、トラヴィスはどうしたらいいのかと途方に暮れた。クリスティーンは何度もママは家に帰ってくるのかとたずねた。トラヴィスが帰ってくると保証しても、クリスティーンは納得しなかった。たぶんトラヴィス自身信じていなかったからだろう。子どもはそれほど敏感であり、まだ八歳というのに、クリスティーンは世界がこれまで想像していたものと違って単純ではないことを知っていた。

クリスティーンは髪にきちんとリボンを結ぶのが好きな、青い瞳が輝くかわいらしい少女だ。自分の部屋も女の子っぽくするのが好きで、似合わない服を着るのは断固として拒んだ。物事がうまくいかなくても決して腹を立てたりせず、おもちゃを片づけ、新しい靴を選ぶのが好きだった。だが事故のあとは簡単にへそを曲げるし、かんしゃくを起こすようになっていた。トラヴィスの家族は、ステファニーも含めて、カウンセリングを受けたらどうかと言われた。それで娘たちは週二回通うようになったが、かんしゃくを起こす回数はかえって増えた。昨夜、クリスティーンが寝たあとで部屋に行ってみると、物が散らかり放題だった。

歳のわりにいつも小柄だったリサはギャビーと髪の色が同じで、以前は明るい性格だった。どこにでも持っていく愛用の毛布があり、家のなかではお姉ちゃんのあとを子犬のようについて歩いた。フォルダー全部にステッカーを貼り、学校から持ち帰る課題にはすべて星がたくさんついていた。そのリサも眠るときに長いあいだ泣くようになった。階下にいるトラヴィスはモニター越しに娘の泣き声を聞き、彼も鼻筋をつまんで涙をこらえなければならなかった。そんな夜、彼は階段をあがって娘たちのいる部屋に向かい——というのも事故のあと二人は同じ部屋で眠りたがったので——リサの隣に寝そべって、くりかえし髪をなでながら、「ママに会いたい」と娘が何度も言ってすすり泣くのを聞いた。トラヴィスはこれほど悲しい言葉を聞いたことがなかった。返事をするにも喉が詰まり、ただ「そうだね。パパも同じだ」と言うのがやっとだった。

彼はギャビーのいた場所を埋めることができなかった。そうしようともしなかったので、以前ギャビーのいた場所にはぽっかりと穴が残った。埋め方のわからない空白だった。たいていの親のように、彼らもそれぞれが専門技術を開拓しながら育児をしていた。ギャビーのほうがずっと大きな責任を引き受けていたが、いま彼はそのことを後悔していた。ギャビーがすると簡単そうだったのに、トラヴィスにはやり方がわからないことが多すぎた。ささいなことだ。

たとえば娘の髪をブラッシングするのはできても、お下げを編むとなると、大ざっぱにはわかるのだがお手上げだった。リサが「青いバナナのあるの」がほしいと言ったとき、どんなヨーグルトなのかわからなかった。子どもが風邪(かぜ)をひいたとき、スーパーマーケットの売り場で棚に並んだ咳止めシロップを見ながら、グレープ味がいいのかチェリー味がいいのか考えこんだ。金曜日にリサがキラキラのついた靴をはくのが好きだとは、考えもしなかった。事故の前はそれぞれの担任の先生の名前や、学校のどこに教室があるのか知らなかった。

クリスマスは最悪だった。ギャビーはいつもホリデー・シーズンを楽しみにしていた。彼女はこの季節のすべてを愛した。モミの木の枝ぶりをととのえ、飾り付けをし、クッキーを焼き、ショッピングを楽しんだ。混雑したデパートで客を押し分けているときもギャビーが上機嫌なので、トラヴィスは驚くほかなかった。夜、娘たちがベッドに入ると、彼女は大はしゃぎでプレゼントをとりだし、自分で選んだ品物を二人でラッピングした。そのあとプレゼントはトラヴィスが屋根裏にしまった。

去年のクリスマスには喜びのかけらもなかった。トラヴィスはできるだけのことをした。誰もが浮かない気分なのに無理して陽気にふるまい、ギャビーがしていたことをすべてやろうとした。だが、幸せな場面を維持しようという努力は気持ちを消耗するだけで、肝心のクリスマスのクリスティーンとリサが足を引っぱった。娘たちの落ち度ではない。でも、クリスマスのサンタさんへのお願いリストのトップにある〝ママを治してあげて〟というリクエストに、いったいどうやって応えたらいいのか、トラヴィスにはどうしても考えが浮かばなかった。新しいリープスター・ゲーム［電子知育玩具の一種］もドールハウスも、ママの代わりにはなりそうになかった。

この二週間ほど娘たちの状況はよくなっていた。といっても、ある程度だが。クリスティーンはまだかんしゃくを起こすし、リサもやはり寝るときに泣いたが、ママのいない家での生活に適応してきた。二人は学校から帰ってきて家に入るときに、癖でママを呼ぶことがなくなった。転んでひじをすりむいてもママを捜さず、自然に彼のところにやってきてバンドエイドを見つけるようになった。リサが学校で描く家族の絵が三人になった（と思ったら、隅のほうにあとから思いつきで追加されたように横たわる人物が描いてあって、息を呑んだのだが）。娘たちは以前ほどママのことを訊かなくなり、面会にもほとんど行かなくなった。というより、何を話し何をすればいいかわからないので、足が向かなかったのだ。トラヴィスはそれを理解し、娘たちの気持ちをやわらげようとした。「ただ話せばいいんだよ」二人はそうしようとしたが、何の応答もないので、やはり言葉は自然と途切れて消えた。

娘たちを連れていくときは、たいていプレゼントを持たせた。二人が庭で見つけたきれいな石だとか、ラミネート加工した木の葉だとか、ラメで飾った手製のカードだとか。しかし、そこにも自信のなさが表れていた。リサがプレゼントをギャビーのおなかに置いて後ずさりする。と思うと、近づいてギャビーの手のそばに移動させる。それからサイドテーブルに置きなおす。クリスティーンは逆にずっと動きまわった。ベッドにすわり、窓辺に立ち、母親に近づいて顔をすぐそばで眺め、そのあいだ何ひとつ言葉を口にしなかった。

「今日学校で何があった？」最後にクリスティーンが見舞いにきたとき、トラヴィスが訊いた。「ママは話を全部聞きたがってるんだ」

クリスティーンはそれには答えず、彼に顔を向けた。「どうして?」その声には痛々しい反発がこめられていた。「ママには聞こえてないって知ってるくせに」

病院の一階にはカフェテリアがあり、ほとんどの日にトラヴィスはそこに行った。目的はおもに自分以外の声が聞けるからだった。いつも行くのはランチタイムで、この数週間のうちに常連の一人になっていた。客は従業員が多かったが、そのなかにある年配の婦人がいて、彼がそこに行くと毎回居合わせた。じつは一度も話しかけたことはなかったが、グレッチェンがあるとき、ギャビーが入院する以前から婦人の夫が集中治療室に入っていると教えてくれた。たしか病気は糖尿病から派生した何かだった。

婦人はいつもスープを食べており、彼はそのたびに上の階にいる夫のことを想像した。最悪の場合を考えるのは簡単だった。十以上の機械につながれている患者。何度となくおこなわれる外科手術。手足切断の可能性。かろうじて生き延びている夫……。それについて訊いたりするのはお節介だし、真実を知ってどうするという気持ちもあった。そんなことをしても同情心が湧いてこないと痛感するだけだ。人のことを心配する能力が、どうやらどこかに消えてしまったと思っていた。

それでも婦人を見まもっていたのは、何か学べるものがあるかもしれないという好奇心からだった。つまり彼はいっこうに胸苦しさが消えず、何を食べても二口、三口で喉を通らなくなるのに、婦人は料理を余さず食べるだけでなく、楽しんでいる気配さえ感じられるのだ。彼は日々の義務と娘たちの日常以外のものに長くは集中できないのに、婦人はランチをとりながら小説を読み、ときどき声をあげずに笑ったりしている。しかも彼と違って、婦人はほほえむ能力を維持しており、席の前を通り過ぎる人たちに積極的に笑顔を見せていた。

たまに彼は、そのほほえみに一抹の寂しさがよぎるように見えたが、と同時に、わかりもしないものを勝手に想像してはいけないと自分をたしなめた。婦人の夫婦関係についても考えた。年齢から言えば銀婚式は過ぎているだろうし、金婚式を祝っていてもおかしくない。子どもと思われる人は見かけないが、いる可能性は高い。しかし彼に想像できるのはそんなところだった。この夫婦は幸せだったのだろうか。婦人は夫の病気を苦もなく乗り越えているように見えた。彼は病院の廊下を、一歩踏みまちがえば床に崩れ落ちそうな気持ちで歩いているというのに。

たとえば婦人の夫は、ギャビーがクリスティーンを身ごもったときにトラヴィスがしたように、妻のためにバラの木を植えたりしただろうか。ギャビーはポーチにすわり、片手をおなかにあてて、裏庭に花があるといいなと言った。そう言う妻を見ていると、その願いを拒むなど水中で息をするくらい不可能なことだった。おかげでバラの木を植え終わったとき、手には引っかき傷ができ、指も血だらけになったが、クリスティーンが生まれた日には花が咲いていた。彼はそのバラで花束を作って病院に持っていった。

あるいは、婦人の夫は子どもたちが公園のブランコではしゃいでいるとき、トラヴィスのように目の隅で妻を見まもっていたことがあっただろうか。トラヴィスはギャビーの誇らしげな表情が好きだった。よく彼は妻の手を握り、永遠に結ばれている感覚を味わった。

あるいはまた、婦人の夫も、トラヴィスのように朝目覚めると髪に寝癖のついた妻を美しいと思っただろうか。朝はつねに分刻みのスケジュールで大忙しなのにもかかわらず、ときどき彼らは数分だけよけいに、たがいの体に腕をまわして横たわっていた。この一日に立ち向かう力をそこから引きだすかのように。

トラヴィスは自分の結婚生活が特別恵まれているとも、すべての夫婦がこうしているとも思わなかった。ただ、ほかの人たちがカフェテリアの婦人のように、どうにか前進する気力を奮い起こしているのに、彼はギャビーがいないと完全に沈みこんでしまうのだ。トラヴィスは婦人を称賛すべきなのか同情すべきなのか決めかねた。そして、いつも婦人が気づく前に目をそらした。

彼の後ろから家族が入ってきた。彼らはいくつか風船を持っていて興奮気味にしゃべっていた。レジのところでは若い男が小銭を探してポケットに手をつっこんでいた。トラヴィスは気分が悪くなって自分のトレイを横に押しのけた。サンドイッチは半分残っていた。それを病室に持ち帰ろうかとも思ったが、食べないことはわかっていた。彼は窓のほうに目を向けた。

カフェテリアは小さな植栽のスペースに面しており、そこで彼は季節のうつろいを見まもった。春がもうすぐ来ようとしていた。そのうちハナミズキの小さな芽がふくらみはじめるだろう。三カ月のあいだ、この窓からあらゆる天候を眺めてきた。雨、日射し、そして遠くの松林が折れそうなほどしなった風速八十キロの突風。三週間前には雹が降ってきたと思ったら、数分後にはアザレアの繁みを引きたてるように見事な虹がかかった。その色があまりに鮮やかだったので、ときには自然が何かの兆しを告げているのではないかと考えたくなった。絶望のあとには喜びが来る、禍福はあざなえる縄のごとし、だと。だが虹はすぐに消え、また雹が降りだして、喜びもときには幻想にすぎないのだと気づかされた。

19

午後の半ばには曇り空に変わり、ギャビーの日課の時間になった。朝と夕方にナースがやってきて、"運動"をすることになっている。

彼は今朝、グレッチェンに午後は自分が同じことをしていいかと訊いた。

「きっとギャビーも喜びますよ」グレッチェンは言った。

彼女は彼に運動の順序を手とり足とり教え、すべての筋肉と関節を動かす必要があることを理解させた。グレッチェンも他のナースも指から始めるのだが、トラヴィスは爪先から始めた。カバーを下げ、小指の曲げ伸ばしをくりかえしてから、隣の指に移った。

トラヴィスは妻にそうしてやることに喜びを感じるようになった。ギャビーの皮膚の感触はたくさんの思い出にふたたび火をともした。妊娠中に彼女の足をさすってあげたこと、ロウソクの明かりのなかで満足げな声をあげる彼女の背中をゆっくり陶酔させるようになでたこと、彼女が片手で重いドッグフードの袋を持ちあげたあと腕をマッサージしたことなどを。こうした当たり前の体のふれあいを恋しいと思う気持ちは、ギャビーと話したいのと同じくらい強かった。彼はひと月以上かけてグレッチェンから〝運動〟を補助する許可を得たのだが、ギャビーの足をさするたびにいつも、なぜか弱みにつけこんでいるような気になった。夫婦かどうかの問題ではなく、愛しくてたまらない大切な人に無礼をはたらく一方的な行為に思えたのだ。

それでも、これは……。

ギャビーにとって不可欠なこと。というより、ギャビーが求めていることだ。やらないと筋肉は退化してしまい、仮に目覚めても——いや、目覚めたときにだ、と彼は心のなかですぐに訂正した——ギャビーは死ぬまで寝たきりでいるしかなくなる。ともかく彼はそう心に言い聞かせた。胸の奥底では、自分にとってもこれが必要だとわかっていた。たとえ妻の体温や手首のおだやかな脈拍をじかに感じるためだけであろうと、それを感じるとき、いっそうギャビーの体が単純に自然な治癒力で回復すると強く信じられたから。

足の指を終えて足首に移った。つぎに膝を屈伸させた。両膝を胸のところまで寄せて、また伸ばす。ギャビーもときどきソファに寝ころんで雑誌をぱらぱら眺めながら、無意識にそんなふうにストレッチをしていたものだ。ダンサーがするような動作はとても優雅そうだった。

「ギャビー、気持ちいいかい？」

〝ええ、いい気持ちよ。ありがとう。ちょっとこわばってたの〟

返事が想像であることはわかっていた。ギャビーは身じろぎひとつしていない。だが、彼女の世話をしていると、いつもあの声がどこかから降ってくるような気がした。ときどき彼は自分の頭がおかしくなるのではないかと考えた。

「どんな調子?」

〝正直に言えば、退屈で退屈でたまらないわ。でも、お花をありがとう。とてもきれいね。〈フリックス〉で作ってもらったんでしょ?〟

「ほかにないよ」

〝あの子たちはどうしてる? 今日はほんとのことを教えて〟

トラヴィスはもう一方の足に移った。「二人とも元気だ。ママを恋しがってるけどね。子どもたちにしてみれば、つらいことなんだ。どうしていいか、わからないときがあるよ」

〝あなたはこれ以上できないくらいちゃんとやってるわ。でしょ? いつもそう励ましあってきたじゃない?〟

「そうだね」

〝だったらいまも同じよ。あの子たちはきっと大丈夫。見かけより、ずっと強いもの〟

「うん。二人ともきみによく似てる」

トラヴィスは彼女が彼を見つめているところを想像した。心配そうなまなざしだ。

〝あなた痩せたでしょ。はっきりわかる〟

「あまり食べてないんだ」

〝あなたのことが心配だわ。健康にはよく注意しなくちゃ。自分一人の身じゃないのよ。娘たちも、わたしもいるんだから〟

「ここには欠かさず会いにくる」

〝わかってる。わたしだってそう願ってるわ。ケネスとエレナーのベイカー夫妻を憶えてる？〟

トラヴィスはストレッチを中断した。「ああ」

〝じゃ、わたしの言うことがわかるはずよ〟

彼はため息をついて再開した。「うん」

彼の頭のなかで、妻の声が小さくなった。〝去年、あなたが山へキャンプをしに連れてってくれたことがあるでしょ？　あの子たちもわたしも絶対に気に入ると約束して〟

トラヴィスは手の指と腕の運動に移った。「どうしてそんな話を？」

〝ここにいると、いろんなことを考えるのよ。ほかにすることがないしね。あそこに到着したときのことを憶えてる？　遠くで雷が鳴っていたのに、わたしたち、キャンプの準備にとりかからなかったわよね、トラックから荷物も降ろさないで。あなたはまず湖を見せたがったのよ。一キロ足らずだったけど、歩いていかなければならなかった。そしてちょうど湖の岸辺に着いたら降りだした……土砂降りの雨が！　まるでホースで水をかけられてるようだった。空から滝が落ちてくるみたいに。キャンプ場に戻ったときには全身びしょ濡れ。わたしは怒りを爆発させて、みんなをホテルへ連れていかせたのよ〃

「憶えてる」

〃あれは悪かったわ。あんなに怒るべきじゃなかった。たしかにあなたの落ち度だったんだけど〃

「なぜいつもぼくが悪いことになるんだ？」

彼は彼女の首をそっと左右にまわしながら、ギャビーがウインクするところを想像した。

〃わたしがそう言うと、こだわらずに引き下がってくれるから〃

トラヴィスは身をかがめて、おでこにキスをした。

「きみが大好きなんだ」

〃わたしも〃

決められた〝運動〟を終えると、彼はこみあげるものを飲みこまなければならなかった。またギャビーの声が消えていくからだ。顔を彼女の顔のそばに近づけた。「目を覚まさなくちゃ。そうだろ？　あの子たちにはきみが必要だ。ぼくにも必要なんだ」

〝わかってる。頑張るからね〟

「なるべく早くしてくれ」

ギャビーは答えなかった。トラヴィスは重圧をかけすぎたと思った。

「愛してるよ、ギャビー」

〝わたしも愛してる〟

「してほしいことはない？　ブラインドを閉めようか？　家から何か持ってきてほしいものは？」

〝もう少しいっしょにいてくれない？　すごく疲れちゃった〟

「もちろん」

〝手を握ってもらえる？〟

彼はうなずき、妻の体をまたシーツで覆った。ベッドのそばに置いた椅子にすわって手をとり、親指で少しなでた。窓の外にハトが舞いもどってきていた。その向こうの空では、重たげな雲が別世界のさまざまな形に変容しながら動いていた。彼は妻を愛していたが、ともに積み重ねてきた人生がこんなふうになったことを恨み、そう考えている自分に悪態をついた。妻の指先一本一本にキスをしていき、その手を彼の頬に押しあてた。そうしていると彼女の体温を感じ、ほんのわずかでもいいから動いてくれないかと願った。何も起こらなかった。彼女の手を頬から離したとき、ハトが彼を見つめているようだったが、それには気づきもしなかった。

エレナー・ベイカーは三十八歳の主婦で、愛する二人の息子を持つ母親だった。八年前のある日彼女は嘔吐し、後頭部に激しい痛みを訴えて救急救命室に担ぎこまれた。その日ギャビーはたまたま同僚の友人の代わりにシフト勤務に入っていたが、直接エレナーの治療にあたることはなかった。エレナーは入院し、ギャビーはつぎの月曜日に初めて彼女のことを知った。エレナーは日曜日の朝、意識不明になり、集中治療室に移されていた。「基本的には」と、あるナースが言った。「彼女は普通に眠りについて、それきり目覚めなかったの」

昏睡は重いウイルス性髄膜炎によって引き起こされたものだった。

夫のケネスはイースト・カータレット・ハイスクールで歴史の教師をしており、誰に聞いても社交的で気さくな男だった。病院にはよく通ってきたので、そのうちギャビーも顔見知りになった。最初はわずかな接触にすぎなかったが、時とともにかわす会話も長くなっていった。ケネスは妻子を愛していた。病院に来るときはいつも小ぎれいなセーターを着てプレスされたドッカーズのパンツをはいており、マウンテンデューをリッター・ボトルで飲んでいた。また敬虔なカソリック信者でもあり、妻のベッドのそばでよくロザリオの祈りを捧げている姿をギャビーは目にしていた。息子たちも名前は使徒と同じマシューとマークだった［マシューはマタイ、マークはマルコの英語綴り］。

トラヴィスはこうしたことを勤務後にギャビーから少しずつ聞かされた。最初からではなく、ギャビーがケネスと友だちのようになってからのことだった。トラヴィスに話すとき、ギャビーは決まってこう言った。ケネスがどうして毎日面会にやってこられるのか、妻のそばで黙ってすわっているときに何を考えているのか、不思議に思わずにはいられないと。

「長いあいだすごく悲しそうにしてるの」

「悲しくて当然だろう。妻が昏睡のまま目覚めないんだから」

「それでも、ずっと付き添ってるの。子どもたちはどうしてるのかしら」

週が替わり、月が替わり、エレナー・ベイカーは結局養護ホームに移った。月が替わるうちに一年が過ぎ、またつぎの一年がやってきた。エレナー・ベイカーへのさまざまな思いは、ケネスがギャビーと同じ食料品店で買い物をしていなければ忘れ去られていたかもしれない。二人はときどき店で出くわすことがあり、言葉をかわせばかならずエレナーの話になった。あのまま変化はないということだった。

　そうして何年にもわたって行き会ううちに、ギャビーはケネスの変化に気づいた。「妻はまだ頑張ってる」と彼はさりげなく彼女の状態を話しはじめる。以前はエレナーのことを話すと目に光がさしたものだが、いまは虚ろだった。かつては愛があったが、いまあるのは無関心だった。黒かった髪は二年のあいだに灰色になり、体重もかなり落ちて服がゆるそうだった。

　シリアルや冷凍食品のある通路では、ギャビーも彼を避けようがなかった。ケネスは親友のようにふるまいはじめた。彼女を必要として、身の上話をしたがった。そのうちケネスの話は会うたびに恐ろしいことになった。まず彼は職を失った。家も失った。家から息子たちを早く追い出したいと言った。長男はハイスクールを中退し、次男はまた麻薬取引で捕まった。再犯なのだ。ギャビーはトラヴィスに話すときにそれを強調した。しかも出くわしたケネスの息は酒臭かったと彼女は言った。

「すごく気の毒」

「きみの気持ちはわかるよ」トラヴィスは答えた。

　彼女は黙り、やがて静かに言った。「ときどき、奥さんが死んだほうが楽だったんじゃないかと思うわね」

トラヴィスは窓の外を見つめながら、ケネスとエレナー・ベイカーについて考えた。エレナーがまだ養護ホームにいるのかどうかは知らない。事故以来、彼はほぼ毎日のようにギャビーが話していたことを思い出しながら、こうした会話を心のなかで再現してきた。ベイカー夫妻が彼らの人生に入りこんできたことに、何か理由があるのだろうか。つまり昏睡患者を身近に知っている人がどれだけいるのかという問題だ。ひょっとすると……恐竜がひしめきあう島に行ったり、異星から来た宇宙船がエンパイアステート・ビルを吹き飛ばすのを眺めたりするのと大差ないほど、まれなことかもしれない。

だが、ギャビーが病院に勤務していたという因果関係はある。ベイカー夫妻が彼らの人生に入ってきた何らかの理由があるとすれば、それは何だろう？　彼が呪われた運命にあるとか、彼の娘たちが道を踏みはずすなどと警告するため？　そんなことを考えだすと彼は恐ろしくなり、娘たちが学校から帰ってくるときはかならず待っているようにした。学校が休暇になるとすぐに二人を遊園地のブッシュ・ガーデンに連れていったのも、クリスティーンを友だちの家に泊まらせたのも、そのせいだった。トラヴィスは毎朝目覚めるたびに、幼い子どもたちができなくて当然のことを、家でも学校でもきちんと行儀よくやらせようと考えたし、悪い運命から逃れたいという強迫観念から、彼女たちが行儀を悪くすると罰として夜に子ども部屋へ追いやったりした。

きっとギャビーも同じことをするはずだと。

義理の両親はトラヴィスが娘たちに厳しすぎると考えていた。それは驚くことでもなかった。とくに義理の母は昔からずっと批判的だった。ギャビーも父親とは電話で一時間でもしゃべっていられたが、母親との会話はすぐに終わった。新婚当初トラヴィスとギャビーは休暇になると義務的にサヴァナで過ごし、ギャビーはストレスをためて帰ってきた。子どもが生まれると、彼女はついに自分らしく休暇を過ごしたいと両親に話した。今までと同じように会いたい気持ちはあるから、そちらがボーフォートに来てもらえないだろうかと。彼らは一度も訪ねてこなかった。

しかし事故のあと、ギャビーの両親は娘の近くにいようとモアヘッド・シティのホテルに泊まりこんだ。最初の一カ月、三人はよくギャビーの病室でいっしょになった。トラヴィスは一度も事故のことを責められなかったが、義父母が距離を置いているのを感じとった。彼らがクリスティーンやリサといっしょに過ごすのは、店でピザやアイスクリームを食べるなど外の場所がほとんどで、家に迎えにきても一、二分しか立ち寄らなかった。

やがて義父母はサヴァナへ戻らざるをえなくなり、いまはときどき週末にやってくるだけだった。彼らが病院に訪ねてくると、トラヴィスは席をはずした。義父母が娘と水入らずの時間を過ごすほうがいいと思ったからだが、それはかならずしも正直な気持ちとは言えなかった。認めたくなかったが、義父母といっしょにいるとギャビーが病院にいることとの責任を痛感させられるのだ。彼らが故意に意識させるとは思わないが、なるべく遠ざかっていたかった。

友人たちは思ったとおりに対応した。最初のひと月半ほどは、アリスンとメガンとリズが交代で夕食を用意してくれた。何年ものあいだに妻たちはギャビーとも親しくなっていたので、ときにはトラヴィスが逆に支えなければと思ったほどだ。彼女たちは充血した目をして、無理に笑顔を浮かべてやってきた。持っているのはラザニアやキャセロール、ちょっとした副菜、バラエティに富んだデザートを縁までぎっしり詰めこんだタッパウェアだった。そしていつも、トラヴィスがちゃんと食べるように、赤身の肉でなくチキンを使ってあると伝えた。

妻たちはとくに子どもの扱いがうまかった。最初のころは、娘が泣けばしょっちゅう抱っこをしてくれた。クリスティーンはリズになついた。リズは髪を編み、ビーズのブレスレットをいっしょに作り、たいてい三十分はサッカーボールを蹴りあって過ごした。家のなかでは、トラヴィスが部屋から出ていくと、すぐに二人でひそひそ話を始めた。いったい何を話しているのかと、彼は首をひねった。リズの人柄はよくわかっていたから、大事なことなら自分に話してくれるだろうと思っていた。だが、たいていリズは、ただクリスティーンが話したがったからとしか言わなかった。それが長期にわたると、トラヴィスはリズに感謝しながらも、クリスティーンとの関係をうらやましく思うようになった。

一方でリサはメガンになついた。二人はキッチンのテーブルでお絵描きをしたり、並んですわってテレビを観たりした。ときおりトラヴィスは、リサがギャビーにしていたのとそっくりの格好でメガンにくっついて身を丸めているのを見かけた。そういうときの二人は親子そのもので、一瞬家族が再会したような錯覚をおぼえた。

アリスンは娘たちが悲しんだり動揺したりしているときでさえ、責任を持って行動することを理解させようとした。部屋を片づけさせ、宿題を手伝い、自分の使った皿は流しへ運ぶように導いた。やさしい口調だったが、断固とした響きがあった。アリスンが来ない日は娘たちがさぼることもあったが、トラヴィスが思ったよりそういうことは少なかった。無意識のうちに娘たちは規則正しい生活を取り戻したがっていたのかもしれない。その意味で、アリスンはまさに必要な人だった。

友だちの妻が毎日午後にやってきて、義母が週末に来るとなると、彼が娘たちと三人きりになる時間はほとんどなかったが、彼女たちには母親代わりの役目をいろいろ補ってもらう必要があった。トラヴィスは毎朝どうにかベッドから起きだすくらいしかできず、そのときはたいてい泣きたい気分だった。単純に事故のことばかりでなく、罪の意識が重くのしかかっていた。自分が何をすべきかも、どこにいるべきかもわからなかった。病院にいると家で娘たちといたいと思い、家で娘たちといるとギャビーに会いたくなった。これでいいと思うことは何もなかった。

だが、食事の余り物をゴミ箱に捨てはじめてから一ヵ月半後、トラヴィスはやってくる友人の妻たちに、来てくれるのはうれしいが、毎日でなくてもかまわないし、夕食はもう作ってもらわなくても大丈夫だと告げた。そのときにはケネス・ベイカーの姿が頭にちらついて消えなくなっており、この先の人生は自分でコントロールしなければならないと悟っていた。彼は以前のような父親に、ギャビーがそうあってほしいと願った父親にならなければならなかった。前進は一歩ずつだった。簡単にはいかなかった。クリスティーンとリサがほかの人の世話を恋しがっているように思えるときも再三あり、それはトラヴィスが見せはじめた心配りでは埋め合わせられなかった。すべてが平常に戻ったとも言えなかった。だが、三ヵ月が過ぎたいま、三人の暮らしは目ざした程度には普通の状態になったと言えるだろう。ときどきトラヴィスは、娘たちの世話に責任を持つことで自分自身を救っているのだと思った。

残念なのは、事故以来、ジョー、マット、レアードたちと遊ぶ時間がほとんどなくなったことだ。娘たちが寝たあと、たまに彼らが立ち寄ってビールを飲んでいったが、会話そのものがぎこちなかった。どんな話題になっても、なんというか……ぎくしゃくすることがよくあった。たとえば彼らにギャビーのことを訊かれると、トラヴィスは答える気分にならず、彼らが別の話をしていると、なぜギャビーの話題を避けるのか疑うといった具合だった。悪いのは自分だと思ったが、彼らと過ごしていると人生があまりに違ってしまったことに驚くほかなかった。彼らは心やさしく寛容で、人情に篤かった。それはわかっていても、トラヴィスはジョーがメガンのもとへ戻り、ベッドでたがいに身を寄せてささやきあうのだろうと思ったし、マットが肩に手を置いたときには、リズは夫がここに来ていることを喜んでいるだろうか、夫に家で何かをしてほしいと思っていないだろうかと考えていた。

レアードとの関係は以前と変わらなかったが、トラヴィスは彼らの前で思わず、説明できない怒りを発散させることがよくあった。自分は絶えず想像もつかないことに直面する暮らしを強いられているのに、彼らは気づかいを好きなように出したり引っこめたりできるのだ。それを思うと、こんな理不尽なことはないという激しい怒りが湧いて、どうにも抑えられなかった。彼らの持っているものがうらやましかった。彼らがどれだけ頑張っても、自分の喪失したものを理解できるわけがないと思った。彼はそんなことを考える自分を嫌悪して怒りをなんとか隠そうとしたが、友人たちが具体的にはわからないとしても状況の変化に気づいたことを知った。彼らが訪ねる時間は短くなり、回数も減っていった。トラヴィスは自分がくさびを打ちこんだせいだと嫌になったが、関係をどう修復していいかもわからなかった。

静かな時間になると、彼は考えこんだ。彼らの妻たちにはありがたいとしか感じないのに、なぜ友だちには怒りをおぼえるのだろう。デッキで椅子に腰かけてあれこれ想いをめぐらした。先週、三日月を眺めているとき、ずっと心のなかではわかっていたことを、ついに受けいれる気になった。メガンとアリスンとリズは娘を支援している。一方で、ジョー、マット、レアードは彼を支援しようとしている。それが違いだ。子どもたちは支えてもらって当然だ。それだけの価値がある。

だが、彼は罰を受けるべき男だった。

20

ギャビーのそばにすわっていたトラヴィスは、ちらりと腕時計を見た。やがて午後二時半になる。いつもなら娘たちが学校から帰ってくるときに家にいられるように、妻へ別れを告げる用意をする時間だった。しかし今日はクリスティーンが友だちの家に寄り、リサは誕生日パーティーでパイン・ノール・ショアーズの水族館へ行くことになっていた。二人とも夕食まで帰ってこない。いずれにしても彼は今日、いつもより長く病院にいる必要があるので、娘たちが遅くなるのは好都合だった。このあと神経科医、ならびに病院長と面談することになっていた。

話の内容はわかっている。彼らは同情を全開に待ちかまえているにちがいない。決め手は励ましをこめたおだやかな声だ。まず神経科医がこの病院ではもう打つ手がないので、ギャビーを養護ホームに移さなければならないと話すだろう。状態は安定しているから危険はごくわずかだ。週一度、医者がチェックをするし、養護ホームで働くスタッフは、彼女が日々必要とする世話を完全に習得したエキスパートぞろいだとも言い足すはずだ。

トラヴィスが抵抗すれば、そこで病院長の出番がやってくる。ギャビーが集中治療室から出た以上、保険でカバーできるのは三カ月までの入院だと指摘するだろう。院長は肩をすくめて、病院は地元社会に奉仕する役目も持っているから、彼女が当院に勤務していたとはいえ、長期にわたって入院させておく余裕はない。現実に何もできない以上、なるべく協力してもらってつぎの段階へ事を進めたいのだと。

だが、彼らは気づいていなかった。それは決断がそんなに単純ではないことだ。ギャビーが病院にいるあいだは、彼女がいつ意識を回復するかわからないという可能性を前提にしている。病院とはそういう施設であり、一時的な昏睡患者の近くには医師とナースがいて、回復の徴候が現れたらすばやく変化に対応してもらえる。一方、養護ホームに移るというのは、ギャビーが二度と目覚めないことを前提にしている。トラヴィスはまだそれが受けいれられなかった。自分にも選択できないような気がした。ただ、ギャビーには選択する権利がある。結局、トラヴィスは神経科医や病院長の意見によって決断を下すのではなく、ギャビーならこうしてほしいと望むだろうという想像をもとに決断しようと思った。

窓辺のハトはいなくなっていた。医師が回診するみたいに、ほかの患者を訪ねているのだろうか。だとしたら、彼のようにハトに気づいている患者もいるのだろうか。

「さっきは泣いてすまない」トラヴィスはささやいた。ギャビーを見ると、呼吸するたびに胸が規則正しく上下していた。「どうしようもなくて」

いまは彼女の声も聞こえてこなかった。その幻想はせいぜい一日一度起こるかどうかという程度だった。

「きみのどこが好きか知ってる?」彼は問いかけた。「だいたい全部、なんて答えじゃなくてだよ」懸命に笑顔をつくった。「たとえばモリーとの遊び方が好きなんだ。モリーは元気だ。足腰もまだしっかりしてる。大好きな丈の高い草むらに寝そべってばかりいるけど。そういうモリーを見ると、結婚したころの数年間を思い出すよ。浜辺へ犬たちを散歩に連れていったのを憶えてる? 引き綱をはずして自由に駆けまわれるように、朝早く出かけたよね。ああいう朝はいつも、なんというか……安らぎに満ちていたよ。モリーを追ってクルクルまわりながら笑うきみが好きだった。きみはモリーのお尻を軽くたたいてやろうと狙ってね。モリーはそれをやられると半狂乱になったけど、目をキラキラさせて舌を垂らして、きみがまた動きだすのを待っているんだ」

彼はいったん黙ったが、ハトが窓辺に戻ってきたのに気づいて驚いた。話を聞いていたようだと思った。「そうそう、それできみが子どもの扱いも上手だとわかった。モリーとの遊び方を見てさ。初めてきみと出会ったときも……」彼は一瞬思い出して首をふった。「信じられないかもしれないが、ぼくはあの夜、きみが憤慨してうちの庭にやってきたことをずっとほほえましく思っていた。結局ぼくらが結婚したからだけじゃない。まるで子グマを守ろうとする母グマみたいだった。溺愛する能力がなければ、あんなに怒れるはずがない。そしてきみがモリーといっしょにいるときの様子を見て――あんなに愛情を注ぎ、思いやり、心配し、うまくモリーの相手をして遊べるなら――きっと子どもにもああするだろうと思った」

彼は指で妻の腕をなぞった。「それがぼくにとってどれだけ大切だったかわかる？　きみが娘たちをどんなに深く愛しているかを知ることが。この年月、どれだけそれに慰められたか想像もつかないだろう」

トラヴィスは口をギャビーの耳に近づけた。「愛してる、ギャビー。きみが思っているよりもずっと。きみはぼくが妻に望んだものをすべて持っている。きみはぼくが抱いている希望のすべてであり、すべての夢だ。きみのおかげで、どんな男よりも幸せになれた。ぼくは何があろうと絶対にあきらめない。あきらめられるわけがない。わかるだろう？」

彼は反応を待ったが、何も返ってこなかった。いつもそうだった、そんなものではまだ愛が足りないと神が言っているように。ギャビーを見つめていると、自分が老けて、ひどく疲れているように感じた。妻と切り離された孤独を味わいながらシーツを直した。愛する妻を裏切った夫だとわかっていた。

いんだ」

「頼む」彼はささやいた。「目を覚ましてくれ、ギャビー。お願いだ。もう時間がな

「来たわよ」と言ってステファニーが顔を出した。ジーンズにTシャツという姿で、成功した専門家という雰囲気はどこにもなかった。彼女は急成長を遂げているバイオテクノロジー関連企業の上級プロジェクト・マネージャーを務めており、家はチャペル・ヒルにあったが、この三カ月は週に三、四日、ボーフォートで過ごしていた。事故のあとトラヴィスがなんでも包み隠さず話せるのは妹しかいなかった。彼の秘密をすべて知っているのは彼女だけだった。

「ああ」トラヴィスが答えた。

ステファニーは病室に入ってきて、ベッドの脇から身を乗りだした。「こんにちは、ギャビー」と彼女は頬にキスをした。「元気にやってる?」

トラヴィスは妹の接し方が好きだった。ギャビーの前ではいつも明るくふるまってくれた。

ステファニーは別の椅子をトラヴィスの近くへ引き寄せた。「一家の主(あるじ)はどうなの?」

「いいよ」

彼女はざっと点検するように眺めた。「すごいげっそり痩せてる」

「どうも」

「食べてないのね」ステファニーは手提げ鞄に手を入れて、ピーナッツの袋をとりだした。「これを食べて」

「腹が減ってないんだ。さっきランチをとったから」

「どれだけ食べた？」

「いっぱいさ」

「お願い、こっちの顔も立ててよ」彼女は袋を歯で破いた。「ちょっとでいいから食べるのよ。そうしたらうるさく言わないから」

「おまえ、ここに来るといつも同じことを言ってるぞ」

「だって来るたびに頬がコケてるんだもの」ステファニーはギャビーのほうへ首をかしげた。「ギャビーだって同じことを言うわよ。でしょ？」ギャビーの声が聞こえるとトラヴィスが言っても、ステファニーは気にしなかった。話題にするときも、心配する口調ではなかった。

「そうだな、きっと」

妹は袋を押しつけた。「ほら、ピーナッツを食べなさいって」

トラヴィスは袋を受けとり、膝に置いた。

「口にいくつか入れましょうね。よく嚙んで、飲みこむのよ」

まるで母親のようだった。「おまえ、人から押しつけがましいと言われてないか？」

「毎日ね。兄さんはそばに押しの強い女がいなきゃやってけないタイプなの。わたしがいて、すごい幸運なのよ。兄さんのために生まれてきたようなものだわ」

今日初めて、トラヴィスは心から笑った。「そういう言い方もできるな」彼は袋からナッツを少しとりだして食べはじめた。「ブレットとはうまくいってる？」

ステファニーは二年前からブレット・ウィットニーと恋人同士になっていた。彼はアメリカでも指折りの成功したヘッジファンド・マネージャーの一人であり、巨額の富と才能とルックスから、メイソン・ディクソン線以南［南部のこと］では結婚したい相手のナンバーワンと目されている男だった。

「付き合ってるわよ」

「楽園でトラブルか？」

ステファニーは肩をすくめた。「またプロポーズされたわ」

「それで返事は？」

「前と同じ」

「向こうはどう言った？」

「べつに。やっぱり今回も〝ぼくは傷ついた〟とか〝腹が立つ〟とか言ってたわよ。

でも、二、三日でいつもどおりに戻った。先週末は二人でニューヨークに行ってきたわ」

「なぜ結婚しない？」

ステファニーは肩をすくめた。「たぶん、いずれはする」

「その気はあるんだな。申し込まれたならイエスと言えばいいじゃないか」

「どうして？　断っても、どうせまたプロポーズされるのよ」

「ずいぶん自信たっぷりに聞こえるぞ」

「そうなんだもの。彼が結婚したいと言って、わたしが受ける気になったらイエスと言うわ」

「もう三回目だろ。何回申し込まれたら気がすむんだ？」

「彼はただ結婚がしたいとだけ思ってるの。ブレットは難問に挑戦するのが好きなタイプの男で、いまはわたしがその課題なわけ。わたしが難問でありつづければ、何度でも申し込むわ。わたしは彼がほんとうに結婚する準備ができたときにイエスと言うの」

「しかし……」

「信じて。わたしは男の人のことがわかってる。それに魅力もあるわ」ステファニーの目がいたずらっぽくきらめいた。「わたしが彼を必要としていないのを、向こうは知ってるのよ。それで彼はしょげてるわけ」

「そうだな。おまえは全然彼を必要としてないよ」

「じゃ、この話は終わりね。いつ仕事に戻るつもり?」

「もうすぐ」トラヴィスはつぶやいた。

彼女はピーナツの袋に手を入れて、二、三粒、口に放りこんだ。「わかってるでしょうけど、パパはもう若くない」

「うん」

「で……来週?」

トラヴィスが返事をしないので、ステファニーは手を前で組んだ。「いいわ、この先どうなるか話してあげる。あなたがまだ肚を決めてないみたいだから。まず、クリニックに通勤すること。少なくとも午後一時までは帰っちゃだめ。それが新スケジュールよ。そうだ、金曜日は正午で閉めてかまわない。そうすれば、パパも週四日の午後勤務にできるから」

彼は目をほそめて妹を見た。「いろいろ考えていたみたいじゃないか」

「誰かがしなくちゃ。言っておくけどこれはパパのためだけじゃないわ。兄さんが仕事に戻る必要があるの」

「まだ無理だと答えたら?」

「それはまずいわ。とにかく復帰してちょうだい。自分のためにはやれないと言うなら、クリスティーンとリサのために」

「どういうこと？」

「あなたの娘たちよ。憶えてる？」

「当たり前だろ……」

「愛してないの？」

「それはどういう質問なんだ？」

「子どもたちを愛してるなら――」ステファニーはトラヴィスの問いを無視した。「もう親として行動したほうがいい。それが仕事に戻ることなの」

「なぜ？」

「だって、人生でどんなに恐ろしいことが起きても、人は前向きに生きていくものだって、兄さんはあの子たちに見せてあげなきゃ。それがあなたの責任でしょう。あの子たちにそれを教えられる人がほかにいる？」

「ステフ……」

「簡単なことだなんて言わない。でも、兄さんに選択の余地はないとは言っておくわ。子どもたちを迷子のまま放置していられるの？　まだ小学生なのよ。宿題はやらせてるんでしょ？」

トラヴィスは黙っていた。

「あの子たちにちゃんとしてほしいなら——まだ八歳と六歳の子どもに責任ある行動をとらせたいなら——兄さん自身がそうしなければ。娘たちには普通の状態に戻った親の姿を見せる必要がある。仕事はその一部。気の毒だけど、それが人生よ」

トラヴィスは怒りがこみあげるのを感じながら首をふった。「おまえはわかってない」

「完璧にわかってる」

彼は鼻筋をぎゅっとつまんだ。「ギャビーは……」

そのまま言葉が消えたので、ステファニーは兄の膝に手を置いた。「情熱があった。知性があった。親切だった。道徳的だった。おもしろかった。寛容だった。我慢強かった。そうなの？ 妻や母親にあるべきものをすべて持ってた？ 言い換えれば、完璧に近い女だった？」

彼は驚いて目をあげた。

「わかってる」彼女は静かに言った。「わたしもギャビーを愛してる。昔からずっと好きよ。わたしにとっては姉さんだっただけじゃなく、親友だとも思ってた。ときどき本物の友だちはギャビーしかいないと感じてた。兄さんの言うとおり、ギャビーはあなたにも子どもたちにも、すばらしい妻であり母だった。あれ以上のことができる人はいないわ。なぜ、わたしがよく通ってくると思う？　彼女や兄さんのためだけじゃない。わたしのためなの。わたしが会いたいからよ」

彼はなんと答えていいかわからずに、また黙っていた。静けさのなかで、ステファニーがため息をついた。

「どうするか決心がついた？」

トラヴィスは唾を飲みこんだ。「いや、まだだ」

「三カ月になるわ」

「そうだ」

「面談はいつ？」

「あと三十分もしたら、会うことになってる」

兄を見つめながら、彼女はその返事を受けいれた。「いいわ、こうしましょう。もう少し考える時間をあげる。わたしはこれから兄さんの家に行って、子どもたちといっしょにいる」

「いまはいないよ。あとで戻ってくるけど」

「家で待っててもかまわない？」

「いいよ。鍵は――」

ステファニーはさえぎった。「ポーチにある石膏のカエルの下にあるんでしょ？

ええ、知ってるわ。そんなに意外そうな顔をするなら言っておくけど、泥棒にもすぐ見つかる場所ね」

彼はほほえんだ。「愛してるよ、ステフ」

「わたしもよ、トラヴィス。あなたのために来たのはわかってるでしょ？」

「ああ」

「いつでも。いつまでもね」

「ああ」

彼女は彼を見つめて、最後にうなずいた。「じゃ、待ってる。どうなったか結果が知りたいから」

「わかった」

立ちあがり、ハンドバッグを手にして肩に引っかけた。そして兄の頭にキスをした。

「あとでまた会いましょうね、ギャビー」ステファニーは答えを期待せずに言った。

病室から廊下に出たとき、トラヴィスの声が聞こえた。

「人は愛のために、どこまでできるんだろう？」

彼女は半分ふりむいた。「前にも同じことを訊かれた」

「そうだね」トラヴィスはためらった。「でも、いま訊いてるのは、ぼくがどうすべきなのか、だ」

「それなら、変わりない自分の考えを言うわ。この件をどうするかは、兄さん自身の選択だと」

「それはどういう意味かな？」

彼女の表情は心もとなげだった。「わからない。自分ではどう思う？」

21

ギャビーがケネス・ベイカーと久しぶりに出会ったのは、三年近く前、ボーフォートの名物でもある夏の一夜のことだった。生演奏が流れ、桟橋には何十隻ものボートが繋留されており、ギャビーと娘を連れてアイスクリームを食べに出かけるには理想的な夜だった。娘たちといっしょに列に並んでいると、ギャビーがさっき通りかかった店にきれいな版画があったとなにげなく話した。トラヴィスは笑顔になった。もう妻の直感には慣れていた。

「じっくり見てきたらいいじゃないか」と彼は言った。「子どもたちはぼくが見てるから、行ってこいよ」

彼女は思いのほか長く戻ってこなかった。帰ってきたギャビーの表情は曇っていた。家に帰って娘を寝かせたあと、ギャビーは見るからに心ここにあらずといった感じでソファにすわった。

「どうしたの?」と彼がたずねた。

ギャビーはすわりなおして言った。「じつはケネス・ベイカーに行き会ったの。あなたたちがアイスクリームを買っているあいだに」

「へえ、そうなんだ。どうしてた？」

彼女はため息をついた。「奥さんが昏睡患者になってから、もう六年たったのよ。六年がね。彼にとってそれがどんなものだったか想像できる？」

「いいや」とトラヴィスは答えた。「わからない」

「まるで老人みたいだった」

「ぼくもきっと老けこむだろうな。彼は大変な経験をしてきたんだ」

ギャビーはうなずいた。「彼は怒ってもいたわ、奥さんを恨んでるみたいに。たまにしか面会に行かないと言ってた。それに子どもたち……」彼女は続きを忘れたように物思いにふけった。

トラヴィスはギャビーを見つめた。「何を考えてる？」

「わたしに面会に来る？　もしそんなことになったら」

彼はなぜか理由はわからないが、恐怖をおぼえて胸苦しさを感じた。「もちろん行くよ」

妻の表情は悲しそうだった。「でも、しばらくすると回数は減るわよね」

「ずっと会いにいく」

「そして、わたしを恨むようになる」

「絶対に恨まない」

「ケネスはエレナーを恨んでたわ」

「ぼくはケネスじゃない」彼は首をふった。「どうしてこんな話をするんだ？」

「あなたを愛してるからよ」

彼は言い返そうと口をあけたが、ギャビーが手をあげてさえぎった。「最後まで言わせて。いい？」彼女は少し黙って考えをまとめた。「最初にエレナーが入院したとき、ケネスがどれだけ深く妻を愛しているかはっきりわかった。話をするたびに、いつも感じたものよ。そのうち彼が二人のことを話しはじめた。すべて打ち明けたんじゃないかと思うくらい。大学を卒業したあと夏に海辺で出会ったこと。彼がデートに誘ったこと。断られたけど、とにかくうまいことを言って電話番号をなんとか聞きだしたこと。彼女の両親が三十回目の結婚記念日を迎えたとき、初めて愛していると告白したこと。でも、彼はただそういう話をしていたわけじゃない。何度も何度もそれを追体験していたの。ある意味、あなたを思い出させるところがあった」

ギャビーは彼の手をとった。「あなたは同じことをしているのよ。わたしたちがどうやって出会ったか、あなたが人に話すのを何回聞いたかしら。悪くとらないでね。そんなふうにするあなたが大好きなんだから。思い出を心のなかで生かしつづけているところが大好き。だって……あなたがそうすると、もう一度わたしと恋をしているのが感じとれるから。これまでで、いちばん感激したことでもあるわ」彼女は間をあけた。「それと、わたしがくたびれてキッチンを片づけるのが嫌になったとき、きれいにしてくれるのが」

トラヴィスは思わず笑ったが、ギャビーは気づいていないようだった。

「でも、今日のケネスはものすごく……苦々しげというか、エレナーのことを訊いても、死んでいればいいのにと願っているような感じがした。以前彼が奥さんに抱いていた想いや子どもたちの現状を考えたりすると……恐ろしい」

彼女の声の余韻が消えたとき、トラヴィスは妻の手を握った。「ぼくたちはあんなふうにはならないよ……」

「そういうことじゃないの。要するに、しておくべきことをしないままではすまされない、というのかしら」

「何の話をしたいんだ？」

彼女は親指で彼の手をこすった。「あなたのことが大好きよ、トラヴィス。最高の夫だし、最高の人よ。こんな人はほかにいない。だからわたしに約束して」

「なんでも約束する」

ギャビーはまっすぐ彼を見た。「この身に何かが起きたら、わたしを死なせて」

「ぼくたちはもう生前遺言で、延命措置をしないと決めている」と彼は言い返した。

「通常の遺言状と弁護士への委任状を作ったとき、そうしておいたじゃないか」

「そうね。でも、わたしたちの弁護士は引退してフロリダに引っ越していったわ。自分自身が決められない状況になったとき、わたしが延命を望んでいないことは、わたしの知るかぎりあなたと彼しか知らない。あなたにとっても、子どもたちにとっても、待つだけの人生は理不尽だわ。時間がたてば、それがどうしても恨みに変わるでしょう。今日ケネスと出会って確信したのよ。わたしと結ばれたことを、あなたに恨んでほしくない。それくらいあなたを愛してるから。死はいつも悲しいものだし、避けられないこと。それで真っ先に生前遺書にサインしたの。あなたのすべてを愛してるから」ギャビーの声はだんだん小さくなり、にもかかわらず毅然としてきた。「それと、もうひとつ……わたしは自分の決心や、わたしたちの決断を、親や姉たちに話すのは気がすすまない。別の弁護士に遺言書を作りなおしてもらいたいとも思わない。ただ、あなたがわたしの望みを叶えてくれると信じて安心したい。だからこういう話をしたの。わたしの願いを尊重すると約束してほしくて」

彼はこの会話が現実のものとは思えなかった。「うん、いいよ……もちろん」

「いいえ、そういう返事じゃなく、ちゃんと約束して。誓いを立てて」

トラヴィスは唾を飲みこんだ。「きみの望みどおりにすると約束する。誓うよ」

「どんなにつらくても?」

「どんなにつらくても」

「わたしを愛してるから？」

「きみを愛してるから」

「いいわ」と彼女は言った。「わたしもあなたを愛してる」


トラヴィスが病院に持ってきた書類は、弁護士事務所でギャビーがサインした生前遺書だった。それには、昏睡したとき彼女を生かす栄養チューブは三カ月後にとりはずすと、具体的に特記されていた。今日、彼はその選択を迫られているのだ。

ギャビーの傍らにすわって、トラヴィスはあの夜かわした会話を思い出していた。彼女に立てた誓いもよみがえった。この数週間、何回となく心のなかでその言葉を再現してきた。三カ月の期限が近づくにつれて、目覚めてくれという祈りは必死さを増した。ステファニーが彼の家で待っているのも、そのためだった。六週間前、トラヴィスは妹にギャビーとかわした約束を打ち明けた。誰かと分かちあわずにはいられないほど、耐えられない重荷になっていた。

そのあとの六週間は心の安らぐ暇がなかった。ギャビーはぴくりとも動かず、脳の機能が回復したことを示すどんな変化も見せなかった。避けられない事態を無視しようとしても、時計の針は進み、ついに彼が決断を下すときがやってきた。

ときには、ギャビーと空想の会話をかわしながら、彼女の決心を変えさせようとしたこともあった。あの約束は理不尽だと彼は言った。自分がイエスと答えたのは、ありそうにないことだし、まさか起こるとは思いもしなかったからだと。もしあのとき未来が見えていたら、弁護士事務所で彼女がサインした書類だって破り棄ててていたとも告白した。たとえ何ひとつ反応が返ってこなくても、彼女のいない人生は想像できなかった。

自分はケネス・ベイカーのようにはならない。ギャビーを恨むことなど永遠にありえない。自分には彼女がどうしても必要だ。いつでもいっしょだと感じていたい。面会に来ると力が湧いてくる。今日も朝は重い疲労感と気だるさに覆われていた。だが、時間とともに責任感が頭をもたげ、ギャビーが望む父親でいようとすれば娘たちとも笑うことができると確信した。彼はそうやって三ヵ月間やってきたし、永遠にそれを続けられるとわかっている。ギャビーがいなくなったら、どうやって生きていけるかわからない。奇妙に思えるかもしれないが、この新しく生まれた、予測がつけられる日常には心なぐさめられる一面があった。

窓辺ではハトが行ったり来たりしていて、彼とともにどういう決断を下すか考えているようにも見えた。そのハトには不思議な親近感を持つことがあった。何かはわからないが、あることを教えようとしている気がした。一度、パンを持ってきたのだが、窓台にそれを投げてやろうにも網戸が邪魔なことに気づいた。ハトはガラスの前に立ち、彼の手にあるパンを見てかすかにクークーと鳴いた。ハトは間もなく飛び去ったが、また戻ってきて、午後のあいだずっとそこにいた。ハトはそれ以来彼を恐れなくなった。トラヴィスがガラスをたたいても、ハトはじっとしていた。やがて彼は、静かな病室にすわりながら別のことを考えはじめた。おかしなことに、ハトにたずねてみたい質問が浮かんだ。ぼくは殺人を犯すことになるのか？

　思いつめると、かならずその言葉に行き着いた。生前遺書の意志を実行しようとする場合、ほかの者と彼が違うのはそこだった。ほかの者にしてみれば、遺言どおりにするのが正しいことだ。彼らの選択は思いやりにもとづいている。一方、彼の場合は、たんなる論理では片づけられなかった。AとBが続いていれば、普通はつぎにCが来る。しかし、彼にとってあの事故は、ひとつのミスにつぎのミスが重なったもので、そもそも起こるはずのないことだった。事故が起こらなければ昏睡もなかった。妻に傷を負わせた主因は彼だが、まだ彼女は死んでいない。なのにいま、ポケットのなかにある仰々しい法律文書を使えば、事は決着してしまう。これによって最終的に、決定的に妻の死に責任を負うことになる。彼が食欲をなくしたのはそのせいだった。決断の日が近づくにつれて、食べ物が喉を通らなくなった。ときには神がギャビーの命を奪うばかりか、すべては彼の落ち度だと告げたがっているような気がした。

ギャビーは否定するだろう、まちがいなく。あの事故はたんなる——そうだ、事故にすぎない。栄養チューブにつながれる期間を決めたのは、彼ではなくギャビーだ。そうは思っても責任の圧倒的な重さは軽くできなかった。ステファニーは別として、ギャビーが何を望んでいたかを知る人は誰もいなかった。この選択は一人で引き受けなければならないのだ。

午後の灰色っぽい光が壁に物悲しい影を投げかけていた。トラヴィスはまだ思考停止の状態が続いていた。時間をかせぐために窓辺から花束を手にとり、ベッドに持っていった。それをギャビーの胸に置いて椅子にすわったとき、グレッチェンが顔を見せた。彼女はゆっくりと病室に入り、黙ってギャビーの脈拍を調べた。カルテに走り書きをして、ほんの少しほほえんだ。ひと月前、ギャビーの〝運動〟を彼がやっていたとき、ギャビーが絶対にグレッチェンは彼に気があると〝言った〟ことがあった。

「奥さんはお移りになるんですか？」グレッチェンの問いが彼の耳に聞こえた。ナースが養護ホームへの移送のことを言っているのだとわかった。病院の廊下で、「もうすぐそうなる」というひそひそ声を何度か耳にしていた。だが、グレッチェンの問いは本人には理解できないほど重く、彼は答える気力を奮い起こせなかった。

「わたし、きっと思い出します。お二人とも忘れません」

彼女の表情は憐（あわれ）みであふれんばかりだった。

「ほんとです。わたし、ギャビーよりも長くここで働いています。彼女があなたのことをどんなふうに話していたか、聞かせたいくらいですよ。もちろん、子どもたちのことも。ギャビーは仕事を愛してましたけど、いつも勤務を終えて家に帰るときがいちばん幸せそうでした。ほかのスタッフと違って、仕事が終わるから浮きうきするんじゃないんです。家に帰れるから、また家族といっしょに過ごせるから、うれしいんですよ。わたし、ほんとにギャビーっていいなと思いました。いい人生を送ってるなって」

トラヴィスは言葉を失っていた。

グレッチェンはため息をついた。その目に涙が光ったようだった。「こんなふうになったギャビーを見るなんて胸がつぶれるくらい悲しいです。それに、こんなあなたを見るなんて。病院中のナースが知ってますよ、あなたが毎年結婚記念日に奥さんにバラを贈っていたことを。ここに勤める女性たちはみんな、自分の夫や恋人がそういうことをしてくれたらと願っています。それから事故のあとのあなたの看病……悲しみも怒りもあるだろうけど、わたしはあなたが〝運動〟をさせてあげてるのを見てきたし、話しかける言葉も聞いてきました……絶対に切れない絆で結ばれているみたいなお二人の姿を。胸が張り裂けそうになるけど、とてもきれいです。お二人が立ち向かっている現実は、わたしにとってもものすごく恐ろしいんです。毎晩お二人のために祈りを捧げますね」

トラヴィスは胸にこみあげるものを感じた。

「たぶんいま伝えたいのは、真実の愛が実際に存在することを、あなた方のおかげで信じる気持ちになれたことなんです。この世の闇でさえ、それを奪うことはできません」彼女は黙った。言いすぎたという表情になって顔をそむけた。少しして彼女が病室を立ち去るそぶりを見せたとき、トラヴィスは肩に手が置かれるのを感じた。温かく、軽く、ほんの一瞬、ふれただけで離れていった。彼はまた選択肢とともに取り残された。


時間になった。時計を見て、もう引き延ばせないと思った。相手は待っているだろう。彼は部屋をよこぎってブラインドを閉めた。習慣でテレビをつけた。あとでナースが消すのはわかっていたが、ギャビーを墓よりも静かな部屋に一人で寝かせておきたくなかった。

彼はよく想像する場面があった。そのなかで彼は、自分の両親とキッチンのテーブルに向かい合わせですわり、信じられないと首をふっていた。「なぜ彼女の意識が回復したか、わからないんだ」という自分の声がした。「とにかく魔法のような答えはなくて、ただいつものように面会に行ったら……ギャビーが目を開けていたんだよ」

母が喜びのあまり泣きだし、彼はギャビーの両親に電話をしていた——。それがまるで現実の場面のように鮮明に浮かぶこともあり、そういうときは息を詰めて驚異の念をおぼえたものだ。

だが、いまはもうありえない。彼は部屋の端から彼女を見つめた。いったい何者なのだろう、ギャビーと彼は？　なぜすべてがこうなってしまったのか？　そうした疑問に筋の通る答えがあるはずだと思ったときもあったが、それは遠い昔の話だった。最近では頭が理解することを拒んでいた。ギャビーの上では蛍光灯がジーッと鳴っていた。自分はどうするつもりなのだろう？　まだわからなかった。わかっているのは、彼女がまだ生きていること。命があるなら、そこにはかならず希望があるということ。ギャビーに視線を合わせた。こんなにも近くに、すぐそこにいるのに、どうして手が届かないほど遠い存在なのか。

今日、彼は選択しなければならなかった。真実をつらぬけば、ギャビーは死ぬ。誓いを破れば、ギャビーの願いを裏切ることになる。彼女にどうすればいいか訊きたかった。どこか遠い彼方(かなた)から届く彼女の返事なら想像できるかもしれない。

〝わたしはもう答えたわ、あなた。するべきことはわかってるでしょう？〟

だが、と彼は叫びたかった。この選択は間違った仮定のもとに下されようとしている。時間がさかのぼれるなら、彼はそんな約束などしない。時間がさかのぼれるなら、彼女だってそんな願いをしないはずだ。そもそも彼の落ち度で彼女が昏睡患者になるとわかっていたら？　あるいは、栄養チューブを抜きとってゆっくり餓死するのを見れば、確実に彼の心が殺されると事前に彼女が知っていたら？　あるいは、彼女が回復しなくてもただ生きてさえいたら、絶対に父親として頑張って生きていけると話していれば？　彼女はああいう決断を下しただろうか。

重荷で心がつぶれそうだった。心が悲鳴をあげはじめた。〝頼む、起きてくれ！〟その響きは彼の体中の原子を揺さぶっていた。〝お願いだ、ギャビー、ぼくのために目覚めてくれ。ぼくらの娘たちのために。あの子たちにはきみが必要だ。ぼくにもきみが必要だ。ぼくがここから出ていく前に、目を開けてくれ。まだ間に合う……〟

一瞬、ギャビーがぴくりと動いたような気がした。間違いなくギャビーが動くのが見えた。胸が詰まって言葉にならない。だが、いつものように現実がまた頭をもたげ、たんなる妄想だと思い知った。ベッドのなかの彼女は身動きひとつしなかった。涙でぼやける彼女を見ながら、トラヴィスは自分の魂が息絶えていくのを感じた。

もう行かなければならない。その前にもうひとつ、しなければならないことがあった。誰もが知っているように、『白雪姫』の物語では、王子のキスで魔女の呪いが打ち破られる。毎日ギャビーのもとを去るときに、彼はいつもそんなことを考えたものだが、いまは何がなんでもするしかなかった。まさに最後のチャンスだ。いつのまにか、もしかしたら今日は違うかもしれないと小さな希望が湧いていた。ギャビーへの愛はいつもそこにあったが、これが最後という状況ではなかった。そのふたつがペアになれば、ずっと見つけられなかった魔法の処方箋が生まれるのではないか。彼は居ずまいを正してベッドに近づき、こんどはうまくいくと心に言い聞かせた。このキスはついにギャビーの肺に生命を吹きこむだろう。一瞬うめき声をあげて混乱するが、すぐに彼のしていることに気づくはずだ。生命が体内に注ぎこまれるのを感じ、彼の愛をたっぷりと実感し、お返しのキスを始めて彼を驚かせるだろう。

トラヴィスは顔を寄せた。たがいの顔が近づき、自分の息と混ざりあうギャビーの温かい息を感じとった。目をつぶり、これまでかわしてきた何千回のキスの思い出とともに、彼女の唇に唇を重ねた。火花が飛び散った。たちまちギャビーがゆっくり自分のもとに戻りはじめた。それは苦しいときに彼を支えてくれた腕だった。それは夜に隣の枕から静かに語りかける声だった。うまくいきそうだ。ほんとうに……そして胸が高鳴ったとき、いままでと何も変化がないことに気づいた。

顔を離したあと、彼にできたのは指で軽く頬をなでるだけ。声はしゃがれて、ささやくほどにしか聞こえなかった。

「さよなら、ギャビー」

22

愛のために、人はどこまでできるのだろう？

すでに決断は下していたが、トラヴィスは車を自宅の私道に乗りいれながら、まだ心のなかでその問いをくりかえしていた。ステファニーの車が停めてあり、家には居間の窓だけ明かりがついていた。家が無人だったら耐えられなかったかもしれない。

車から降りると寒気に襲われて、思わず上着をかき合わせた。月はまだ昇っておらず、星が頭上できらめいていた。気持ちが集中できたなら、昔ギャビーが教えてくれた星座の名前を思い出せただろう。彼はあの夜のことを考えながら、ちらりと笑みを浮かべた。この晴れた夜空のように記憶は鮮明だったが、いまはとても心に浮かべる力が湧かなかった。今夜はだめだ。

芝生は夜露に濡れて光っていた。一夜明けたら真っ白の霜になるだろう。朝になってあわてないように、娘たちのミトンとスカーフを出しておかなければ。やがて子どもが帰ってくる。疲れていたが、子どもの顔が見たくてたまらなかった。ポケットに手をつっこみ、玄関の階段に向かって歩きだした。

ステファニーは兄が入ってきた気配にふりむいた。トラヴィスは妹が表情を読もうとしているのを感じとった。ステファニーが彼のほうへ一歩踏みだした。

「トラヴィス」

「ただいま、ステフ」彼は上着を脱ぎながら、車で帰ってきた記憶がまるでないことに気づいた。

「大丈夫？」

彼が答えるまでに一瞬の間があった。「わからない」

彼女は兄の腕に手をかけた。やさしい声だった。「何か飲むものを持ってこようか？」

「グラスに水を頼めるかな」

ステファニーはすることができてホッとしていた。「すぐ戻るわ」

彼はソファにすわり、ぐったりと首を背にあずけた。一日中海で波と闘ってきたように疲れ果てていた。ステファニーが戻ってきてグラスを手渡した。

「クリスティーンから電話があった。少し遅くなるって。リサは向かってる途中よ」

「わかった」彼はうなずいて、家族写真に視線を合わせた。

「まだ話したくない？」

彼はグラスの水を飲んだ。喉がからからに渇いていた。「さっき病院でした質問を考えてくれた？　人は愛のためにどこまでできるのか」

　彼女は少し考えて答えた。「もう返事はしたと思うけど」

「そうだった、ある意味では」

「なによ、あれじゃ不満だって言うの？」

　彼はステファニーがいつもの調子でいてくれるのに感謝して笑顔を浮かべた。「もしぼくの立場だったら、どうするか聞きたいというのが本音なんだが」

「それは知ってたわよ」ステファニーはためらいがちに言った。「でも……わからないわ、トラヴ。ほんとに。そういう決断を下すところが想像できない。正直に言えば、誰にも不可能だと思う」彼女はため息をついた。「たまに兄さんが打ち明けずにいてくれたらと思うわ」

「話すべきじゃなかった。そんな重荷を負わせるなんて身勝手だったよ」

　彼女は首をふった。「そういう意味じゃない。兄さんは誰かに話さずにはいられなかったんだし、わたしを信頼して打ち明けてくれてうれしいわ。ただ、こうして兄さんが直面している現実を思うと、いたたまれないほど悲しくなる。事故、兄さん自身のけが、子どもについての心配、昏睡したままの妻……そのうえ、ギャビーの願いを尊重するかどうか選択を迫られた。人にはとても背負いきれない荷物よ」

　トラヴィスは無言だった。

「わたしは兄さんのことを心配してる」彼女は言い足した。「あの話を聞いてから、わたしだって夜あまり眠れなくなったもの」

「すまない」

「あやまらないで。あやまるのは、わたしのほうよ。事故が起きたとき、できるだけすぐにここへ戻るべきだったわ。もっとギャビーの見舞いと面会をすべきだった。兄さんの相談相手になれるように、そばにいなくてはならなかった」

「いいんだよ、これで。おまえが仕事をやめずにいてくれてうれしいよ。努力の果てにそこまで偉くなったんだ。ギャビーもわかってた。それに、これだけ来てくれたら御の字だ」

「兄さんがこんな目にあうなんて、ほんとに気の毒。つらいわよね」

トラヴィスは妹に腕をまわした。「ああ」

二人は黙ってすわっていた。辺りはヒーターのカチカチと鳴る音しかしなかった。ステファニーがため息をついた。「兄さんがどんな決断を下したとしても、わたしは支持するわ。わかってるでしょうけど。兄さんがどんなに深くギャビーを愛しているか、誰よりも知ってるから」

トラヴィスは窓に顔を向けた。ガラスを通して、近所の家の明かりが闇のなかに光っていた。「ぼくにはできなかった」彼はついに言った。

頭のなかを整理しようとして続けた。「ギャビーの願いどおりにしよう、できる、そう思ってた。医者たちに栄養チューブをはずすように頼む言葉まで練習していた。でも……結局できなかった。たとえ残りの一生を養護ホームに通って生きることになっても、ほかの人と生きる日々よりいい人生だ。彼女を死なせるわけにはいかない。愛してるんだ」

ステファニーは兄に弱々しい笑みを投げた。「やっぱり。兄さんが部屋に入ってきたとき、表情を見てわかったわ」

「間違ってないかな」

「ええ」彼女は迷わずに答えた。

「ぼくにとっても、ギャビーにとっても？」

「そうよ」

彼は唾を飲みこんだ。「ギャビーの意識は回復するだろうか？」

ステファニーは兄と目を合わせた。「ええ、そう思う。わたしはずっと信じてきたわ。兄さんとギャビーは……どこか神秘的に結びついてるところがある。すべてがよ。二人がたがいを見るしぐさ、兄さんが背中に手を置くと彼女がリラックスするところ、相手の心がいつもわかってるみたいだし……ずっと不思議な感じがしていたものよ。それでわたし自身の結婚を先延ばしにしてるのかもしれない。兄さんたちみたいな結びつきを求めてね。自分がもう見つけたのか、これから先見つけられるのか、確信が持てなくて。ああいう愛があれば……すべてが叶うんじゃない？　兄さんはギャビーを愛し、ギャビーは兄さんを愛してる。二人が結ばれていない世界は想像がつかない。ほんとうに運命的な出会いをした二人なのよ」

トラヴィスは妹の言葉を胸に染みこませた。

「で、これからどうする？」と彼女が訊いた。「生前遺書を燃やす手伝いが必要？」

張りつめた空気にもかかわらず、彼は笑った。「たぶんそのうち」

「弁護士は？　兄さんを悩ますために舞い戻ってきたりしない？」

「何年も連絡がないままだ」

「ほら、それも兄さんが正しい選択をしたしるしよ」

「かもしれない」

「養護ホームは？」

「来週移ることになった。あとは書類を出して手続きをするだけだ」

「手伝う？」

トラヴィスはこめかみを揉んだ。重い疲労感が残っていた。「そうだね。できれば頼みたい」

「ねえ」ステファニーがちょっと首をふってみせた。「兄さんの選択は正しかった。

だから、決して罪悪感をおぼえないで。それ以外に道はなかったんだから。ギャビーは生きたいと思ってる。彼女だって、あなたと娘たちのもとに戻れるチャンスを求めてるのよ」

「わかってる。でも……」

彼は言葉が続けられなかった。過去は過ぎ去り、未来はまだ姿を現さなかった。いまは現在をよく見るしかないとわかっていた……。だが、それでも迎える毎日が果てしなく耐えがたいものだと気づかされた。

「怖いんだ」彼は最後に、正直な気持ちを口にした。

「わかる」ステファニーは兄の体を引き寄せた。「わたしも怖い」

エピローグ

二〇〇七年六月

くすんだ冬景色は、緑したたる初夏の色に場所をゆずっていた。トラヴィスは裏のポーチにすわって、鳥のさえずりに耳をかたむけていた。数十羽、いや数百羽の鳥がにぎやかに呼びかわし、ときおり林からムクドリの群れが大挙して飛びたつと、振り付けをされたようにきれいな弧を描いて移動していった。

ある土曜日の午後だった。クリスティーンとリサは、先週トラヴィスが吊るしたタイヤブランコでまだ遊んでいた。娘たちを、普通のとは違う長くゆっくり揺れるブランコに乗せてあげたくて、低い枝を何本か切り、できるだけ高いところからロープを吊るしたのだ。その朝、彼は娘たちがあげる悲鳴と歓声を聞きながら一時間ほどブランコを押し、終わったときにはシャツの背中が汗でぐっしょり濡れていた。娘たちはまだ押してほしがった。

「何分か休ませてくれよ」彼は息を切らして言った。「パパはくたびれた。しばらく交代で押してごらん」

娘たちは見るからにがっかりした。顔が曇り、肩を落としたが、それはほんの短いあいだで、すぐにかんだかい歓声をあげて遊びはじめた。トラヴィスはブランコに揺れる子どもを見ながら、口もとにかすかな笑みを浮かべた。娘たちの笑う楽しそうな声が好きだった。二人が仲よく遊ぶのを見ていると心がなごんだ。将来もいまみたいにずっと仲よくやってほしかった。彼自身とステファニーの関係が参考になるなら、娘たちもいずれもっと仲よくなると信じたかった。少なくともそこには希望があった。ときに人は希望しか持てないのだということを彼は学び、この四ヵ月間、それを受けいれて生きてきた。

どちらの道を行くか決めて以来、トラヴィスの生活は少しずつ、ある程度まで普通に戻っていった。ともかく、うわべだけは。彼はステファニーとともに養護ホームを五、六ヵ所見て歩いた。見学を始める前に彼が抱いていた養護ホームのイメージは、いつも照明が薄暗く不潔そうな場所で、患者たちが夜中にうめきながら廊下を歩きまわり、固定観念に縛られた介護スタッフが見張っているというものだった。ところが、実際の施設はまったくそうではなかった。ともかく彼とステファニーが訪ねたところは違っていた。

ほとんどの養護ホームは明るく、空気も新鮮で、運営者は常識的な思慮深い中年の人たちだった。彼らは男にしろ女にしろきちんとスーツを着ており、施設がよそよりも衛生的であり、スタッフが礼儀正しく、親切で、プロ意識を持っていることを熱心に証明しようとした。見学するあいだトラヴィスが考えていたのは、ギャビーがこうした場所を喜ぶだろうか、彼女が施設のなかでいちばん若い患者だろうか、ということだった。その一方で、ステファニーは厳しい質問をいろいろと浴びせた。

スタッフの経歴のチェックはどうしているか、緊急時の救命体制はどうなっているか、苦情の処理はどの程度迅速になされているのか。ステファニーは廊下を歩きながら、法律で定められた規約や規則を心得ているとはっきり運営者にわからせた。それから起こりうる状況をいくつか仮定して、それをスタッフと所長がどのように扱うかたずねた。また、ギャビーの床ずれを防ぐために一日何回、体の向きを変えてもらえるのかも確かめた。トラヴィスはそんな妹に、犯罪を立証しようとする検事の姿を何度も重ねあわせたが、たとえ彼女が何人かの所長を怒らせたとしてもその用心深さはありがたかった。彼の頭はほぼ思考停止状態だったが、妹のする質問がすべて適切であることはなんとなくわかった。

結局ギャビーはエリオット・ハリスという人物の経営する養護ホームへ救急車で移送された。カータレット総合病院のわずか二ブロック先にある施設だった。ハリスはトラヴィスだけでなくステファニーにも好印象を与えた。彼のオフィスで各種手続き書類の大半を記入したのはステファニーだった。真偽はともかく、彼女は州議会に知り合いがいるとほのめかして、ギャビーを中庭にのぞむ品のよい個室に入れさせた。トラヴィスはギャビーの面会に行くと、ベッドを窓辺へ転がしていき、枕に空気を入れてふくらませた。そして、彼女が中庭から聞こえてくる音を楽しんでいるところを想像した。そこでは友人や家族たちが日射しを浴びて集(つど)っていた。彼が〝運動〟をしてあげているとき、ギャビーは一度そんなことを口にした。ギャビーは彼の選択を理解しているし、そうしてくれてよかったとも言った。もちろん正確を期しておくなら、ギャビーがそう言ったとトラヴィスが想像したわけだ。

ギャビーをホームに入れ、新しい環境に二人で慣れながら一週間を過ごしたあと、トラヴィスはクリニックの仕事に復帰した。彼はステファニーに勧められたとおり、週四日、正午過ぎまで働き、そのあとを父に補ってもらった。復帰して初めて、自分が普通の人たちとの交流に飢えていたことに気づかされた。父とランチをともにしたときは、食事をほぼすべてたいらげていた。

規則的に勤務を始めると、もちろんギャビーと過ごす時間のスケジュールを調整しなければならなくなった。娘たちを学校へ送りだしたあと、まず養護ホームに行って一時間過ごす。勤務が終わると、娘たちが帰宅するまでまた一時間ギャビーと過ごす。金曜日はほとんど一日中ホームにおり、週末になると日に数時間いっしょにいた。時間の長さは子どものスケジュールしだいで変わったが、それはギャビーが頑としてそう言いはったはずだからだ。

たまに娘たちが週末にホームに来ることもあった。といっても、たいていの場合は行きたがらないか、サッカーの試合やパーティーやローラースケート遊びがあったりして時間がとれなかった。彼はギャビーが生きるか死ぬかという悩みを抱えていたが、娘たちがそういうことを考えずに母親と距離を置きだしても、以前ほど気にならなかった。娘たちも父親のように、必要なことをして心の傷を治しながら前進していた。人はみなそれぞれ違う方法で悲しみを克服するものだ。彼はこれまでの経験からそれがわかっていた。一家は少しずつ新しい生活を受けいれはじめた。

そしてギャビーが養護ホームに移ってから九週目のある午後、ギャビーの部屋の窓辺にあのハトがやってきた。

最初、トラヴィスは信じられなかった。じつを言えば、同じ鳥だとも思わなかった。そんなに簡単に見分けられるものだろうか？　灰色と白と黒の羽根に、ビーズのような黒い目。それにハトはほとんどの場合害鳥と言ってよく、どれもよく似ている。だが、その鳥を見るうちに……トラヴィスには同じハトだとわかった。間違いない。ハトは窓台を行ったり来たりして、トラヴィスがガラスに近づいても逃げようとしなかった。それにクークーという鳴き声に……なんとなく聞き憶えがあった。百万人が彼をどうかしていると思うだろうし、心の隅でそのとおりだとも思っていたが、それでも……。

どんなに頭が変だと思われようと同じハトだった。

彼は驚いて魅入られたように見つめた。翌日、トラヴィスはワンダーブレッドを買ってきて窓台にパンくずを少し撒いた。そうしてハトがまたやってこないかと、定期的に窓の外に目をやった。ハトはいっこうに現れなかった。あのハトを見てからというもの、彼は窓辺に何もいないと気持ちが沈むようになった。空想にふけっていると、彼はハトが二人の様子をチェックしに、つまりトラヴィスがまだギャビーを見まもっているかどうか確認するためにやってきたのだと考えたくなった。あるいは、希望を捨てるなと言いにきたのだと内心でつぶやいた。彼の選択は正しかったのだと。

ハトがやってきた瞬間を思い出しながら、彼は楽しそうな娘たちを眺めていられることと、娘たちの喜びを自分の体験にできることに驚いた。こうした幸福感、世界がすべて順調だという感覚を、かろうじて感じていた。あのハトが、一家の生活を変えたものの先触れだったのだろうか。そんなことを考えるのは人間だけだ。そして自分はこの物語の最後の部分を、死ぬまでずっと語りつづけるのだろう。

どういうことかと言えば、ハトが現れてから六日後の午前十時ごろに変化が起きた。トラヴィスはクリニックで仕事をしており、1番の診察室には風邪の猫、2番の診察室には注射の必要なドーベルマンの子犬がいた。彼は3番の診察室で雑種犬の縫合をしているところだった。このラブラドールとゴールデン・レトリーバーの混血は、鉄条網を通り抜けて裂傷を負っていた。最後のひと針を縫って糸を結んだあと、飼い主に傷からの感染症に注意が必要だと話していると、助手がノックもせずに診察室へ入ってきた。トラヴィスは何事かとふりむいた。

「エリオット・ハリスから電話です。お話があるとか」

「用件を聞いてもらえる？」トラヴィスは犬と飼い主をちらりと見て言った。

「待てないそうです。緊急の用件だと」

トラヴィスは飼い主にあやまり、助手に後を頼むと、オフィスに戻ってドアを閉めた。電話に明かりが点滅して、ハリスが待っていることを知らせていた。

どんな用件か想像がつかなかった。受話器を持ちあげて耳にあてたときは不吉な予感がした。エリオット・ハリスがクリニックに電話をしてきたのは初めてだ。彼は居ずまいを正して通話ボタンを押した。

「トラヴィス・パーカーです」

「パーカー先生、エリオット・ハリスです」院長が言った。落ち着いた声で、用件の予測はつかなかった。「できるだけ早く当ホームへ来られたほうがいいと思いまして」

そのあとの短い沈黙のあいだに、トラヴィスの思いはめまぐるしく変化した。ギャビーが息を止めた、容体が急変して悪化した、すべての希望が失われた……。その瞬間トラヴィスは、何が来ても撃退できるように受話器を握りしめた。

「ギャビーに何か?」彼は訊いた。胸がいっぱいで言葉に詰まった声だった。

たぶん一秒か二秒だったろう、また間があいた。一瞬のまばたきが何年もかかるような長さだった。だが、そのあとに聞こえたふたつの言葉に、彼は受話器を落としていた。


オフィスを出たとき、トラヴィスは気味が悪いくらい冷静だった。少なくともあとで助手がそのときの印象をそう形容したのだが、外見からは何が起きたのかわからなかったそうだ。彼は人目も気にせず夢遊病者のように受付にやってきた。スタッフも、動物を診察してもらいにきた飼い主も、みんなトラヴィスの妻が養護ホームにいることを知っていた。受付係をしている十八歳のマデリンは、近づいてくるトラヴィスに目を丸くしていた。そのときにはスタッフ全員が養護ホームから電話があったことを知っていた。小さな町ではそんなふうにニュースがまたたくまに広がるものだ。

「親父に電話して代役を頼んでくれないか?」トラヴィスが頼んだ。「養護ホームに行かなければならなくなった」

「はい、わかりました」マデリンは答えたあと遠慮がちにたずねた。「先生、大丈夫ですか？」

「車でホームまで送っていってほしいんだ。いまはハンドルを握らないほうがよさそうだから」

「わかりました」彼女は怖じ気づいたようだった。「まず電話をすませますね」

彼女が電話のボタンを押しているあいだ、トラヴィスは体が麻痺したように立っていた。待合室は静まり返っており、動物たちまで何かが起きたことを察しているようだった。マデリンが父に話す声が、トラヴィスにはとても遠くに聞こえた。自分のいる場所さえおぼつかないようだった。マデリンが電話を切り、父がすぐにこちらへ向かうと伝えたとき、ようやく彼は周囲に注意を向けた。マデリンの顔にはおびえが浮かんでいた。彼女がまだ若く、世間知らずだったからだろう、誰もが考えていたことを思わず口にした。

「何があったんです？」

周囲の者の表情には、思いやりと不安が刻まれていた。彼を昔からよく知る人たちであり、なかには子ども時代を知る人もいた。何人かはギャビーのことも——ほとんどがスタッフだったが——よく知っており、事故のあとはみんなそろって同じ悲しみに沈んだ時期があった。彼が土地の人間だったので、他人事でありながら身内のことでもあった。ボーフォートはひとつの家と言ってもよく、周囲を見ると、みんなが家族愛にも似た好奇心をのぞかせていた。そうは言ってても、彼は何を言ってよいのかわからなかった。この日が来ることを千回は思い描いてきた。だが、いま頭のなかは真っ白だった。自分の息づかいまで耳に響いた。精神を強く集中すれば心臓の熱まで感じとれただろうが、思いはとりとめもなく広がり、言葉にすることはおろか、つかむことすらできなかった。

どう考えたらいいのだろう。ほんとうにハリスの言葉を正しく聞きとったのだろうか。それともこれはすべて夢で、何かを誤解したのではないだろうか。頭のなかでハリスとの会話を再現し、隠れた意味を探したり、言葉の裏に潜む現実をとらえようとした。だが、そう思っても長くは集中できず、感じていいはずの気持ちにすらたどりつけなかった。恐怖があらゆる感情を遮断していた。あとになって彼は、このときの気持ちをシーソーに乗っているようだったと話したが、片方には究極の幸せがあり、もう一方には究極の喪失があって、自分はその中央で両側に足をかけてバランスをとり、少しでも間違った動きをすればどちらの側にも転びかねないと身じろぎもできない状態になっていた。

トラヴィスは受付カウンターに両手をついて体を支えた。マデリンがキーホルダーを揺らしながらカウンターをまわって出てきた。彼は待合室を見まわし、マデリンを見て、それから床に視線を落とした。顔をあげたときにできたのは、つい先ほど受けた電話の物真似にすぎなかった。

「彼女が目覚めた」ついに言葉が声になった。

十二分後、三十回レーンを変え、三回、黄色か赤信号になった交差点を突っ切り、マデリンは車を養護ホームの玄関へ停めた。トラヴィスは車のなかでも無言のままだったが、ドアを開けるときに笑顔で感謝を伝えた。

車で送りとどけてもらっても、気持ちの混乱はおさまらなかった。ただただ希望に満たされ、極度に興奮していたが、同時に誤解しているのではないかという思いも振り払えなかった。もしかしたら一瞬意識が回復しただけでまた昏睡状態に戻っているかもしれない。誰かが最初に間違った伝え方をしたのかもしれない。脳の機能が回復する医学的条件についてハリスがした話は明快ではなく、なんだかあいまいだった。入り口のドアに向かう彼の頭のなかでは、希望と絶望のシナリオが交互に浮かんで渦巻いていた。

エリオット・ハリスは迎えに出ていた。トラヴィスがとても真似できないと思うほど落ち着いた様子だった。「医師と神経科医には連絡してあります。もう数分で来ると思いますよ。さあ、部屋に行きましょう」

「彼女はほんとに？」

ハリスは、じつはトラヴィスがあまり人となりを知らない男だったが、彼の肩に手をかけて押すようにした。「行けばわかる。ずっとあなたを呼んでるんです」

　誰かがドアを開けて押さえていてくれた――どんなに記憶を深く掘りおこしても、それが男か女か思い出せないのだが。トラヴィスは施設に足を踏みいれた。すばやく右手にある階段に向かった。駆けあがりはじめたが、上るにつれて膝に力が入らなくなった。二階にあがり、個室棟につながるドアを開けた。そこにはナースと介護のスタッフが彼を迎えるように立っていた。その興奮した表情から、二人が彼のやってくるのを待ちかまえていて、起きた出来事を話したがっているのがわかった。だが、彼は立ちどまらず、二人も止めだてはしなかった。足は限界に達しており、いったん壁にもたれて気持ちを鎮めなければならなかった。それからまたギャビーの部屋のほうへ歩きだした。

　部屋は二階の左側にあり、ドアは開け放されていた。近づくにつれて、つぶやくような話し声が聞こえてきた。ドアの手前でためらい、髪ぐらいととのえてくればよかったと思ったが、そんなことはどうでもよかった。なかへ足を踏みいれた。グレッチェンが顔をあげた。

「病院で先生のポケベルが鳴ったとき、わたし、隣にいたんです。だからもう、とにかく会いにいかなくてはと……」

　トラヴィスはほとんど聞いていなかった。彼はまっすぐギャビーを見つめた。妻はホームのベッドに弱々しく起きあがっていた。混乱した表情だったが、彼を見るその笑顔は知りたいことすべてを語っていた。

「たくさん話したいことがおありでしょう……」グレッチェンが後ろで言っていた。

「ギャビー？」トラヴィスはどうにか声をしぼりだした。

「トラヴィス」彼女の声はかすれていた。声が違って聞こえた。声帯を使わなかったせいでぼそぼそしていたが、ギャビーの声に間違いなかった。トラヴィスは彼女の目から視線を離さずにゆっくりベッドに近づいた。グレッチェンが部屋から出て、ドアを閉めたのも気づかなかった。

「ギャビー？」彼は信じられないようにくりかえした。夢のなかで、あるいは夢だと思ったもののなかで、彼女が全力をふりしぼるかのように、片手をベッドから自分のおなかに移した。

　彼はベッドに腰かけた。彼女のそばに。

「どこにいたの？」言葉ははっきりしなかったが、愛情があふれていた。間違いなく生命が息づいていた。意識があった。「あなたがどこにいるのか、わからなかったの」

「もうここにいるよ」トラヴィスが言った。とたんに彼はすすり泣き、堰（せき）を切ったように荒い息づかいでしゃくりあげていた。ギャビーに抱いてほしくて身をかたむけた。

背中に彼女の手を感じたとき、彼はさらに激しく泣きだした。夢ではなかった。ギャビーが彼を抱いていた。彼女には彼が誰かも、自分が彼にとってかけがえのない大切な人だということもわかっている。これは現実だ。彼はそれしか考えられなかった。こんどこそ現実なのだ……。

トラヴィスはギャビーのそばを離れられず、それから数日間、クリニックの仕事を父に代わってもらった。彼がフルタイムに近いスケジュールで働くようになったのは、ごく最近のことだ。週末にこうして庭で娘たちが笑いながら遊び、ギャビーがキッチンに立っていると、トラヴィスはときどき昨年からの出来事を細かく思い返そうとする。だが、彼が病院で過ごした日々の記憶はぼやけており、ギャビーと同じくらい無意識だったみたいに薄靄（うすもや）がかかっている。

もちろん昏睡から覚めたギャビーは無傷ではなかった。体重はかなり落ち、筋肉も萎縮しており、左半身の大部分にしびれが残っていた。自力で立てるようになるまでに何日も要した。リハビリ療法はじれったくなるほど進みが遅かった。理学療法士とともに過ごすのは一日二時間だった。以前ならできて当然の簡単なことができないので、最初はギャビーもストレスがたまった。鏡に映る痩せこけた外見も大嫌いで、決まり文句のように十五歳も老けたとこぼした。そんなとき、トラヴィスはいつも彼女を美しいとほめた。心の底から揺るぎなくそう言えた。

クリスティーンとリサは慣れるのに少し時間がかかった。ギャビーが目覚めた日の午後、彼はエリオット・ハリスから母に電話をして、娘たちを学校に迎えにいってもらった。一時間後、家族全員が再会することになったが、クリスティーンとリサは部屋に入ったもののママに近づきたがらなかった。二人はトラヴィスにしがみつき、ギャビーが何かたずねてもひと言しか答えなかった。三十分ほどしてリサがようやく、おっかなびっくりママのベッドのそばへ近づいた。クリスティーンは翌日まで心を開かなかった。そのときもギャビーとは初対面のように感情をあらわにしなかった。その夜、ギャビーが病院に戻され、トラヴィスが娘たちを家に連れて帰ったあと、クリスティーンはこんなことをたずねた。「ママはほんとに戻ってきたの？　それともまた眠っちゃうの？」

医者たちはもう昏睡状態に戻ることはないと明言したが、少なくともしばらくは彼らも完全にその可能性をぬぐい去れなかった。クリスティーンの恐れは彼の恐れの反映でもあった。ギャビーが眠っていたり、リハビリのあとでくたくたに疲れて目を閉じていたりすると、トラヴィスは胃がぎゅっと締めつけられた。息づかいが荒くなり、彼女が目を開けなかったらどうしようとパニックに駆られて、そっと押してみた。そしてもぞもぞと動きだした彼女に、安堵（あんど）と感謝を隠すことができなかった。

最初のころはギャビーも彼の不安を受けいれた。じつは彼女自身も恐れる気持ちがあったからだ。だが、やがて怒るようになった。先週も、月が高く昇ってコオロギが鳴いているとき、トラヴィスが隣に横たわる彼女の腕をなではじめると、ギャビーが目を開け、時計に視線を合わせて、まだ午前三時過ぎだと気づいたとたん彼をにらみつけた。

「こういうことはやめて！　わたしだって眠らなきゃ。世界中のほかの人たちみたいに、邪魔されずにぐっすりと！　こんなことじゃ疲れ果てちゃうわ、わかる？　これからずっと一時間おきにこづかれて眠る人生を送るなんてごめんよ！」

これが彼女の精一杯の抗議だった。口論にはならなかった。というのも、彼が言い返す暇もなく彼女は背を向けて、一人でブツブツ言いながら寝てしまうからだが、トラヴィスはそれがいかにも……ギャビーらしいと安堵のため息をつくのだった。彼女がもう昏睡状態に戻ることを心配していないなら――そして絶対にないと断言しているなら、彼もそう思うべきだった。とにかく彼女を眠らせてあげようと彼は思った。

しかし正直なところでは、あの恐れが完全に消えるかどうか疑問だった。たとえば深夜、彼は妻の寝息をじっと聞いていた。その寝息のパターンが昏睡状態のときと違うことに気づくと、ようやく彼は寝返りを打って眠りについた。

こうしたことはすべて元どおりになるまでの過程であって、時間がかかることもわかっていた。多くのことがそうだった。彼女の生前遺書を無視したことも話していないが、彼は伝えるべきかどうか迷っていた。彼女が病院にいるときに彼が一人でかわした想像上の会話についてもまだ話していないし、ギャビーも昏睡についてはほとんど話さなかった。彼女は何ひとつ記憶していなかった。匂いもなく、テレビから聞こえる音もなく、彼の手の感触も憶えていなかった。「ただ、時間が……消え失せたみたいなの」

でも、それでいい。すべてはなるべくしてなったことだ。後ろで網戸がきしみながら開いたので、彼はふりむいた。遠くでは、家の横手にある丈の高い草むらにモリーが寝そべっている。年寄りになったモビーは隅のほうで眠っている。トラヴィスは娘たちの様子をのぞくギャビーの満足そうな表情を見てほほえんだ。リサの乗ったタイヤブランコをクリスティーンが押してやり、二人とも大はしゃぎで笑っていた。ギャビーはトラヴィスの隣にあるロッキングチェアにすわった。

「ランチの用意ができたけど、もう少し遊ばせておいてもいいわね。あんなに夢中なんだもの」

「そうだね。さっきまで、くたくたになるほどこき使われちゃったよ」

「あとでステファニーが来たら、みんなで水族館に行かない？　そのあとピザか何か食べるとか。わたし、じつはピザに飢えてるんだけど」

彼はこの時間が永遠に続いたらいいのにと思いながらにっこりした。「それはいいね。ああ、それで思い出した。きみのシャワー中にお母さんから電話があったんだ」

「ちょっとしたらかけてみる。クーラーの調子が悪いからその電話もしなきゃ。ゆうべは子ども部屋のクーラーが効かなかったのよ」

「ぼくに直せるかもしれない」

「そうかしら。以前あなたにまかせたら、結局買い替えることになったじゃない。でしょ？」

「きみがあまり作業時間をくれなかったことは憶えてるけどね」

「へえ、そうだっけ」彼女はふざけて、ウインクした。「食事は外にする？　それとも中でする？」

　彼は考えるふりをした。どちらでもかまわなかった。ここでも外でも家族全員が顔をそろえているのに変わりはない。彼は愛する妻と娘たちといっしょにいる。それ以上に必要なもの、ほしいものがほかにあるだろうか。日はさんさんと降りそそぎ、花は咲きほこり、この冬には想像もできなかった心配のかけらもない一日が過ぎていく。どこにでもある普通の一日。だが何よりも、あるべきものがすべてそこにある、そういう日だった。

感謝のことば

よし、正直になろう。じつを言うと、感謝のことばを書くのに苦労することがある。その理由は単純で、ぼくの作家人生が幸いにも安定しており、それが現代では珍しいことだと思えるからだ。初めのころの小説、たとえば『メッセージ・イン・ア・ボトル』や『レスキュー』（未訳）の感謝のことばを読み返すと、いまもいっしょに働いている人たちの名前がある。小説を書きはじめてからエージェントも編集者も変わっていないし、パブリシティ担当者、映画のエージェント、権利関係の弁護士、表紙のデザイナー、販売担当者も同じで、映画化された四作品のうち三つは同じプロデューサーによるものだ。すばらしいことなのだが、いま挙げた人たちにお礼を述べるとなると、なんだか壊れたレコードをかけているような気がする。とはいえ、やはり全員が感謝を受けて当然だ。

もちろん、まず最初に――いつものことだが――妻のキャットに礼を言いたい。結婚して十八年。ぼくらは人生をともに歩んできた。五人の子ども、八匹の犬（さまざまな時期に)、三つの州の六カ所の家、親戚の三人のとても悲しい葬式、十二冊の小説とノンフィクションといったものを共有した。最初からつむじ風のように目まぐるしかった結婚生活を思うと、これだけのものを別の人と共有するなどとても想像できない。

つぎに子どもたち――マイルズ、ライアン、ランドン、レクシー、サヴァナ――は、ゆっくりとだが着実に成長している。みんな愛しているし、それぞれを誇りに思っている。

パーク・リテラリー・グループのテレサ・パークは一番の親友というだけでなく、エージェントとしてすばらしい。知的で、魅力的で、親切な彼女は、かけがえのない人生の賜(たまわ)り物だ。そのすべてに感謝したい。

グランド・セントラル・パブリッシングの編集者、ジェイミー・ラーブにも余すことのない感謝を捧げたい。彼女は原稿をできるかぎり高めようとして鉛筆を入れてくれる。その小説読みとしての直観の冴(さ)えにふれることができるのは幸運だが、それにもまして彼女を友だちと呼べるのがうれしい。

映画『ウォーク・トゥ・リメンバー』『メッセージ・イン・ア・ボトル』『最後の初恋』のすぐれたプロデューサー、デニス・ディノヴィに。彼女はハリウッドの親友だ。映画のセットを訪ねるのを楽しみにしているし、おかげでそこに行くチャンスもらえる。

グランド・セントラル・パブリッシングの新しいCEO（いや、正確にはもう新しくないが）デイヴィッド・ヤングとは親しくなっただけでなく、心から感謝を捧げたい。スケジュールぎりぎりまで原稿を渡さない困った癖が、ぼくにあることだけでも。ほんとうに申しわけない。

パブリシティ担当のジェニファ・ロマネロ、エドナ・ファーリーともずっと親しくしている。二人とも一九九六年に『きみに読む物語』を刊行したときからの付き合いだ。すべてにわたって感謝しているよ！

原稿整理をしてくれるハーヴェイ＝ジェーン・コワルとソーナ・ヴォーゲルは、ぼくの小説にかならず顔を出す〝小さなミス〟をいつも見逃さない。

UTAのハウウィ・サンダーズとキーヤ・カヤーシャンはぼくが書いた映画の脚色を一財産に変えてくれた。二人にも深く感謝している。

スコット・シュウィマーもつねに目を光らせており、ずいぶん親しく思えるようになった。ありがとう、スコット！

『親愛なるきみへ』の映画化を進めているプロデューサーのマーティー・ボウエンにも感謝したい。どういう映画になるか、見る日が待ちきれない。

今回もすばらしい表紙を作ってくれたフラッグにも。

最後に、シャノン・オキーフ、アビー・クーンズ、シャロン・クラスニー、デイヴィッド・パーク、リン・ハリス、そしてマーク・ジョンソンに礼を述べたい。いろいろありがとう。

訳者あとがき

海辺の小さな町。そこで生まれ育ったトラヴィスは独身生活を満喫していた。だが、隣の家に引っ越してきたちょっと気の強いギャビーと出会ったとたん、運命が変わりはじめた。ギャビーなしの人生を送るなど考えられなくなったのだ……。

ニコラス・スパークスの最新作『きみと歩く道』は日が降りそそぐ明るい季節から始まる。いかにも物事が順調にスタートするような軽快なタッチだ。

前もってお断りしておくと、プロローグで暗示されているとおり、ただ明るいだけの話ではない。スパークスのファンならおわかりだろうが、その作品はいずれも光と影から成り立っている。彼自身、「(ある詩の)深い愛がなければ深い喪失もない、という言葉をぼくは信じている」と書いているように、深い愛情が生む明暗のドラマはスパークスの世界の背骨と言ってもよい。本書は光と影の組曲と呼びたいほど、とりわけ対比をくっきりさせた点で印象深い。

まず冒頭の設定と全体像を要約しておくと、物語は二部構成になっており、第一部と第二部ではがらりと雰囲気が違う。

全体の三分の二にあたる第一部は、音楽にたとえると長調だろう。副題をつけるなら〝恋の実り〟といった楽想だろうか。どこまでも晴れればれとして、ほほえましくもある。

主人公のトラヴィスは隣家に引っ越してきたギャビーと数週間後に初めて言葉をかわすのだが、なぜか彼女は憤慨しており、いきなり彼に喧嘩腰で食ってかかる。〝愛犬が彼の飼い犬に妊娠させられたから、責任をとって〟と。

三十二歳のトラヴィスは決して裕福ではないが、堅実な仕事を持ち、ガールフレンドにも不自由せず、親友に囲まれてスポーツや休日を楽しんできた。だが、友人はみな結婚して子どもができたのに、彼の恋はいつも夏の花火のように終わってしまう。自分に問題があるのではないだろうかと考えはじめていた。

一方のギャビーは二十六歳。自立をめざし準医師として町の小児科に勤めはじめた彼女は、隣町に結婚を前提にしたボーイフレンドが住んでいる。その近くで暮らせるのと犬を飼うという夢を叶えたところだ。だが、彼女はトラヴィスの人生観を知って新鮮な驚きをおぼえた。都会育ちで仕事に野心的なボーイフレンドは〝結婚〟という言葉を避けているようでもある。ほんとうに彼と結ばれて幸せになれるのだろうかと、ギャビーの心は揺れはじめる。

こうして二人の飼う愛犬が呼び水となり、スパークスらしい等身大の恋のドラマがテンポよく展開するのが第一部。

これに対して、第二部はその十一年後、夫婦となった二人の現在のドラマだ。

前半の光に対してこちらは影になるが、それは彼らの愛情が冷めたという意味ではない。むしろ強まっているくらいだ。どういう影なのかは未読の方のことも考慮して伏せるが、この第二部で最大の山場がやってきたとき、光り輝く前半があってこそ後半の影の濃さもきわだつのだと実感されるはずだ。ここでトラヴィスは一人で究極の決断を下さなければならない。〝真実の愛のために人はどこまでできるのか？〟と彼は何度も自問するのだが、選択肢は白か黒か、二つしかない。自分ならどこまで踏みこめるのかと、読む側も思わず心を揺さぶられるだろう。組曲のたとえで言うならこの第二部は短調になるが、暗い一辺倒ではなく、希望のある力強い楽想だとも言い足しておきたい。


作者のニコラス・スパークスは一九九六年、実話をもとにした『きみに読む物語』でデビューして一躍人気作家になった。以来、年一作ペースでさまざまな恋愛小説を書きつづけ、いまでは全米に二百万という固定ファンを持っている。シンプルながら飽きのこないスタイル、これまであまり描かれなかった男の純情とその詳細な心理描写、泣かせる要素、そしてどんな悲劇に際しても希望を感じさせる強い精神性など、その作風が幅広く多くの読者の心をつかんだことは言うまでもない。

　ことに等身大で再現される男女の会話のうまさには定評があり、そのたびに読者は身につまされたり、共感させられたりする。本書では主人公二人のやりとりもさることながら、トラヴィスの妹ステファニーがほどよいスパイスを効かしていると感心した。

『きみと歩く道』は原題にもあるとおり「選択（チョイス）」をモチーフにしている。言うまでもなく人生は今日も明日も小さな選択の連続で、決してやりなおしはできない。わけても第二部で主人公がしなければならない選択は、人生でもっとも重い決断と言えるだろう。その一方で、ギャビーが出会う第一部の分かれ道も、もうひとつの大きな選択にほかならない。つまり光と影だけでなく、前半と後半にそれぞれの運命を賭けた選択が描かれているわけだ。

　本書を初めて読んだときふと思い浮かべたのは、英語のことわざ、「どんな雲にも銀色の裏地がついている」だった。中世イギリスの詩人ジョン・ミルトンの詩から生まれたもので、〝どんなに暗い雲でもその裏側には太陽の光が当たっている〟ことから、人生悲しいことばかりじゃない、と励ましてくれるフレーズである。

最後にスパークスをとりまく近況について。人気を呼んだ前作『きみを想う夜空に』の映画化はラッセ・ハルストレム監督、主演チャニング・テイタムで進んでいる。昨秋から撮影も始まっており、早ければ今年中に全米公開されるとのこと。『最後の初恋』に続く二年連続の映画化が実現するかもしれない。また今年九月に刊行される新作はディズニー映画とのタイアップで書かれており、ティーンエイジャーのラブストーリーになるという情報もある。どちらも楽しみにしたい。

二〇〇九年二月

雨沢　泰

文庫版あとがき

本書は今回の映画化にあたって小学館文庫に収録されることになった。愛する人と人生を送るとき、人はどこまで、そしてどのように相手を愛せるのか。そんな身近な人生哲学をストーリーに仕立てた至福感にあふれる作品として、訳者にとってもとりわけ思い出深い。作品の横顔は七年前の単行本でふれたので、ここではスパークスのその後と映画について、いくらか追加しておきたい。

恋愛小説家ニコラス・スパークスは、十二作目の本作のあとも、二〇一二年以外は年一作のペースで書き続けている。題名は順に、『一枚のめぐり逢い』『ラスト・ソング』『セイフ ヘイブン』（以上邦訳あり）『Best of Me』『The Longest Ride』そして昨年の『See Me』。今年十月には新作『Two by Two』が刊行予定である。

キャリア当初から映画化に関心のあったスパークスは、やがて自分でプロデュースをおこなうようになった。それによって近年の映画は原作への忠実度が増してきた印象を受ける。とは言っても映画化の作業となれば、映画と原作は化学反応を起こして、ある程度別物にならざるをえない。作者自身、そのずれ方を楽しんでいる様子が見受けられる。

邦訳された『セイフ ヘイブン』(二〇一三年)以降の映画をまとめると、一昨年『Best of Me』が『かけがえのない人』として日本公開され、昨年『The Longest Ride』が『ロンゲスト・ライド』としてDVD発売となった。そして今年はこの『きみと歩く道』が『きみがくれた物語』のタイトルで公開される。スパークス作品の映画をすべて見てきた目から言えば、今回の映像化は原作のテーマと精神をナレーションでよく伝え、また細かい場面を丁寧に折りこんだ編集によって、好感度高く仕上がっている。原作とのずれも映画的に納得のゆくものであり、開放的な沿岸風景や陽気な音楽もこころよく楽しめた。

現在進行中の映画化としては、二〇〇三年のサスペンスフルな『The Gurdian』が脚本段階、また二〇〇五年の『True Believer』『At First Sight』(これは二冊で一作の二部作)も企画されている。ちょっと楽しみなのは代表作『きみに読む物語』が来たる二〇一七年にTV映画としてリメイクされるというニュースだろう。完成したら真っ先に見てみたい。

最後に蛇足的なお断りを少しばかり。まず文庫化に際して、単行本とは違う題名を採用させていただいたこと。また、過去の文庫化同様、文章を全体的に見直してブラッシュアップしたことである。題名に関してもうひとつ、旧版のあとがきにある『きみを想う夜空に』（個人的におすすめしたい傑作のひとつ）は、のちにソフトバンク文庫に収録された際、映画タイトルの『親愛なるきみへ』に変更されている。

ニコラス・スパークスは本作で、恋愛と人間関係の基本形を浮かび上がらせた。それは、人は好きな相手に対して結局「素（す）」を見せるということだ。「ありのままの姿」と言い換えてもいいが、何年かいっしょに暮らすうちに双方が相手の「素」を受けいれて愛が全うされると言えるのではないか。節度をもちながらも、おおらかで自然な人間の姿を、ユーモラスかつ真剣に描いて忘れがたい作品になったのだと思う。

二〇一六年七月

雨沢　泰

もうひとつの『きみに読む物語』

市川拓司

男の一途(いちず)な愛を描くところが、ぼくとニコラス・スパークス氏は似ている、とよく言われます。純愛作家。でも、似ているところはそれだけではありません。

ある種の作家の中にはたったひとつの核となる物語があって、彼らはつねにその変奏曲を奏で続けます。よくいうオブセッションというやつです。ぼくもそうですが、スパークス氏もまたこのタイプの作家であるように思われます。

処女作にはとくにその思いが強く表れるものですが、スパークス氏にとっては、それがあの大ベストセラー小説『きみに読む物語』だったというわけです。世界中の読者がこの物語に涙し、ライアン・ゴズリング、レイチェル・マクアダムス主演で映画化もされました。もちろん、ぼくも大好きな作品です。

本作『きみと歩く道』は、この処女作によく似ています。構成やテーマ、いくつかのプロット、人物造形（ちなみに、本作もベンジャミン・ウォーカー、テリーサ・パーマー主演で映画化されています）。それは、とりもなおさずこの作品が、彼のオブセッションを色濃く反映させた小説である、ということの証なんだと思います。いわば王道中の王道。スパークス氏自身この小説を「自身の最高傑作」と言っているそうです。

現在の重苦しい状況を語るプロローグから物語は始まります。不安と迷い。そして一縷の望み。

『きみに読む物語』『きみと歩く道』どちらも、病院、あるいは療養施設のような場所から始まるところもよく似ています。

本書の主人公トラヴィスは、このとき四十三歳。愛する妻が入院していて、しかもその症状はかなり重いようです。「罪悪感」、あるいは「自分を責める」という言葉があるところから、どうやら彼はなにか過ちを犯したらしい。

その過ちとはなんなのか？　妻が入院していることと関係はあるのか？　謎は謎のまま残ります。

そしていよいよ本編が始まると、目の前に広がる世界は一変します。目映い光に包まれた若く幸福だった日々へ。

このコントラストは強烈です。時が過ぎてから振り返るという構成が、いっそうこの若き日のみずみずしさや全能感を際立たせます。『きみに読む物語』のノアに比べると、本書のトラヴィスはあらゆる面において恵まれています。

三十二歳の彼は父親が開いている動物病院に勤める若き獣医です。彼は海の近くの家でひとり暮らしをしています（その隣に越してきたのが、本書のヒロイン、ギャビーです）。月曜から木曜は近所にある父親の動物病院で働き、週末が来れば幼い頃からの友人たちとともに海へ繰り出すという気ままな暮らし。聡明（そうめい）で美しい妹がおり、モビーという名のボクサー犬を飼っています。

ノアは金や地位とは縁のない男でした。そのことが愛する女性との仲を引き裂かれる理由となるわけですが、こちらのトラヴィスには、そんな心配はまったく無用です。その違いこそが、この作品における最大の特徴なのかもしれません。小説全体の三分の二以上にわたって描かれ続ける夢のような青春の日々。

これって、もしかしたらスパークス氏自身の執筆時における地位や経済力の違いがもたらしたものなんじゃないか？　と思ったりもします。まだ無名だった頃に描いた『きみに読む物語』と世界的ベストセラー作家になってから描いた本作には、きっと作者自身のその時々における心の有り様というものが、なんらかの形で投影されているはずですから。

トラヴィスの暮らしは、現代を生きる男性にとってひとつの理想像と言えるでしょう。女性との付き合いでも深入りすることはなく、つねに彼の生活には当世風な「軽さ」が付きまといます。友人からはそれを「人間関係恐怖症」と揶揄されたりもしますが、彼自身はそのことをさほど深刻にとらえてはいません。

彼は幸福です。おおむね満たされていて、だからこそ愛する女性との暮らしを渇望することもなく、いまの生活をエンジョイできるのです。現代の三十代男性が「かくありたい」と願う自由さがそこにはあります。欲しいものはすべて手のうちにあり、なおかつ自分を束縛するものはなにもないという暮らし。

世界中を旅してまわり、あまったお金はボートやジェットスキーに注ぎ込む。週末になれば友人たちとジャグジーに浸かりながら酒を飲み交わし、気が向けば自家用ボートを駆って海に出る。

しかも彼は現代人が陥る過度の欲望という病からも自由です。健やかな心を持ち、容姿にもとことん恵まれています。

スパークス氏はこの場所にひとつの理想郷を描いたんだと思います。あるいは、それはノアが夢見た楽園だったのかもしれません。

トラヴィスはあらかじめすべてを手に入れています。真の愛以外は。

そして五月のある夜、彼は運命の女性と初めて言葉を交わすことになります。

彼の新しい隣人であるギャビーは二十六歳の準医師です。彼女には婚約者ともいえるような深い仲のボーイフレンドがいて、彼との付き合いはすでに四年になります。彼は親が創業した大手の保険代理店で働いています。バリバリのビジネスマン。親が引退間近となったいまでは管理職としての責任も負うようになっています。ゴルフが大好きで、彼女のことも心から愛していますが、結婚の話になると急に黙り込んでしまいます。この日も、そのことでふたりは軽いケンカをしたばかりでした。

この「婚約者」の存在も、やはり『きみに読む物語』のヒロイン、アリーを思わせます。彼女の婚約者（こちらも付き合って四年目）は自分の事務所を持つ弁護士で、その親は有名な実業家でした。

そしてどちらの小説でも、ヒロインは恋人と空間的に距離を置いた中で、自分のすぐ隣にいる主人公に心惹かれてゆき、やがては深い葛藤に苦しむようになるのです。ほんの数日間。それがどちらの物語にも与えられたふたりの時間です。小説の中で流れる年月からすれば、それはわずかな時でしかありません。けれど、誰の人生もそうであるように、その人間にとってもっとも意義深い瞬間というのは、他のどんな日々よりも強い印象を心に残すものです。スパークス氏はそれを知っていて、この濃密な時を丁寧に丁寧に描写していきます。本書では全体の四割がこの数日間の描写に費やされています。

　ここで交わされるトラヴィスとギャビーの会話こそが、この小説の一番の魅力かもしれません。

『きみに読む物語』は、ふたりが元々は恋人どうしてあったことや、ノアの内省的な性格、恵まれない境遇が彼らの会話に色濃く反映されていて、どうしてもその印象は切実で、ときに息苦しさを覚えるような瞬間さえありましたが、本書はまったく違います。

　一番大きいのは、やはりトラヴィスが恵まれていて、少しも卑屈になるところがなく、大らかでユーモアたっぷりの好青年だというところでしょうか。彼はほんとに愛すべき人物です。

　そしてギャビーはトラヴィスがこれまでに付き合った相手にはなかった「自分自身をコントロールする力、自信」といったものを持った強い女性です。真面目なギャビーが、トラヴィスの冗談まじりの嘘やからかいに憤ったり頬を赤らめたりする場面では思わず笑いが溢れてしまいました。愉快で楽しいシーンです。

　そう、この「楽しい」という感覚こそが、実はこの小説の大きなポイントなのです。

　聡明でエネルギーに満ち溢れた若いふたりが（とはいえ、トラヴィスはすでに三十二歳ですが）交わす会話のなんとみずみずしいこと！　これは知的で良質なボーイミーツガール小説です。なんといったって、ふたりの出会いはお約束の「勘違いが元のケンカ」から始まるのですから。

　トラヴィスのこんな言葉があります。

「会話が詩だとすれば、笑いはメロディであり、ふたつがそろえば二人で過ごす時間は何回くりかえしても空気の澱まない音楽になる……」

　二人の会話の背後には、つねにこの心躍るようなメロディが流れています。

　彼はギャビーをバイクの後ろに乗せて自分の「お気に入り」の場所へ連れて行きます（これもまた『きみに読む物語』のノアがアリーをカヌーに乗せてハクチョウを見せにゆく場面と重なります）。

　トラヴィス曰く、「この辺りの海岸でいちばん眺めのいい場所」。彼はこの土地の所有者は自分なのだと彼女に告げます。いずれはここに家を建てるプランがあるのだということも。

　こういった会話を積み重ねながら、ふたりはゆっくりと互いの距離を近づけてゆきます。そしてついには人生を変える選択を迫られることに……。

　自分が築き上げてきた今の生活を手放してでも得たい愛がある。彼らは古い自分を捨て、愛する人と寄り添うために、新たな自分に生まれ変わろうとします。

これは、まだ大人になり切れてなかった若者の成長の物語でもあるのです。

第二部で待ち受ける残酷な試練。けれど、この小説は陰鬱(いんうつ)な悲劇ではありません。読む者の心を豊かにしてくれる正統派ロマンスなのです。

美しい風景描写。ウィットとユーモアに満ちたダイアローグ。スパークス氏の小説では定番となった理解ある優しい父親（ぼくは彼が描く父親像が大好きです）。

これはアップデートされた、もうひとつの『きみに読む物語』なのかもしれません。『きみに読む物語』でスパークス氏のファンになったぼくのような人間には、ほんとにたまらない小説ですが、その一方で、現代的な青年であるトラヴィスに自分を重ね合わせて読むことの出来る若い世代の読者にとってもまた、『きみと歩く道』は目映い憧れに満ちた小説となることでしょう。


（いちかわ　たくじ／作家）

本書のプロフィール

本書は、二〇〇九年にエクスナレッジから刊行された『きみと選ぶ道』を改稿し、改題して文庫化したものです。

小学館文庫

きみと歩（ある）く道（みち）

著者　ニコラス・スパークス
訳者　雨沢（あめざわ）泰（やすし）

二〇一六年八月十日　初版第一刷発行

発行人　菅原朝也
発行所　株式会社　小学館
〒一〇一-八〇〇一
東京都千代田区一ツ橋二-三-一
電話　編集〇三-三二三〇-五七二〇
販売〇三-五二八一-三五五五
印刷所――――図書印刷株式会社

この文庫の詳しい内容はインターネットで24時間ご覧になれます。
小学館公式ホームページ　http://www.shogakukan.co.jp

ISBN978-4-09-406328-8